rororo

Boris Meyn, Jahrgang 1961, ist promovierter Kunst- und Bauhistoriker. Er hat zahlreiche wissenschaftliche Publikationen zur Hamburger Architektur- und Stadtgeschichte veröffentlicht und parallel dazu begonnen, historische Kriminalromane zu schreiben. «Der Tote im Fleet» avancierte in kürzester Zeit zum Bestseller («spannende Krimi- und Hamburglektüre», so die *taz*). Es ist der erste Roman um die Ermittlerfamilie Bischop, mit der Meyn einer der beliebtesten Autoren der Hansestadt wurde. Inzwischen lebt er mit seiner Familie im Lauenburgischen.

Boris Meyn

ELBTÖTER

ooooo

HISTORISCHER KRIMINALROMAN

Rowohlt Taschenbuch Verlag

Originalausgabe
Veröffentlicht im Rowohlt Taschenbuch Verlag,
Reinbek bei Hamburg, Mai 2016

Redaktion Werner Irro
Umschlaggestaltung any.way, Walter Hellmann
Umschlagabbildung ullstein bild –
Süddeutsche Zeitung Photo / Scherl
Abbildungen im Tafelteil: Staatsarchiv Hamburg
(wenn nicht anders angegeben);
mit freundlicher Unterstützung von Joachim Frank
Satz Adobe Caslon, InDesign
Gesamtherstellung CPI books GmbH, Leck, Germany
ISBN 978 3 499 27160 1

Für Marian

Pour que je continue à recevoir des truffes fraîches
de la part de notre «ennemi héréditaire»

So gibt es also ein begründetes Interesse daran,
dass dieses sinnlose Morden niemals ein Ende finden soll.

Ascan von Wesselhöft

KAPITEL 1

○○○○○

Es liegt was in der Luft. Egal, was ihr hört, macht euch keine Sorgen um mich. David»

Sören Bischop las die Depesche, die er vor drei Tagen erhalten hatte, immer wieder. Als könnte er den zwei Sätzen mehr Informationen entlocken.

Natürlich machte er sich Sorgen. Und sogar noch mehr, nachdem er heute Morgen in der Zeitung die kurze Notiz über angebliche Unruhen in Kiel gelesen hatte. Nichts Konkretes stand da, aber von Meuterei unter Matrosen war die Rede gewesen. Er erinnerte sich nur zu genau. Vor drei Jahren hatte man in Kiel Gehorsamsverweigerer standrechtlich füsiliert. David gehörte zwar keiner Schiffsbesatzung an, aber auch die Werftdivision unterstand der Marine. Und selbst mit vierzig war sein Ziehsohn immer noch der Hitzkopf von früher. Grund genug also, sich richtig Sorgen zu machen.

Sören versuchte sich abzulenken. Doch was er auch tat, die Angst um seine Familie, um alle hier im Haus, vor allem um Robert, ihren Jüngsten, hielt ihn fest umklammert. Bislang waren sie glimpflich davongekommen. Aber was, wenn der Krieg noch mehrere Jahre andauerte? Würde auch ihr Jüngster noch auf die Schlachtbank geführt?

Mit fast sechzehn gehörte Robert zum nächsten Jahrgang, den die Kriegsmaschine verschlingen würde. Noch stand er im Schutz der Schule, aber die Häscher lauerten schon. Robert hatte erzählt, dass vonseiten einiger seiner Lehrer händeringend um Nachwuchs für den großen vaterländischen Kampf geworben wurde. So hatte er es natürlich nicht ausgedrückt, aber Tilda hatte Roberts Berichte entsprechend interpretiert.

Über vier Jahre ging der Wahnsinn nun schon. Es war zwar die Rede von Waffenstillstandsverhandlungen, aber bis wann würde sich das hinziehen? Noch sprach die Werbung für Kriegsanleihen die Sprache des Kampfes, nicht der Vernunft: *Deutsches Gut für Deutsches Blut*. Man konnte niemandem mehr trauen. Wie er über Tilda erfahren hatte, auch nicht mehr der Berichterstattung in der Presse. Gedruckt werden durfte nur, was die Kampfmoral des Volkes nicht unterwanderte. Was wirklich an der Front geschah, bekamen die Daheimgebliebenen nicht mit, es sei denn durch Berichte der Feldgrauen im Urlaub. Und ein Ende war nicht abzusehen. Was blieb, war der tägliche Irrsinn des Überlebens. Es gab so gut wie nichts mehr.

In der Stadt stand die geordnete Versorgung der Bevölkerung kurz vor dem Kollaps. Brot, Gas, Kohle, Kartoffeln, Kerzen, es mangelte inzwischen an allen Dingen, die vor ein paar Jahren noch als Selbstverständlichkeit gegolten hatten. Selbst Sauerkohl wurde jetzt über Warenbezugskarten des Kriegsversorgungsamts verteilt. An Fleisch und Butter in ausreichender Menge war überhaupt nicht mehr zu denken. Trotz immer neuer Rezepte, die Agnes und Liane mitbrachten – Sören konnte Miesmuscheln und Krabben einfach nicht mehr sehen.

Dabei waren sie noch bessergestellt als die meisten, seit sie vor fünf Jahren aus der Stadt in die von David entworfene Villa in die Walddörfer gezogen waren. Der Verkauf des Stadthauses in der Feldbrunnenstraße hatte ihnen nicht nur den Erwerb eines geeigneten Bauplatzes in Ohlstedt ermöglicht, das Geld hatte zudem noch für mehr als fünf Hektar angrenzende Acker- und Weideflächen sowie einen eigenen Forst gereicht. Vor allem Brennholz hatten sie so ausreichend einlagern können, um über den Winter zu kommen. Für Kleinholz wurde mittlerweile 36 Mark der Raummeter aufgerufen, für Klobenholz zahlte man 50. Vorausgesetzt, man fand überhaupt eine Bezugsquelle.

Sören Bischop schritt durch die nassen Gräser zu den Kaninchenställen hinter dem Haus, schob etwas Grünzeug und Wurzelreste durch die Futterklappe, dann schaute er nach den Hühnern und öffnete den Taubenschlag. Wer hätte gedacht, dass sich der damalige Wunsch ihres Sohnes, Nutztiere anzuschaffen, im Nachhinein als grandiose Idee herausstellen würde. Er erinnerte sich, wie er damals versucht hatte, Robert das Vorhaben auszureden. Auch weil er ahnte, dass die damit einhergehenden Pflichten nach anfänglicher Begeisterung schnell als lästiger Ballast empfunden werden würden. Doch Tilda hatte gemeint, so würde ihr Sohn Verantwortung lernen, und seine Bedenken aus dem Weg geräumt. Und nun sicherten ihnen nicht nur der Gemüsegarten, sondern auch die Tiere den Luxus der Selbstversorgung.

Wie von ihm vorausgesagt, hatte Robert die Verantwortung schnell an seinen Vater abgetreten. Aber es war nicht nur die Genugtuung, die Sören verspürte, wenn er sich nun selbst um die Tiere kümmerte. Ihr ganzes Refugium empfand er seit Jahren als friedliches Idyll gegenüber den Schrecken und Ängsten, welche der Krieg über das Land getragen hatte. Sören zählte neun Eier im Korb.

Das Wetter war seit Tagen trübe, wenngleich mild. Vormittags hingen grieselige Nebelschwaden über den Feldern, dann setzte meist zur Mittagszeit leichter Niederschlag ein. Von Sonne weit und breit keine Spur. An den Glasplatten der Gewächshäuser zeichneten Regentropfen ein bizarres Muster. Eine Amsel beäugte ihn neugierig, als er nach dem empfindlichen Gemüse schaute, dann flüchtete sie mit klagenden Protestlauten. Der Blick aufs Thermometer befriedigte ihn, kein Frost war zu befürchten. Auch wenn ihm langsam der Sinn nach Grünkohl stand, trotz ihrer Vorsorge hoffte Sören auf einen milden Winter.

Vom Waldrand her vernahm Sören eine bekannte Stimme. «Tach auch, Herr Nachbar!» Der Hof von Bauer Semmerling lag direkt hinter ihrem Forst. Semmerling kam mit schlurfenden Schritten über die Wiese. Seine kauzige Gestalt und der Gang waren unverwechselbar. Krummer Rücken, Stiefel, die drei Nummern zu groß wirkten, eine Mistforke, geschultert wie ein Gewehr, auf dem Kopf die obligatorische Schirmmütze aus grünem Drillich.

«Moin auch», erwiderte Sören, als Semmerling näher kam. Auch wenn man sich hier draußen duzte, mied Sören die vertrauliche Anrede genauso wie das förmliche

Sie. Ein Spagat, der nur durch das Weglassen jeglicher Pronomina gelang. Eine nüchterne, geradlinige Sprache, die ihrem nachbarschaftlichen Verhältnis entsprach.

Der Landwirt war fast einen Kopf kleiner als er, hatte allerdings riesengroße Pranken. Die Rechte umschloss Sörens Hand wie ein Schraubstock. «Ich wollt nur sagen, übermorgen schlachten wir 'n Schwein. Wenn also Bedarf is …» Die Wangen von Semmerling waren rotblau geädert, auf der Stirn besaß er ein dunkles Muttermal. Seine Augen funkelten erwartungsvoll.

Es war klar, worauf er abzielte. In dieser Zeit reichte man Fleisch nur in der Familie weiter. Zumal selbst Hausschlachtungen inzwischen der Meldepflicht unterlagen. Also hieß die Devise Fleisch gegen Wein. Im letzten Monat war Mathilda zu den Nachbarn gegangen, als ihnen die Milch ausgegangen war. Bauer Semmerling hatte noch zwölf Milchkühe im Stall stehen. An Geld war nicht zu denken gewesen, stattdessen hatte Tilda ihnen Wein angeboten. Als von Rotwein die Rede war, hatte der Landwirt erst die Nase kraus gezogen, es aber schließlich auf einen Versuch ankommen lassen. Und der 98er St. Estèphe hatte ihn dann wohl doch überzeugt. Eine andere Erklärung gab es für sein heutiges Erscheinen eigentlich nicht.

«Bedarf ist immer.» Er wartete einen Augenblick, ob Semmerling ein konkretes Angebot für den Tauschhandel unterbreiten würde. Als er nichts sagte, schlug Sören eine Flasche fürs Kilo vor, und Semmerlings Gesichtszüge hellten sich auf.

Die Bestellung wurde ohne viele Worte mit einem

Handschlag besiegelt. «Ich sag dann Bescheid, und die Trine bringt's rüber.» Bauer Semmerling trottete sichtlich zufrieden davon.

Es war ein Wahnsinn. Vor drei Jahren hätte eine Flasche wahrscheinlich für zwei ganze Schweine gereicht. Aber so war es nun mal. Und im Keller lagerten noch genügend Kisten von Martins Grands Crus. Ein Vorrat von unvorstellbarem Wert, vor allem zu den jetzigen Zeiten. Martin hatte in seinem Kellerbuch alle Einkäufe dokumentiert. Den Einkaufspreis von bis zu 25 Goldmark je Flasche konnte man nun allerdings nicht mehr zugrunde legen.

Sören freute sich bereits auf das Wochenende. Vorerst wollte er nichts verraten. Die anderen würden Augen machen, wenn Semmerlings Magd mit dem Fleisch anrückte. Dabei hatte er vergessen zu fragen, welchen Teil des Schweins sie erhalten würden. Für einen Moment ärgerte er sich, hätte er sonst doch einen Braten fürs Wochenende ankündigen können. Ein makabrer Scherz. Aber eigentlich war es ihm egal. Hauptsache, keine Miesmuscheln mehr. Und Semmerling würde, was die Menge betraf, bestimmt nicht kleinlich sein.

Das alles war der Dekadenz seines besten Freundes geschuldet. Über dessen Tod war Sören immer noch nicht hinweggekommen. Er vermisste ihn wie nichts anderes – den Frieden einmal ausgenommen.

Als der Krieg ausbrach, war Martin nach Norwegen geflüchtet. Er könne das anstehende Gemetzel, vor allem gegen die Franzosen, nicht ertragen, hatte er gesagt. Anders als Sören, der zugegebenermaßen damals auch überzeugt gewesen war, der Krieg sei nach wenigen Wochen entschieden, hatte Martin die Tragik des Geschehens sehr wohl vorausgeahnt. Seine häufigen Reisen nach Frankreich, insbesondere die mondänen Badeorte hatten es dem Lebemann angetan, hatten seine frankophile Lebensfreude geprägt. Zwei Wochen nachdem er sich bei einem Freund nahe Stavanger einquartiert hatte, war er bei einem Badeunfall in einem Fjord ertrunken. Ein Unfall, wie es hieß. Doch die Art und Weise, wie sie sich zuvor verabschiedet hatten, legte nahe, dass Martin Hellwege es vorgezogen hatte, seinem Leben selbst ein Ende zu setzen. Er hatte Tränen in den Augen gehabt, als sie sich die Hand gaben. Eine letzte Berührung. Mehr nicht.

Zu ihrer aller Überraschung hatte Martin testamentarisch verfügt, dass Ilka, Sörens mittlerweile erwachsene Tochter, den Großteil seines Vermögens erben sollte, darunter die riesige Villa an der Alten Rabenstraße mitsamt dem Mobiliar. Nur der Weinkeller war an Sören gegangen und das kostbare Schachspiel, das ihnen viele schöne gemeinsame Stunden beschert hatte. Es stand im Musikzimmer am Fenster, unberührt wie Tildas Instrument, das sie seit Kriegsausbruch nicht mehr angerührt hatte. Als wäre die Zeit ihres Violinspiels nicht würdig. Und so war es wirklich. Jeder versagte sich die schönen Dinge des Lebens, weil es denen gegenüber anmaßend schien, die ihr Leben und ihre Gesundheit in den Schützengräben aufs Spiel setzten. Für einen Kampf, bei dem es keinen Sieger geben konnte. So viel war allen bereits klar. Nur aussprechen durfte man es immer noch nicht.

Die Kanzlei in der Schauenburgerstraße hatte Sören verkauft, nachdem sie ihr neues Refugium am Rande von

Ohlstedt bezogen hatten. Der tägliche Weg in die Stadt war einfach zu anstrengend gewesen, und die Strapazen des Alltags waren mit fast siebzig auch nicht weniger geworden. Bis heute hatte er seinen Entschluss nicht bereut, was auch daran lag, dass er sich trotz seines Alters noch nicht vollends zur Ruhe gesetzt hatte. Doch es kam nur noch selten vor, dass er ein Mandat übernahm, und wenn, dann meist auf Drängen von Tildas Parteigenossen, die ihn immer wieder überredeten, war er doch für seine Loyalität gegenüber Sozialdemokraten bekannt.

Für solche Fälle hatte er sich eine kleine Schreibstube eingerichtet, in der nicht nur seine rechtswissenschaftliche Bibliothek untergebracht war, sondern auch ein Gästebett für den Notfall, falls Mandanten nirgendwo sonst unterkommen konnten. Vor zwei Monaten war Otto Stolten mit einem jungen Genossen im Schlepptau angerückt, der angeblich wegen Schiebergeschäften zur Fahndung ausgeschrieben war. Drei Tage hatten sie ihn beherbergt, bis er eine andere Unterkunft gefunden hatte. Bislang hatte Sören nichts wieder von ihm gehört, und auch Stolten gab sich wortkarg, wenn er nachhakte. Wahrscheinlich waren die Anschuldigungen gegen den Genossen doch nicht völlig aus der Luft gegriffen gewesen.

Sie waren zusammengerückt in der Villa, die David so großzügig geplant hatte. Ein Sammelbecken für die ganze Familie, das sie eigentlich nie hatte sein sollen. Aber jetzt waren sie dankbar, konnten sie doch die vielen Räume gebrauchen. Nachdem David vom Hochbauamt für einen Lehrauftrag an der Baugewerkschule Eckernförde freigestellt worden war, hatten er und Liane ihre Wohnung im

Karolinenviertel aufgegeben und zwei Zimmer im Obergeschoss bezogen. Liane bewohnte sie nun bis auf Davids Urlaubstage allein. David hatte sich nach Kriegsausbruch freiwillig für die Arbeit auf einer Kieler Werft gemeldet, denn an einen geregelten Unterricht in Eckernförde war spätestens ab dem Zeitpunkt nicht mehr zu denken gewesen, als das Gros der dortigen Schüler in den Krieg gezogen war. Für die verbleibenden Unterrichtsstunden pendelte David zwischen Kiel und Eckernförde. Schlafen konnte er in der Kaserne. Liane arbeitete vormittags in der Vereinsförderung des Curio-Hauses und war für das dortige Programm zuständig. Abends trat sie mit einer skurrilen Tänzergruppe im Altonaer Trichter auf, wo sie vor Publikum an athletischen Damenwettspielen teilnahm. Ein zweifelhaftes Amüsement, wie Sören fand, aber Liane hatte ihm versichert, dass alles sittsam zugehe und sie den direkten Kontakt zum Publikum einfach brauche. Allerdings kamen solche Auftritte immer seltener vor, seit für sämtliche Lokale, Lichtspielhäuser und Theater in der Stadt eine Nachtruhe verordnet worden war.

Vorher kümmerte sich Liane um Robert, wenn der aus der Schule kam, da Agnes tagsüber als Erntehelferin tätig war. Sie hatten es nicht übers Herz bringen können, Agnes zu kündigen, nachdem Robert kein Kindermädchen mehr benötigte. Sie hatte immer in ihrer Obhut gestanden und jederlei Selbstverantwortung vehement abgelehnt. So hatten sie Agnes schließlich einen neuen Arbeitsplatz zukommen lassen und sie als Herrscherin über die Küche eingesetzt. Dankbar bewohnte sie eine kleine Kammer im Dachgeschoss. Und selbst wenn Ilka am Ende des Monats aus Schweden zurückkommen würde und sie zusätzlich noch den jungen Herrn Sjöberg zu Gast hatten, reichte der Platz. Und wenn nicht, würden sie eben nochmals enger zusammenrücken.

Sören fragte sich, warum Ilka nicht in Schweden blieb, bei all den Entbehrungen, die sie hier erwarteten. Das Angebot, Ture Sjöberg als Gast aufzunehmen, so wie Ilka bei seiner Familie in Schweden willkommen geheißen worden war, stammte aus einer Zeit, in der die gegenwärtige Lage nicht abzusehen gewesen war. Fast zwei Jahre lebte Ilka nun schon bei den Sjöbergs. Dabei war anfangs nur von einem einjährigen Aufenthalt die Rede gewesen, und auch dafür hatte ihre Tochter schwere Überzeugungsarbeit leisten müssen, schließlich kannten sie die Familie Sjöberg nicht persönlich. Selbst Ture hatte Ilka zuvor nur ein einziges Mal gesehen, was zum Zeitpunkt der Reise nach Schweden auch schon sechs Jahre zurückgelegen hatte. 1910 waren sie sich als Fünfzehnjährige zufällig in einem Ferienlager an der Ostsee begegnet, wo ihre Schulklassen benachbart untergebracht gewesen waren. Und da ihre Lehrkräfte beide Esperanto unterrichteten, hatte man wohl einige Exkursionen zusammengelegt. Eine harmlose Urlaubsbekanntschaft, wie man hätte meinen können. Aber sie hatten sich unermüdlich Briefe geschrieben – auf Esperanto. Mindestens einen im Monat. Tilda und er waren sich sicher gewesen, die Sache würde von selbst einschlafen, aber das war erstaunlicherweise nicht geschehen. Mit ihrer Volljährigkeit waren die beiden dann irgendwann auf die Idee gekommen, Ilka könnte für einen längeren Zeitraum nach Stockholm kommen. Zum Erlernen der Sprache, so hatten sie es zumindest dargestellt. Als sich Tures Familie damit einverstanden erklärt hatte, war es natürlich obligatorisch gewesen, Ture das Gleiche in Deutschland zu ermöglichen. Aber da hätte der Krieg längst zu Ende sein sollen, was er immer noch nicht war. Dennoch wollten Ilka und Ture nun kommen. Was für ein Wahnsinn.

Bei Sjöbergs in Stockholm hatten sie all das, wovon man hier nicht einmal zu träumen wagte. Tures Vater war Professor für Staatswissenschaften an der dortigen Universität und saß zudem im Beirat der Nobel-Stiftung. Die Sjöbergs lebten mit ihren acht Kindern auf einem schlossartigen Anwesen am Rande der Stadt und beschäftigten mehr als zwei Dutzend Hausangestellte. Dazu unterhielten sie ein Pferdegestüt und besaßen eine riesige Segelyacht, einen 75er-Schärenkreuzer mit eigener Mannschaft, wie Sören auf Nachfrage erfahren hatte. Die Schilderungen in Ilkas Briefen lasen sich wie ein Leben im Paradies. Und sie klang glücklich. Warum also konnte sie ihre Rückkehr nicht noch ein wenig verschieben? In seinem letzten Brief hatte Sören versucht, drastische Worte zu finden, um halbwegs realistisch zu schildern, wie es hier aussah. Und die Wirklichkeit war weitaus schlimmer. Von der grausigen Seite des Krieges, der Tilda tagein, tagaus bei ihrer Arbeit im Krüppelheim begegnete, war dabei noch überhaupt nicht die Rede gewesen.

Er fragte sich schon länger, wie seine Frau das aushielt. Wo sie noch nicht einmal eine entsprechende Ausbildung hatte. Er selbst hatte 1870/71 nach seinem ersten Studium als angehender Medicus für kurze Zeit in einem

Feldlazarett hospitiert, aber wenn er hörte, was Mathilda schilderte, dann waren die damaligen Verletzungen der Soldaten mit dem, was in diesem Krieg vor sich ging, gar nicht zu vergleichen. Der Brandgeruch fauligen Fleisches, der sie bei den ständigen Amputationen begleitet hatte, war schlimm genug gewesen. Nun aber hatte sich die Zahl der verkrüppelt Überlebenden verhundertfacht. Der Anblick der von Maschinengewehren, Granatensplittern und von Gas Verstümmelten war so unerträglich, dass allerorts Hospize und geschlossene Heime eingerichtet werden mussten, um der Allgemeinheit den Anblick dieser Unglücklichen zu ersparen. Und in diese Welt wollte Ilka zurück? Nur damit Ture Sjöberg im Gegenzug Deutsch lernen konnte? So war es verabredet gewesen. Wäre er selbst in Ilkas Alter gewesen, ungebunden und noch ohne Familie, Sören hätte sich ernsthaft Gedanken darüber gemacht, Deutschland ganz den Rücken zu kehren und in Schweden zu bleiben.

Das Klingeln des Weckers erinnerte ihn daran, Holzscheite im Kamin nachzulegen. Zwei Eschenkloben die Stunde reichten, um das Haus nicht auskühlen zu lassen. Aber nur, wenn man in der oberen Etage die Türen öffnete. Am Nachmittag würde er Buche nachlegen, um es im Wohnzimmer wohlig zu haben, wenn Tilda nach Hause kam.

«Hast du Mehl und Butter bekommen?» Sie unterstanden hier den Landherrenschaften, wodurch die Ausgabe der Bezugsscheine sowie die entsprechende Verfügbarkeit der Lebensmittel gegenüber den innerstädtischen Bereichen ein sonderbar gelassenes Eigenleben führte. Das betraf auch streng kontingentierte Dinge wie Butter und Mehl. Die wöchentliche Ration lag derzeit bei knapp zwei Kilogramm Brot, 100 Gramm Mehl, sieben Pfund Kartoffeln, 60 Gramm Butter, 150 Gramm Zucker und einem halben Pfund Zwiebeln pro Kopf. Kartoffeln und Zwiebeln hatten sie selbst im Garten, aber bei Butter und Mehl mussten auch sie anstehen.

Liane nickte und hievte den Leinenbeutel auf den Küchentisch.

«Gibt es Neuigkeiten von David?» Sie reichte Sören die Mittagsausgabe des *Hamburger Echos*. «In Kiel scheint die Hölle los zu sein. Verdammt! Wüssten wir doch nur Genaues!»

«Nein, keine Neuigkeiten.»

Sören überflog die Spalten der Titelseite, den Deutschen Heeresbericht, zum zehnten Mal den Hinweis auf das gewaltige Ringen der Truppen zwischen Schelde und Oije, die Erklärung, General von Winterfeldt solle an der Westfront die Waffenstillstandsverhandlungen führen, sowie eine Auflistung der absurden Forderungen der Entente an Deutschland. Keine wirklich neuen Schlagzeilen. Selbst der längst überfällige Antrag von Senat und Bürgerschaft auf Anbindung der Walddörfer an die Stadt fand nur beiläufig Erwähnung.

In den lokalen Nachrichten wurde von einem verheerenden Brand in den Eidelstedter Tran- und Fischmehlwerken berichtet, außerdem über einen Gerichtsprozess gegen einen Brotkartenfälscher. Dem Mann drohte eine Zuchthausstrafe von mindestens fünf Jahren. Ein absurdes Strafmaß, das Sören empörte. Man wollte anscheinend ein Exempel statuieren. Aus den Vororten wurde mitgeteilt, dass das Kriegsamt die Durchsetzung des Personenverkehrsbetriebs von Volksdorf nach Großhansdorf mit der Walddörferbahn verhindert hatte. Eigentlich betraf sie das direkt, und er hätte sich abermals aufregen können. Aber Sören suchte nach etwas anderem. Unter den Meldungen aus dem Umland fand er endlich die neuesten Nachrichten aus Kiel.

Die Besatzung der *Markgraf*, unterstützt von einer großen Menge Werft- und Hafenarbeiter, hatte sich am vergangenen Sonntag auf dem großen Exercierplatz versammelt und lautstark die Freilassung der Schiffsheizer gefordert, die wegen Gehorsamsverweigerung arrestiert worden waren. Die aufgebrachte Menge, der sich immer mehr Personen anschlossen, zog danach weiter zur Waldwiese, wo eine Kompanie der 1. Matrosendivision untergebracht war. Man demolierte das dortige Gebäude, befreite einige der dort arrestierten Kameraden und plünderte schließlich das Waffenlager. Dann zog der Trupp weiter zur inneren Stadt und erreichte, unterstützt von Trommlern und Bläsern, um 7 Uhr abends den Hauptbahnhof. Von dort marschierte man weiter Richtung Feldstraße, um die im Militärgefängnis inhaftierten Meuterer zu befreien. Trotz Warnsalven der dort postierten Maschinengewehrabteilung drängte die Menge ungestüm weiter, woraufhin Feuerbefehl gegeben wurde. Beim folgenden Schusswechsel wurden acht Demonstranten getötet und neunundzwanzig verletzt.

«Unvorstellbar.» Sören atmete tief durch und las weiter.

Um weiteres Blutvergießen zu vermeiden, nahm der Gouverneur die Forderungen der Demonstranten schließlich entgegen und ließ die Arrestanten des 3. Geschwaders frei, woraufhin die ganze bewaffnete Garnison einen großen Umzug durch die Stadt unternahm, um Staatssekretär Haussmann und den Reichstagsabgeordneten Roske vom Bahnhof abzuholen, die inzwischen von der Regierung nach Kiel geschickt worden waren. Für morgen wurde in Kiel ein allgemeiner Sympathie- und Generalstreik angekündigt.

«Das klingt wie der Anfang einer Revolution!»

«Sie haben einen Soldatenrat aufgestellt. Hast du die Forderungen gelesen?»

«Ja. Die sofortige Anerkennung des Rates, eine bessere Behandlung der Mannschaften, die allgemeine Befreiung von der Grußpflicht, eine Verpflegungsgleichheit von Offizieren und Mannschaften, die Aufhebung der Offizierskasinos, die Freigabe der wegen Gehorsamsverweigerung verhafteten Personen sowie keine Bestrafung der nicht auf die Schiffe zurückgekehrten Mannschaften. Ich kann nur hoffen, dass David nichts passiert ist. Wie ich ihn kenne, ist er in der ersten Reihe mitmarschiert.»

Sören faltete die Zeitung zusammen. «Warum meldet er sich nicht?»

«Glaubst du, David würde anrufen? Der hat sicher anderes zu tun. Das ist doch das, was er immer gesagt hat: Eine geschlossene Gruppe muss den Anfang machen, dann werden die anderen mitziehen.» Es klang nicht danach, als würde sie sich ernsthaft Sorgen machen. «Wann kommt eigentlich Robert? Er müsste doch längst …»

«Robert ist heute nach der Schule mit zu Erdings gegangen und übernachtet dort auch. Sie wollen morgen mit der Klasse einen naturkundlichen Ausflug machen.»

«Stimmt, das hatte ich ganz vergessen. Irgendwas mit Fledermäusen und Bibern.»

«Es gibt also nichts zu tun für dich. Willst du heute noch nach St. Pauli?»

«Am liebsten würde ich umgehend nach Kiel fahren.» Liane strich sich fahrig durchs Haar und schob sich ein paar Strähnen hinters Ohr. «Aber was könnte ich dort schon tun?» Vor ein paar Monaten schon hatte sich Liane von ihren filigran geflochtenen Zöpfen getrennt und ihr Haar auf Kinnlänge schneiden lassen, aber Sören hatte sich noch immer nicht an ihre neue Frisur gewöhnt.

«Nein, vorerst sind alle Abendaufführungen im Trichter wegen der Sperrstunde abgesagt. Ich bin heute mit Ora Doelk verabredet. Sie ist Tänzerin und kommt aus Breslau, lebt aber in der Schweiz. Eine Schülerin von Isadora Duncan. Sie möchte im Curio-Haus mit ihrem neuen Programm auftreten. Das soll der Auftakt zu einer Tournee durch Deutschland sein. Wir treffen uns bei Lewandowskis, weil ich denke, Erna käme als begleitende Pianistin in Frage. Ihr braucht mich fürs Abendessen also nicht einzuplanen.»

Als Sören den Brennabor die Einfahrt hinaufknattern hörte, nahm er den Kupferkessel vom Kamin, legte noch ein paar Scheite nach und setzte eine Kanne Tee auf. Eine Kerze sorgte am Essplatz wenigstens für schummriges Licht. Agnes hatte einen Selleriesalat vorbereitet, danach wollte sie gebratene Teltower Rübchen und Petersilienwurzeln mit Meerrettich anrichten. Aber erst, nachdem sich die gnäd'ge Frau ein wenig von den Strapazen des Tages erholt hatte. So wie jeden Tag. Sie hatten es aufgegeben, Agnes diese untertänige Anrede abzugewöhnen. Immerhin hatten sie ihr abringen können, dass sie bei den Mahlzeiten mit ihnen allen am Tisch zu sitzen hatte.

Die schwere, mit Fell gefütterte Lederjacke verbarg Tildas zierliche Figur. Auch ihre Beine blieben zwischen dem dicken Wollrock und den hohen Schaftstiefeln unsichtbar. Mit der Fellmütze und den Ohrklappen sah sie aus wie eine Fliegerin. Die mächtige Brille hatte sie bereits draußen abgesetzt, die Handschuhe folgten gerade.

Der offene Brennabor hatte zwar ein Verdeck, aber zu dieser Jahreszeit musste man sich dennoch warm kleiden, um dem Fahrtwind zu trotzen. Allein deshalb hatte Sören sich Anfang des Jahres schon mehrere geschlossene Coupés angeschaut, aber auch die in Frage kommenden Fahrzeuge, die in den Schauräumen von Hansa Lloyd am Alsterdamm standen, waren mit zwei Sitzreihen fast so voluminös wie Martins früherer Double Phaeton. Und Tilda kam mit dem kleinen, wendigen Zweisitzer einfach besser zurecht.

Nachdem sie sich aus ihrer Montur geschält hatte, umarmte sie Sören, und er drückte ihr einen zärtlichen Kuss auf die eiskalte Stupsnase. Ihre Hände, die trotz der Handschuhe ebenso kalt waren, schob sie vorsichtig unter seine Strickjacke. Nach diesem Begrüßungszeremoniell stellte sie sich rücklings vor den Kamin. Sören brachte ihr eine Tasse heißen Tee und half ihr aus den Stiefeln. Auch mit zweiundfünfzig hatte sie immer noch die Statur einer jungen Frau.

«Ich werde mich nie an diese dunkle Jahreszeit gewöhnen», bibberte Tilda und rührte den Kandis in der Tasse. «Weniger die Kälte als vielmehr die Dunkelheit macht mir zu schaffen. Danke für die Kerze.»

Ihr Lächeln zeigte, dass sie diesen luxuriösen Willkommensgruß sehr genau wahrgenommen hatte.

«Ich kann das Licht der Karbidlampen langsam nicht mehr ertragen. Es kommt mir vor, als würde man ständig in einem Keller leben.»

«Wir könnten uns einen dieser Generatoren kaufen. Ich habe mir letzte Woche Dieselaggregate zur Stromgewinnung von der Firma Körting im Biberhaus vorführen lassen. Sie verbrauchen nicht viel, machen aber einen ganz schönen Lärm. Vielleicht könnten wir so einen Generator hinten beim Hühnerstall unterbringen, dann sollte es erträglich sein.»

«Und dafür legen die Hühner dann keine Eier mehr.» Tilda rang sich ein Lächeln ab und schüttelte den Kopf. «Ein ziemliches Risiko. Mein Frühstücksei ist mir heilig.»

Der immergleiche Versuch, dem alltäglichen Grauen mit makabrer Heiterkeit zu begegnen. Sören hatte sich daran gewöhnt.

«Es gibt sie je nach Leistung in unterschiedlichen Größen. Und wenn wir nur Glühlampen damit betreiben, reicht wahrscheinlich das kleinste Aggregat. Sag, hast du die Abendausgabe mitgebracht?»

«Das *Echo* gab's noch nicht. Aber die *Neue Hamburger*

Zeitung war schon da. Was Kiel betrifft, halten sie sich bedeckt. Es scheint, als wolle man dort nicht wahrhaben, was gerade passiert. Die erste Kompanie der Werftdivision ist von Mannschaften der Torpedodivision entwaffnet worden. Es gab dabei weder Tote noch Verwundete. Die angeforderten Infanterieeinheiten aus Flensburg und Neumünster wurden noch auf dem Bahnhof entwaffnet und haben sich den Aufständischen zum größten Teil angeschlossen. Alle Kriegsflaggen sind eingeholt und durch rote Fahnen ersetzt worden. Das dürfte ganz nach Davids Geschmack sein.»

«Hauptsache, ihm ist nichts passiert.»

«Ja. In der Mittagsausgabe war von acht Toten und vielen Verletzten die Rede. Aber er schrieb doch, wir sollen uns keine Sorgen machen.»

«Das sagt sich so einfach. Möchtest du noch Tee?»

«Gerne.» Mathilda reichte Sören die Tasse und rückte sich den Sessel vor den Kamin. «Anscheinend brodelt es auch in Hamburg schon. Wie ich gehört habe, soll es gestern in der Kantine von Blohm + Voss zu tumultartigen Szenen gekommen sein. Angeblich, weil das Essen zu schlecht war, aber ich denke, das war nur ein Vorwand. Es soll jedenfalls die Parole ausgegeben worden sein, sich mit den Kameraden in Kiel zu verbrüdern. Ich werde morgen im Parteibüro sein, da werde ich mehr erfahren.»

Sören schob einen weiteren Sessel vor den Kamin und postierte ihn so, dass Mathilda ihre Füße auf seine Knie legen konnte. Dann entkorkte er eine Flasche weißen Burgunder und goss sich ein. Um diese Uhrzeit stand ihm nicht mehr der Sinn nach Tee.

«Was gibt es Neues aus Heinrichsdorf? Wie war dein Tag?»

«So wie immer. Bedrückend. Auch wenn es nur drei Tage in der Woche sind. Man kann sich nicht daran gewöhnen. Aber wenn ich die armen Kerle sehe, weiß ich erst, wie gut wir es haben. Ach ja, es ist doch etwas passiert. Ich habe dir doch von dem jungen Offizier erzählt, dem man das halbe Gesicht weggeschossen hat und der nur mit Hilfe eines Schlauchs Nahrung aufnehmen kann.»

«Von Wesselhöft.»

«Ja, Ascan von Wesselhöft.»

«Eine angesehene Familie. Sein Vater sitzt in der Bürgerschaft, Albrecht von Wesselhöft.»

«Mag sein. Ich kann ihn nicht ausstehen.» Es kam selten genug vor, dass in Tildas Worten Abscheu mitschwang. «Er war nur ein einziges Mal bei seinem Sohn. Danach hat er der Genesungsstätte mitgeteilt, dass er selbstverständlich alle Kosten für die Betreuung und Pflege tragen würde. Dabei sagte er doch tatsächlich, es könne ja nicht sein, dass sein Sohn als Krüppel auch noch dem Volk zur Last falle. Es reiche schon, dass er nicht wie Seinesgleichen den ehrenhaften Heldentod gestorben sei. Stell dir das vor. Das hat er wörtlich so zu Doktor Reuter gesagt. Ich war dabei.»

«Ja, der Krieg hat viele Menschen verkrüppelt. Die einen körperlich, die anderen seelisch.»

«Jedenfalls ist Ascan von Wesselhöft verschwunden. Heute Morgen war sein Bett leer.»

«Wie, verschwunden? Ich dachte, jemand wie er kann

nicht allein für sich sorgen und ist auf ganztägige Hilfe angewiesen.»

«Wir können es uns auch nicht erklären und stehen vor einem Rätsel. Niemand hat etwas gesehen oder gehört. Er hat ja nicht nur diese furchterregende Verletzung im Gesicht, sondern ist auf der linken Seite auch fuß- und armamputiert. Man hat ihm zwar eine hölzerne Prothese für den verlorenen Fuß angepasst, sodass er mit Hilfe zweier Krücken hätte aufstehen können, aber dazu hat ihm bislang der Wille gefehlt. Wir haben das ganze Areal abgesucht. Nirgends eine Spur von ihm. Undenkbar, dass er die Anlage ohne fremde Hilfe verlassen hat.»

«Was denkt ihr? Sein Vater?»

«Nein, bestimmt nicht. Wir haben die von Wesselhöfts natürlich verständigt. Die waren außer sich. Aber es war wohl mehr Zorn als Sorge. Doktor Reuter musste sich am Telefon die wüstesten Beschimpfungen anhören. Er hat das Gespräch dann mit dem Hinweis beendet, dass das Genesungsheim schließlich kein Gefängnis, sondern eine Heilstätte sei.»

«Unglaublich. Die Wesselhöfts hätten bestimmt genug Möglichkeiten, ihren Sohn zu Hause aufzunehmen und ihm die entsprechende Pflege zukommen zu lassen. Aber wahrscheinlich ist genau das nicht erwünscht, weil die Familie den ständigen Anblick eines so Verunstalteten nicht ertragen kann. So viel zum Thema Ehre und Anstand. Und ein Suizid, ist das denkbar?»

Mathilda schüttelte langsam den Kopf und schloss die Augen. Ihr Gesichtsausdruck ließ vermuten, dass sie unschönen Gedanken nachhing. «Ohne fremde Hilfe? Und dann wäre es wohl kein Suizid. Ich mag gar nicht darüber nachdenken.»

«Hat er denn einmal Entsprechendes geäußert?»

«Er kann ja nicht sprechen. Mitgeteilt hat er sich nur über geschriebene Notizen, und sein Notizheft ist auch verschwunden. Aber klar, denkbar ist so etwas schon.»

Sie beugte sich vor und griff nach Sörens Weinglas. «Er hatte hin und wieder Besuch von einem Kameraden. Nein, der kam eigentlich regelmäßig, einmal im Monat. Im Sommer hat er ihn sogar im Rollstuhl durch den Garten geschoben. Ich weiß nicht, wie er heißt.» Mathilda leerte das Glas und schenkte sich nach.

«Das hatte ich völlig vergessen. Weißt du, wir haben fünfundachtzig Patienten, und viele sind noch schlimmer dran.» Es klang wie eine Entschuldigung. «Da ist kaum noch was Menschliches übrig, hätte ich fast gesagt. Was ich meine … natürlich sind es nach wie vor Menschen. Aber eben körperliche Wracks, die nie wieder einen normalen Platz in der Gesellschaft bekommen werden. Doktor Reuter sagt, bislang sind mehr als fünf Millionen Soldaten verkrüppelt von der Front zurückgekehrt. Vorläufig. Und wer weiß, wie lange es noch so weitergehen wird …»

Mathilda war aufgestanden, und Sören nahm sie liebevoll tröstend in den Arm.

«Ja. Es ist an der Zeit, dass es zu Ende geht mit dem Krieg.»

KAPITEL 2

ooooo

Gemeinsam mit dem Boten, der ihn kurz nach vier aus dem Bett geschellt hatte, bestieg Ferdinand Kalweit die Droschke und ließ sich umgehend dorthin zurückbringen, von wo aus er vor nicht einmal sechs Stunden in Richtung Schumannstraße aufgebrochen war. Es war stockdunkel, und ein unangenehm kalter Nieselregen stob durch die Straßen. Nur vereinzelt tauchten andere Wagen und Fuhrwerke im tranigen Licht der Lampen auf. Ab der Mundsburg verdichtete sich der frühmorgendliche Verkehr aber so stark, dass der Kutscher mehrmals anhalten musste, weil zwischen den Pferdegespannen kein Durchkommen mehr war.

Kalweit fühlte sich müde und schlapp. Die gestrige Veranstaltung hatte ihn stark mitgenommen, und drei Stunden Schlaf waren deutlich zu wenig, um die Strapazen fortzuwischen. Es war einer der Momente, wo er sich fragte, ob es die richtige Entscheidung gewesen war, den Vorstand der USPD zu übernehmen. Aber was war ihm als Stellvertreter von Dittmann schon übrig geblieben, als Paul vor einem Jahr an die Front abkommandiert worden war? Nein, er hätte es ahnen müssen, dass ihm die ständige Verantwortung über den Kopf wachsen würde. Nicht nur, dass es ihm anscheinend an der notwendigen körperlichen

Konstitution mangelte; er konnte auch keine flammenden Reden aus dem Ärmel schütteln. So wie Dittmanns Bruder Wilhelm gestern, als er 5000 Genossen von den Stühlen geholt hatte. Es hatte frenetischen Beifall gegeben, als er mit den Worten geendet hatte: «Das Alte stürzt und das Proletariat sieht sich über Nacht vor die Aufgabe gestellt, die politische Macht zu ergreifen.» Und nun, war es schon so weit? Dass es so schnell gehen sollte, hatte aber auch Dittmann als Reichstagsabgeordneter nicht ahnen können. Oder brodelte da bereits etwas, über das man ihn nicht informiert hatte?

Die Fassade des Gewerkschaftshauses tauchte wie die Silhouette einer mächtigen Bastion aus dem Dunkel auf. Im Schein der Laternen konnte Kalweit mehrere Leute erkennen, die sich zu kleinen Gruppen zusammengefunden hatten. Vor dem Haus waren fünf Straßenbahnwaggons wie eine Wagenburg zusammengeschoben worden. Zwischen den Waggons entdeckte er ein Maschinengewehr. Es gruselte ihn.

«Dies Haus soll unsere geistige Waffenschmiede sein», hatte August Bebel bei seiner Einweihungsrede gesagt, aber das war lange her. Das festliche Erscheinungsbild des Altbaus mit seiner kostbaren Natursteinfassade und dem Jugendstildekor stand inzwischen im Schatten des monumentalen Erweiterungsbaus von 1913. Dieser wirkte martialisch, als habe man den Kontorhäusern der Kaufmannschaft etwas Ebenbürtiges gegenüberstellen wollen. Die Kriegstrommeln hatte man damals schon hören können. Ob Bebel so etwas vor Augen gehabt hatte? Eine Revolution?

Unter den Blicken von Lassalle, Liebknecht, Marx und Engels, deren Porträts über dem Eingang hingen, eskortierten zwei Bewaffnete Kalweit bis in den großen Festsaal, wo ein hektisches Durcheinander herrschte. Von den Emporen hingen rote Fahnen herab. Was passierte hier? Es dauerte einen Augenblick, bis er einen Vertrauten im Gewühl ausmachen konnte. «Klärst du mich mal auf, was hier vor sich geht? Und was machst du überhaupt hier? Ich dachte, du bist in Kiel.»

«Bis gestern, Genosse. Bis gestern.» David Bischop rückte seinen Uniformrock zurecht und deutete auf die Stelle, an der er die Kokarde der kaiserlichen Marine abgetrennt hatte. «Wir tragen den Aufstand in diese Stadt. Mit Grüßen vom Kieler Arbeiter- und Soldatenrat. Dort steht man bereits mit Berlin in Verhandlung. In der Nacht haben wir unter dem Kommando von Marinemaat Zeller die im Hafen liegenden Torpedoboote genommen und die Besatzungen entwaffnet. Danach haben wir die Zollposten des Elbtunnels überwältigt, seither halten wir die Zufahrten unter Kontrolle.»

«Es soll also ein Ende haben? Na gut. Hoffen wir, dass es gut ausgeht. Wo ist dieser Zeller?» Kalweit strich sich nervös über den Schnurrbart. Er sah blass aus.

«Am Bahnhof. Wir müssen wissen, wie stark die dortige Wache besetzt ist. Vielleicht ist sie aufgrund des angekündigten Sympathiestreiks verstärkt worden. Was wir jetzt gar nicht gebrauchen können, sind unnötige Verluste.»

Ein junger Genosse schob sich zwischen Kalweit und Bischop. «Die Plakate sind vorbereitet. Was sollen wir schreiben?»

David überlegte kurz, was ihm am wichtigsten erschien. «Schließt euch uns an! Plündert nicht!», sagte er selbstsicher. Es war die Strategie, die sie sich auch in Kiel auf die Fahne geschrieben hatten. «Und wir brauchen Flugblätter», fügte er hinzu. «Der Zirkus Busch wird nicht ausreichen. Die Menschen sollen zum Heiligengeistfeld kommen.»

«Habt ihr Otto informiert?», fragte Kalweit mit verhaltenem Atem, als könne er so einen Teil der Verantwortung auf die Schultern eines gestandenen Genossen laden. Es war ihm anzusehen, dass er sich nicht wohlfühlte in seiner Haut.

«Es sind Boten zu den Genossen Stolten und Stubbe unterwegs», erklärte David. Er merkte, dass Kalweit mit der Situation überfordert war. Und das ausgerechnet jetzt, wo so wichtige Entscheidungen getroffen werden mussten.

«Wir müssen dringend einen Maßnahmenkatalog ausarbeiten. Welche Forderungen …»

«Das ist bereits in die Wege geleitet», unterbrach ihn David. Es gab keine Zeit, um grundlegende Verhaltensregeln zu diskutieren und die Genossen über Entscheidungen abstimmen zu lassen, weil man sich erst einmal Luft verschaffen musste, bevor das geschlossene Vorgehen von anderen unterwandert werden konnte. Nur darum ging es. Sie mussten die Genossen mobilisieren, um den Bruch mit dem Bestehenden endgültig zu machen. Mit Hunderten konnte man nichts ausrichten – mit Zehntausenden sehr wohl. Alles Weitere würde sich danach zeigen.

«Zuerst müssen wir uns absichern», fuhr David fort. «Es ist damit zu rechnen, dass die Kommandantur eine

Antwort nicht lange schuldig bleiben wird. Wir haben die Straße unten mit Straßenbahnen verbarrikadiert. Außerdem sind auf der Elbhöhe bei der Navigationsschule zwei Maschinengewehrstellungen besetzt. Keinesfalls dürfen kaisergetreue Marinesoldaten von den Kriegsschiffen am anderen Ufer hierhergelangen. Deshalb die Blockade des Elbtunnels. Die Schutzmannschaften auf Steinwärder und dem Kleinen Grasbrook wurden entwaffnet. Am wichtigsten ist aber erst einmal der Bahnhof.»

Der junge Genosse von eben drängelte sich erneut zwischen die beiden und meldete freudestrahlend, dass das *Echo* auf ihrer Seite sei und man dort alle ihre Flugblätter und Aufrufe drucken werde.

«Das habe ich auch nicht anders erwartet», sagte David.

«Es gibt mehr Zulauf als erwartet?», konstatierte Kalweit mit fragendem Unterton.

«Und genau das ist unsere Chance», antwortete David. Dann musterte er Friedrich Kalweit kurz, als wäre er sich nicht sicher, den geeigneten Mann vor sich zu haben. «Was wir jetzt brauchen, ist ein Vorsitzender des Arbeiterrates, der gemeinsam mit Zeller agiert.»

Kalweit nickte. Er hatte es insgeheim befürchtet. Aber er war kein Revolutionsführer, er war kein Lenin. Er hatte nicht einmal eine Stimme, die wie ein auf den Amboss schlagender Hammer klang. Zumindest so etwas brauchte man doch, wollte man Massen mobilisieren.

«Ja, ich mache das», sagte er dennoch. «Zumindest erst mal …» Er blickte David unsicher an, als könnte der ihm helfen. «Ich mache das, bis halbwegs Ordnung herrscht und wir das demokratisch angehen können.»

Eine halbe Stunde später brachen sie in Richtung Hauptbahnhof auf. Zeller hatte berichtet, die dortige Wache sei mit sechzehn Mann besetzt, aber wenn man sie im Handstreich überrumpelte, sollte es machbar sein. Sie hatten sich in zwei Gruppen aufgeteilt, die Gewehre waren auf einem Handwagen unter Decken versteckt.

Als sie die Kirchenallee erreichten, hatte es aufgehört zu regnen. Friedrich Zeller führte seine Gruppe direkt auf den Eingang zu, David und die anderen folgten mit einigem Abstand. Je zwei Wachposten hatten sich rechts und links des Portals postiert.

Die erste Aufgabe bestand darin, möglichst viele Leute aus der Wache zu locken, denn im Inneren der Wachstube war es zu unübersichtlich, wie Zeller meinte. Am wichtigsten war es, den Fernsprecher unbrauchbar zu machen, damit keine Verstärkung angefordert werden konnte. Dafür wartete David mit drei Genossen direkt an der Tür. Sie sollten in den Wachraum eindringen, sobald die Wachmannschaft herausstürmte. So der Plan. Die anderen warteten hinter den Gepäckfächern zum Eingang der großen Halle und würden die Wachleute mit angelegten Gewehren überraschen. Das verabredete Signal für den Handstreich waren zwei Gewehrschüsse.

Dazu stiegen zwei Genossen hinunter zum leeren Gleis drei. Auf dem Nachbargleis wartete ein Zug nach Neumünster auf das Abfahrtssignal. Der Bahnsteig war noch voller Soldaten, die als Urlauber auf dem Weg zurück zu ihren Truppenteilen waren. Hauptsache, es ließ sich niemand von denen zu einer Kurzschlusshandlung verleiten. Ein Offizier womöglich …

Als die Gewehrschüsse durch die Halle peitschten, drückte David seine Zigarette mit dem Stiefel aus. Man hatte nicht hören können, von wo die Schüsse abgegeben worden waren, und im Dampf der wartenden Lokomotive blieben auch die Rauchfäden aus den Gewehrläufen unsichtbar. Für einen Moment herrschte Totenstille. Dann rannten die Wachleute vom Eingang in die Halle. David lehnte direkt neben der Tür zur Wachstube. Als sich nichts rührte, riss er die Tür auf und rief: «Bei den Gleisen schießen zwei Frontgänger um sich!»

Augenblicklich leerte sich die Wache, die Mannschaft stürmte an ihm vorbei. Nur drei Leute befanden sich noch im Raum. Der Mann hinter dem Wachtresen hatte die Hörmuschel des Fernsprechers bereits am Ohr, als David das Kabel aus der Wand riss. Der ungläubige Blick des wachhabenden Offiziers traf ihn. Er hörte, wie hinter ihm ein Karabiner durchgeladen wurde.

Die Fernsprecher klingelten ununterbrochen, als Mathilda Bischop kurz vor Mittag das Parteisekretariat an der Großen Theaterstraße betrat. Seit drei Jahren arbeitete sie dort nun schon als Assistentin des Parteivorstands. Als sie im ersten Stock ankam, war alles in heller Aufregung. Es dauerte, bis sich jemand fand, der ihr die nächtlichen Geschehnisse schilderte. Wirklich Genaues wusste aber auch hier niemand, die Ereignisse überschlugen sich immer noch im Minutentakt. Sie versuchte sofort, Sören zu erreichen, aber der schien nicht zu Hause zu sein. Sodann zog sie in Erwägung, sich direkt zum Gewerkschaftshaus auf den Weg zu machen, aber man riet ihr davon ab, solange die Situation auf den Straßen der Altstadt noch nicht überschaubar sei.

Schon auf dem Weg hierher hatte sie es gesehen. Immer wieder gab es Scharmützel, kleine Gruppen Demonstrierender, Feldgraue, die sich den Aufständischen angeschlossen hatten und allerorts Fronturlauber und Offiziere entwaffneten. Zwischen Gewerkschaftshaus und Neustadt fuhren mit roten Fahnen gekennzeichnete Fahrzeuge Patrouille, und an jeder zweiten Kreuzung wurden Ansprachen gehalten. Aus Altona wurde von Feuergefechten berichtet, nachdem ein großer Demonstrationszug vor dem Generalkommando in der Palmaille aufmarschiert war, und auch vor der Kaserne an der Bundesstraße sollte es zu starken Gefechten gekommen sein. Ein mit roten Fahnen geschmückter Tross zog nun angeblich in Richtung Fuhlsbüttel, um in Schutzhaft befindliche Soldaten aus dem Gefängnis zu befreien. Das Untersuchungsgefängnis am Holstenplatz war bereits gestürmt worden. Börse und Rathaus waren aus Sicherheitsgründen geschlossen, aber es gab Gerüchte, wonach Bürgermeister von Melle und Senator Petersen gerade eine Abgeordnetendelegation des Arbeiter- und Soldatenrates empfingen.

Niemand wusste, wer dieser Friedrich Zeller war, der dem Soldatenrat vorstand. Eigentlich dachte man, dass Friedrich Kalweit in seiner Funktion als Parteivorsitzender der Unabhängigen auch die Spitze des Arbeiterrates übernommen hatte. Aber bestätigen konnte das noch niemand. Selbst das *Echo* verfügte im Moment über keine verlässlichen Informationen.

In den Redaktionsräumen, die an der rückseitigen

Fehlandstraße lagen, schien es ebenfalls zu brodeln. Schriftleiter Krause war vor einer knappen Stunde empört zu ihnen gekommen, weil man ihm dort den Zutritt untersagt hatte. Der genaue Grund dafür war nicht in Erfahrung zu bringen. Jeder sprach zwar davon, Ruhe und Ordnung bewahren zu wollen, dennoch schien alles im Chaos zu versinken.

Endlich meldete sich Sören. Mathilda ließ ihn gar nicht ausreden. «Meine Güte, wo steckst du? Weißt du, was in der Stadt los ist?»

«Ich bin im Wohldorfer Herrenhaus. Gemeinsam mit Heinrich Stubbe, der mich schon über die Geschehnisse aufgeklärt hat. Er will sich mit Otto Stolten am Heiligengeistfeld treffen und bereitet gerade eine Rede vor. Ich werde aber nicht mitkommen. Wirst du dort sein?»

«Die ganze Stadt scheint Richtung Heiligengeistfeld zu strömen. Wenn die Partei einen offiziellen Wagen schickt, werde ich dabei sein. Aber momentan sind überhaupt keine Wagen verfügbar, weil niemand weiß, wer was macht. Es herrscht das reinste Durcheinander hier.»

«David hat sich übrigens gemeldet, kurz nachdem du aufgebrochen bist. Es geht ihm gut. Er ist in der Stadt.»

«In der Stadt? Weiß Liane davon?»

«Sie war überhaupt nicht zu Hause heute Nacht. Ich denke, sie ist gestern bei Erna Lewandowski geblieben. Wahrscheinlich ist es zu spät geworden. Im Curio-Haus ist sie jedenfalls nicht. David meinte, dass er voraussichtlich heute Abend nach Hause kommen wird. Dann will er uns alles erzählen. Übrigens, hast du der Mutter von Ascan von Wesselhöft geraten, sich mit mir in Verbindung zu setzen? Ich habe heute Vormittag einen seltsamen Anruf erhalten.»

«Nein. Aber sie weiß, wer du bist und was du machst. Was wollte sie denn?»

«Ich erzähl dir heute Abend, worum es geht. Tilda ...» Sören zögerte einen Moment. Seine Stimme klang besorgt. «Tilda, pass bitte auf dich auf.»

Es stand natürlich kein Wagen zur Verfügung, und nachdem klar war, dass vor allem Vertreter des linken Flügels der USPD die Ansprachen halten würden, verzichtete Mathilda darauf, sich zum Heiligengeistfeld durchzuschlagen. Der Genosse Berthold Grosse war am Anfang der Veranstaltung vor Ort gewesen, er berichtete von einem Meer roter Fahnen. Er schätzte, dass mehr als 50 000 Menschen dem Aufruf gefolgt waren. Die Veranstaltung selbst war wohl friedlich verlaufen, aber auf Altonaer Gebiet hatte es angeblich mehrere Tote und viele Verletzte gegeben. Inzwischen gab es Informationen, dass die Truppen des Generalkommandos abgerückt waren, was auf eine Kapitulation vor den Forderungen des Arbeiter- und Soldatenrates hindeutete. Grosse saß zusammen mit Max Leuteritz im Roten Salon, wie sie das Besprechungszimmer mit der großen, barocken Couch hausintern nannten. Sie warteten auf die Genossen Hense und Neumann, um das weitere Vorgehen zu besprechen.

Immer wenn neue Meldungen kamen, trug Mathilda sie höchstpersönlich in den Salon, der längst völlig verqualmt war. Über den Fernschreiber kam die Nachricht, dass sich inzwischen auch in Cuxhaven ein Arbeiter- und Soldatenrat nach Kieler Vorbild konstituiert hatte. Kurze Zeit später folgte Wilhelmshaven, nur dass sich der Rat dort Vertrauenskommission der Mannschaften nannte. Aus Bremen und Rendsburg kamen ähnliche Meldungen. Leuteritz und Grosse brachen in schallendes Gelächter aus, als Mathilda ihnen die letzte Meldung aus Berlin aushändigte, wonach die Reichsregierung nach Paragraph 9b aufgrund des Belagerungszustands die Bildung von Arbeiter- und Soldatenräten und die Teilnahme an solchen verbiete.

«Die haben wohl den letzten Schuss nicht gehört», konstatierte Leuteritz. «Was glauben die denn? Wirklich spannend ist doch die Frage, wie viele Tage wir noch einen Kaiser haben!»

Am späten Nachmittag teilte das Gewerkschaftshaus offiziell mit, dass die Besetzung aller Amts- und Militärgebäude abgeschlossen sei und der Arbeiter- und Soldatenrat ab sofort die Befehlsgewalt über die Stadt übernommen habe. Die Nahrungsmittelmagazine würden bewacht, und die Lebensmittelzufuhren und -ausgaben sowie die Lieferungen an die Geschäfte und die Kriegsküche habe man vollständig unter Kontrolle.

«Die politische Macht übernommen, soso», unkte Sören und blickte seinen Ziehsohn skeptisch an, als er David am späten Morgen in der Halle begegnete. «Soweit ich weiß, sind Senat und Bürgerschaft aber noch vorhanden. Oder sehe ich das verkehrt?»

Natürlich war er in erster Linie froh, dass David nichts

passiert war, was nach dessen Schilderungen am gestrigen Abend wie ein kleines Wunder anmutete. Bis spät in die Nacht hatten sie zusammengesessen und den Berichten gelauscht, Davids wie Tildas gleichermaßen. Aber David war der Einzige von ihnen gewesen, der den politischen Aufstand euphorisch gefeiert hatte. Sörens Blick auf die Lage war mehr von Nüchternheit gekennzeichnet. In der momentanen, immer noch unüberschaubaren Situation war es von Vorteil, einen kühlen Kopf zu bewahren. Davids Siegestaumel empfand Sören als verfrüht.

Auch er blickte gespannt auf die Geschehnisse des vor ihnen liegenden Tages. Aber der hatte genauso begonnen, wie er es heimlich befürchtet hatte: im Chaos. Nachdem klar war, dass die Hoch- und Untergrundbahnen nicht fuhren, hatten Tilda und Liane am Morgen den Wagen nehmen müssen. Und seit einer Stunde schien auch das Fernmeldeamt nicht mehr besetzt zu sein.

«‹Alles unter Kontrolle› stelle ich mir irgendwie anders vor.» Sören griff demonstrativ zur Hörmuschel des Fernsprechers und kurbelte das Amt an. Vergeblich. «Wie ich höre, höre ich nichts. Dabei erwarte ich einen dringenden Anruf des Kollegen Herz. Er rief mich heute früh an und bat mich um beratende Unterstützung, da ihn die USPD zur Klärung der zukünftigen Machtbefugnisse heranziehen möchte. Das ist alles gar nicht so einfach. Sag, schwebt euch … schwebt dir so etwas wie eine bolschewistische Revolution vor?»

«Natürlich nicht. Aber Senat und Bürgerschaft werden in der bisherigen Form keine Macht mehr über die Stadt ausüben. Es müssen Wahlen her. So schnell wie möglich.

Wir werden heute erst mal die Wahl eines Großen Arbeiterrates vorbereiten. Dann sehen wir weiter.»

David blickte zur Standuhr, dann umarmte er Sören und griff nach dem Mantel. «Ich muss los. In einer Viertelstunde fährt unser Wagen vom Brook zur Zentrale. Ich halte dich auf dem Laufenden.»

KAPITEL 3

ooooo

Elisabeth von Wesselhöft hatte sich für zwölf Uhr angemeldet, und pünktlich auf die Minute rollte ein stattliches Landaulet die Auffahrt hinauf. Ein nagelneuer Benz 27 mit mächtiger Motorhaube, fast doppelt so lang wie Tildas kleiner Brennabor. Der Fahrer half Elisabeth von Wesselhöft aus dem Gefährt und begleitete sie mit einem Regenschirm bis zur Tür. Wie häufig am Mittag hatte ein feiner Nieselregen eingesetzt. Sören empfing die Dame an der geöffneten Tür.

«Von Wesselhöft. Ich habe einen Termin. Doktor Bischop erwartet mich.» Ihre näselnde Akzentuierung war herablassend und sollte ihrem gesellschaftlichen Stand Ausdruck verleihen.

Sören ignorierte es. «Bischop. Bitte treten Sie ein.» Er vermied es, ihr die Hand zu reichen. Dass sie ihn mit einem Hausangestellten verwechselt hatte, störte ihn weniger als der Umstand, dass sie nicht den Hauch von Verlegenheit zeigte.

Als er dem Fahrer anbot, ebenfalls einzutreten, wies Frau von Wesselhöft den Vorschlag brüsk zurück. «Das kommt gar nicht in Frage. Der Wagen hat schließlich eine Petroleumheizung.»

Sören bereute es sofort, sich auf diese Klientin eingelassen zu haben. Ihre Affektiertheit ging ihm schon jetzt auf die Nerven. Aber auch Neugierde war da. Pflichtschuldig half er ihr aus dem bodenlangen Wollmantel und hängte das kostbare Stück an die Garderobe.

Elisabeth von Wesselhöft musste etwa in Tildas Alter sein, vielleicht sogar jünger. Sie war groß und hager, nicht so knöchern wie Liane, aber größer als er selbst. Er merkte, dass sie es gewohnt war, dass man zu ihr aufblickte. Das elegante Kostüm war etwas zu luftig für die Jahreszeit und endete mit einem Rüschenbesatz am Dekolleté und am Saum unter den Knien. Er bat sie in den Salon, den Agnes, bevor sie aufgebrochen war, ordentlich vorgeheizt hatte. Sören legte noch zwei Buchenscheite nach, dann bot er ihr an, am ovalen Tisch Platz zu nehmen.

«Es ist derzeit gefährlich auf den Straßen. Gott sei Dank konnten wir ungehindert zu Ihnen gelangen.» Sie zupfte sich die Handschuhe von den stark beringten Fingern und fügte hinzu: «Vielen Dank, dass Sie sich Zeit für mich nehmen konnten.»

Das war das Mindeste, was er erwartet hatte. Auch wenn ihre Worte gestelzt wirkten. Bittstellerei und Dank waren ihre Sache nicht, so viel war klar.

«In welcher Angelegenheit kann ich Ihnen meine Dienste anbieten?»

«Nun, wie Sie sich denken können, geht es um unseren Sohn Ascan. Wir sind in großer Sorge.» Sie zögerte kurz, und ihre Stimme zitterte plötzlich. Es wirkte, als wolle sie ihre Maske zurechtrücken. «Mein Gemahl ist leider unabkömmlich. Die Arbeit spannt ihn sehr ein. Wie es aussieht, werden wir wohl viele Arbeiter entlassen müssen. Einige hundert vielleicht.»

Sören wusste nicht, was für einen Betrieb die Wesselhöfts hatten. Er wusste nur, dass Albrecht von Wesselhöft Mitglied der Bürgerschaft war. Aber die beiläufige Erwähnung passte zum Habitus der Dame. Auch wenn es aufgesetzt wirkte. Er fragte sich, wie sie gerade auf ihn gekommen war. Er war alles andere als ein Advokat, der bekannt dafür war, die Interessen der bürgerlichen Oberschicht zu vertreten. Ganz im Gegenteil, das Gros seiner Klientel stammte aus der Arbeiterklasse. Wahrscheinlich hatte sie von Mathilda erfahren, dass er Anwalt war, und sie meinte nun, ein direkter Bezug zum Geschehen könnte nicht von Nachteil sein.

«Verstehen Sie mich nicht falsch. Wir wollen das mysteriöse Verschwinden unseres Sohnes von der Pflegestelle keinesfalls juristisch untermauert vorantreiben oder gar Klage erheben.»

Erneut wartete sie etwas zu lang, um ihr wirkliches Anliegen zur Sprache zu bringen. «Aber das Heim scheint über keinerlei Möglichkeiten zu verfügen, die Suche nach Ascan … oder man sieht dort keine Notwendigkeit, tätig zu werden.»

«Ist Ascan Ihr einziges Kind?», fragte Sören.

Ihm war schon klar, worum es ging. In einem seltsamen Widerspruch dazu stand, dass er hier keiner verzweifelten Mutter gegenübersaß. Elisabeth von Wesselhöft wirkte nicht wirklich besorgt.

«Nein, er hat noch einen jüngeren Bruder, Hagen.»

«Und Sie möchten, dass ich Ihren Sohn Ascan finde?

Oder dass ich zumindest ein wenig Licht in die Umstände seines Verschwindens bringe?»

«Wir befürchten ... nun ... es kann ja nicht ausgeschlossen werden, dass ... in seinem Zustand ... dass er sich etwas antun will.»

Plötzlich schwang doch so etwas wie Angst in ihrer Stimme mit. Sie versuchte vergeblich, dagegen anzukämpfen, knetete nervös ihre hageren Finger und schob die Ringe hin und her.

«Gibt es jemanden, dem er sich anvertrauen würde? Oder jemanden, bei dem er Unterschlupf finden könnte? Wir müssen schließlich davon ausgehen, dass Ihr Sohn das Heim keinesfalls ohne fremde Hilfe verlassen konnte.»

Elisabeth von Wesselhöft presste die Lippen aufeinander. Sie schüttelte den Kopf. «Seine Freunde sind alle an der Front. Als Offiziere bei ihren Einheiten natürlich. Wie es sich gehört.»

«Meine Frau erwähnte, dass Ihr Sohn im Sommer häufiger Besuch gehabt habe.»

«Das will ich nicht ausschließen. Aber ich wüsste nicht, wer das gewesen sein sollte. Vielleicht ein Kamerad auf Fronturlaub.»

Sie vermied es anzusprechen, dass sie ihren Sohn kein einziges Mal im Heim aufgesucht hatte. Vor diesem Hintergrund wirkte ihre Sorge für Sören umso gespielter.

«Nein, er soll regelmäßig gekommen sein, mindestens einmal im Monat. Aber man führt im Heim natürlich nicht Buch darüber, wer zu Besuch kommt. Wie alt ist Ihr Sohn?»

«Ascan ist fünfundzwanzig.»

So alt wie Ilka, dachte Sören. «Dann war er einundzwanzig, als der Krieg begann. Was hat er vorher gemacht?»

«Er hatte gerade mit dem Studium der Jurisprudenz begonnen. In Greifswald.»

«Ist es denkbar, dass ihn ein Kommilitone von dort besucht hat?»

Elisabeth von Wesselhöft zuckte hilflos mit den Schultern. Dann rückte sie ihr Kreuz gerade. «Ascan hatte nur den besten Umgang. Er war ja sogar verlobt. Mit Hedwig …» Sie schluckte. «Mit Hedwig von Moellendorff. Aber nach dem Unheil wurde die Verlobung natürlich aufgelöst.»

«Von welcher Seite?», fragte Sören vorsichtig.

Sie schlug die Augen nieder. «In gegenseitigem Einvernehmen.»

«Selbstverständlich», pflichtete ihr Sören bei, auch wenn er ahnte, dass es nicht der Wahrheit entsprach. «Haben Sie eine Fotografie Ihres Sohnes?»

Elisabeth von Wesselhöft reichte Sören einen Umschlag. Neben dem Foto steckte ein Bündel Geldscheine. «Verstehen Sie es als kleine Anzahlung. Es ist uns wirklich ein Bedürfnis … Ich hoffe, ich konnte Sie von der Dringlichkeit des Handelns überzeugen.»

Sören schob das Geld über den Tisch zurück. «Ich kann Ihnen anbieten, mich ein wenig umzuhören. Als Mandat verstehe ich das gleichwohl nicht. Ich bin kein Detektiv, habe aber bereits ähnliche Aufträge auf Basis einer Erfolgsprovision angenommen. Meine Spesen stelle ich davon unabhängig gesondert in Rechnung. So würde ich es auch in diesem Falle halten. Was ich jetzt noch bräuchte, sind Angaben über die Regimentszugehörigkeit.»

Sören betrachtete das Foto des jungen Mannes, der mit pomadiertem und exakt gescheiteltem Haar in voller Paradeuniform abgelichtet war. Mit gezwirbeltem Schnauzer, der Blick in die Ferne schweifend. Man hätte es für eine theatralische Parodie auf Wilhelm Zwo halten können, aber dem war nicht so.

«Alles, was wir haben, finden Sie in dem Umschlag. Ich danke Ihnen. Bitte lassen Sie es mich umgehend wissen, wenn Sie etwas in Erfahrung bringen können.» Sie reichte Sören ihre Karte und erhob sich. «Unter dem angegebenen Fernsprecher erreichen Sie mich auch zu Nachtzeiten.»

Als Sören nach der Verabschiedung in den Salon zurückkehrte, fiel sein Blick auf das Bündel Geldscheine, das immer noch auf dem Tisch lag. Er fragte sich, warum er diesen Auftrag überhaupt angenommen hatte. Elisabeth von Wesselhöft zuliebe bestimmt nicht. Ihn interessierte die plötzliche Dringlichkeit ihres Anliegens. Das schreckliche Schicksal ihres Kindes hatte sie nie dazu bewegen können, ihrem Sohn auch nur einen Besuch abzustatten. War es die Angst, seine Verstümmelung nicht ertragen zu können, oder weshalb war sie nie bei ihm gewesen? War es die gesellschaftliche Schmach? Sören wusste es nicht. Mütterliche Liebe und Sorge um das Kind waren es jedenfalls nicht, so viel hatte er schon verstanden. Elisabeth von Wesselhöft wirkte kalt und berechnend auf ihn. Dieser scheinbare Widerspruch machte die Angelegenheit für ihn nur noch interessanter.

Sören verstaute das Geldbündel ungezählt im Stahlschrank seines Arbeitszimmers und machte sich Notizen zu seinem Vorgehen. Ein Laufzettel, wie er ihn immer anfertigte, wenn er einen neuen Auftrag angenommen hatte.

Zuerst brauchte er ein aktuelles Bild Ascan von Wesselhöfts, das seine Verwundung zeigte. Das würde ihm Tilda besorgen können. In der Regel gab es in den Militärhospitälern Bilder der Verletzungen. Zumindest war das so bei umfangreichen Verstümmelungen, die eine Herausforderung für die Chirurgen darstellten. Es ging darum, zu dokumentieren, was medizinisch überhaupt machbar war. Dann benötigte er ein Namensverzeichnis der Greifswalder Kommilitonen sowie Einsicht in die Militärakten, um den jungen Besucher im Krüppelheim identifizieren zu können. Auch dabei konnte ihm Tilda behilflich sein, schließlich hatte sie ihn mehrfach gesehen. Vielleicht war es doch ein Kamerad, der dabei gewesen war, als Ascan von Wesselhöft verwundet worden war? Vielleicht war er danach auch von der Front abgezogen worden. Aktuell betraf die Zurückziehung die Jahrgänge 70 und 71. Und wer wusste schon, wie es nun weiterging. Sören legte den Stift beiseite. Das Klingeln des Telefons signalisierte, dass zumindest das Fernmeldeamt wieder besetzt sein musste.

Erst gegen neun Uhr waren alle nach Ohlstedt heimgekehrt. David war als Letzter gekommen. Er war allerbester Laune.

«Was für ein Tag», jubelte er, als er am Abendbrotstisch Platz nahm, wo alle auf ihn gewartet hatten. «Erst verkündet von Baden die Abdankung des Kaisers und setzt

Ebert als Reichskanzler ein, und dann rufen Scheidemann und Liebknecht auch noch die Republik aus. Mehr geht nicht!»

Er griff nach seinem Weinglas und prostete den anderen zu, während Agnes das Essen hereinbrachte. Es gab Steckrübensuppe mit Stippe. Dazu einen 04er-Margaux Deuxième Cru vom Château Lascombes, zu dem Martin in seinem Weinbuch vermerkt hatte, dass er eigentlich als Premier Cru hätte klassifiziert werden müssen.

«Zu Ehren der roten Tage ein verehrenswerter Roter», kommentierte Sören, nachdem David ihm nach dem ersten Schluck einen anerkennend fragenden Blick zugeworfen hatte. Sören gefiel sein Wortspiel. Ohne viel Worte zu verlieren, gedachte er seines toten Freundes und reichte das Kompliment still an ihn weiter.

«Doktor Hasslof sagt, der Kaiser habe Fahnenflucht begangen, als er nach der Abdankung von Spa nach Holland geflohen ist», meldete sich Robert zu Wort.

Tilda lächelte. «Die Frage ist viel mehr, warum er geflohen ist. Wegen der Ausrufung der Republik und der Rücktrittsforderungen der Sozialdemokraten, oder weil Wilson sonst die Waffenstillstandsverhandlungen abgebrochen hätte?»

«Ebert wird die Bedingungen der Entente annehmen müssen», erklärte Sören. Und an seinen Sohn gerichtet: «Dein Lehrer hätte es wohl lieber gehabt, wenn Wilhelm Richtung Berlin gezogen wäre, um die Monarchie gegenüber der Republik zu verteidigen …»

«Und dann in treuer Pflichterfüllung den Heldentod gestorben wäre», fügte David mit beherztem Sarkasmus hinzu. «Das kommt aber auf dasselbe raus. Hauptsache, weg!»

«Warum ist dein Doktor Hasslof eigentlich nicht an der Front?», fragte Sören.

«Weil … der ist fast taub.»

«Das ist an der Front wohl nicht von Nachteil, denke ich.» Alle mussten lachen. Bis auf Robert, der die Ironie in Davids Worten nicht verstand.

«Außerdem gibt es da jetzt so elektrische Apparate von Siemens & Halske», sagte Sören. «Hab ich neulich bei Seifert an der Mönckebergstraße in der Auslage gesehen.»

«Jaja, der Doktor Hasslof.» Tilda rollte mit den Augen. «Sei's, wie es sei. Jetzt ist es eh zu spät. Das Feuer an den Fronten ist eingestellt.»

«Das ist es doch, was wirklich wichtig ist. Trinken wir darauf, dass nicht mehr geschossen, dass nicht mehr getötet wird.» Sören erhob demonstrativ sein Glas, und die anderen taten es ihm gleich. «Angeblich sollen sich sogar deutsche und französische Truppen bei Mons verbrüdert haben, wie ich gelesen habe.»

«Über den Schützengräben von Mons bis hin zur belgischen Grenze wehen rote Fahnen», erklärte David, als wenn er es selbst gesehen hätte.

«So wie auf den Kriegsschiffen in den Häfen. Die gesamte Nordseeflotte soll inzwischen in der Hand der Soldatenräte sein. Von Kiel bis Hamburg, von Wilhelmshaven bis nach Helgoland. Apropos Hamburg, erzähl von der Wahl», wandte sich Sören an David. «Wen haben die Delegierten gewählt?»

Das Augenmerk richtete sich auf David, der direkt vom

Gewerkschaftshaus gekommen war. Alle waren gespannt gewesen auf seinen Bericht, aber die aktuellen Nachrichten über die nationalen Geschehnisse hatten sich wie so häufig über die Meldungen aus der Stadt gelegt.

Auch Tilda hatte bislang noch nichts von ihrem Gespräch mit Frieda Radel erzählt. Radel hatte sie gestern in der Parteizentrale angerufen, um sich gleich heute mit ihr zu treffen. Es ging um die Belange der Frauen, natürlich. Aber jetzt stand Frieda Radel kurz vor dem Durchbruch. Für alle zukünftigen Wahlen sollte ein Frauenstimmrecht zugrunde gelegt werden. Und die Sozialdemokraten sollten das durchsetzen. Da lag es nahe, dass die Frauenrechtlerin Tilda bearbeitete, denn Radels linksliberale Deutsche Demokratische Partei hatte keinen vergleichbar langen Arm in der Bevölkerung. Auch wenn ihm die meisten Themen der Frauenbewegung, die Frieda Radel seit Jahren hartnäckig mit Tilda diskutierte, auf die Nerven gingen – was das Wahlrecht betraf, musste Sören ihr beipflichten. Das war längst überfällig. Ausnahmsweise verstand er, was Tilda an ihr fand.

«Es wurde heute ein dreißigköpfiger Exekutivrat gewählt», fasste David die Vorgänge im Gewerkschaftshaus zusammen. «Das ist der große Arbeiterrat, der dem Soldatenrat zur Seite gestellt wird. Jeweils drei Vertreter der Parteien, der USPD, der MSPD, der Linksradikalen und des Gewerkschaftskartells. Dazu kommen achtzehn Delegierte aus den großen Betrieben.»

«Und wer macht den Vorsitz?», fragte Sören.

«Das stellt sich morgen raus.»

«Grosse will sich zur Wahl stellen», sagte Tilda.

«Was sicher eine gute Wahl wäre», meinte Sören. Und an David gewandt: «Wie schätzt du die Situation ein?»

«Grosse wäre nicht der falsche Mann. Aber bislang haben die Mitglieder der USPD ein deutlich stärkeres Gewicht innerhalb der Bewegung. Die Linksradikalen haben die schlagkräftigeren Argumente. Umso selbstbewusster treten sie auf. Ich kann keine Prognose abgeben. Morgen wissen wir mehr.»

«Wir gehen morgen mit der Klasse ins Lessing Theater», warf Robert ein und zog für einen kurzen Moment die Aufmerksamkeit auf sich.

«Am Gänsemarkt?», fragte Tilda. «Was wird denn gespielt?»

«Ferdinand Lassalle. ‹Des Volkstribunen Glück und Ende›.»

Alle mussten lachen.

«Na, das passt ja», meinte Sören. Er war sich ziemlich sicher, dass sein Jüngster nicht wusste, wer Lassalle war. «Aber da geht ihr doch bestimmt nicht mit Doktor Hasslof hin, oder?»

Robert wurde rot und schüttelte verlegen den Kopf. Er meinte wohl, das Gelächter habe ihm gegolten.

Tilda sprang ihm zur Seite: «Man ist in diesen Tagen ja schon froh, dass in der Schule überhaupt noch etwas passiert und ihr nicht mehr nach Hause geschickt werdet. Habt ihr denn über Lassalle gesprochen? Weißt du, wer Lassalle war und was wir ihm zu verdanken haben?»

Erneutes Kopfschütteln.

«Ich weiß auch nicht, wer dieser Lassalle war», sagte Agnes leise, als wolle sie Roberts Unwissenheit entschuldigen. «Ich weiß nur, dass die tägliche Mehlration zum Dezember hin um vierzig Gramm erhöht werden soll.»

Alle starrten sie an. «Ah ja …», entfuhr es David schließlich. «Womit wir beim alltäglichen Wahnsinn angekommen wären.»

«Und bevor es wieder politisch wird», meldete sich Liane zu Wort, «ich wollte fragen, ob wir noch Platz im Hause haben, um zwei Künstlern für ein paar Tage Unterkunft geben zu können? Ich dachte an den Raum bei der Mansarde, und Ilkas Zimmer ist ja auch noch bis Mitte Dezember verwaist. Wenn sie denn überhaupt kommt …»

Als niemand einen Einwand erhob, nickte sie zufrieden. «Es sind zwei bekannte Musiker, Bertha Horwitz und Walter Spiro. Sie spielen und singen im Duett, und wir wollen sie für eine Veranstaltung mit dem Kaffeehaus Esplanade buchen, können aber nicht auch noch für ihr Logis im Hotel aufkommen.»

«Also ich habe nichts dagegen», meinte Sören. Es war nicht das erste Mal, dass Liane eine solche Bitte äußerte. «Solange du dich um die Zimmer kümmerst und Agnes das in der Küche hinbekommt?»

Sie hatten in den letzten Jahren schon mehrfach mittellose Schauspieler, Tänzer und Artisten im Haus untergebracht. Bislang zu ihrer aller Kurzweil. Und wenn er selbst für sich in Anspruch nahm, Mandanten vorübergehend Asyl zu gewähren, dann sollten die anderen Bewohner des Hauses das gleiche Recht haben. Allerdings war die Situation in der Stadt damals entspannter gewesen, und wer wusste schon, was ihnen noch für ein Chaos bevorstand. Aber so schlimm schien es nicht zu werden. Das

Fernmeldeamt war immer noch besetzt, wie das Klingeln der Glocke verriet.

«Wer kann das sein?» Sören zog die Taschenuhr seines Vaters aus der Wolljacke. Mittlerweile war es Viertel vor elf.

«Für dich, Mathilda! Doktor Reuter!»

Was konnte der Heimleiter zu so später Stunde wollen? Am liebsten hätte er ihn gefragt, ob es Neuigkeiten zum Verschwinden von Ascan von Wesselhöft gebe, aber der Arzt bestand darauf, Tilda persönlich zu sprechen. Sehr wahrscheinlich wusste Reuter nichts davon, dass er inzwischen mit der Angelegenheit betraut war. Woher auch? Sören blieb neugierig in der Nähe des Fernsprechers.

«Von Wesselhöft?», fragte Sören erwartungsvoll, als Tilda die Hörmuschel eingehängt hatte. Sie nickte nachdenklich. «Tot?», hakte er nach.

Sie nickte erneut.

«Erschossen. Aber nicht Ascan von Wesselhöft, sondern sein Vater.»

KAPITEL 4

ooooo

Das Stadthaus am Neuen Wall war von Sicherheitstrupps eingemauert wie eine Festung. Auf dem Bürgersteig wachten Einsatzkräfte mit an Hydranten angeschlossenen Wasserspritzen, und vor dem Tor zum Hof, wo der Fuhrpark untergebracht war, hatten zwei Maschinengewehrposten Stellung bezogen. Es sah aus, als wolle man für jedes mögliche Szenario gewappnet sein. Die meisten Passanten wechselten freiwillig die Straßenseite, nur wer Richtung Stadthausbrücke wollte, kam um die Personenkontrolle nicht herum.

Angespannte Nervosität spiegelte sich in den Gesichtern der Wachmannschaft, gepaart mit Müdigkeit. Sören hob frühzeitig seinen Gehstock, um zu zeigen, dass er unbewaffnet war. Das lästige Utensil war ihm seit geraumer Zeit unverzichtbar geworden, wenn er längere Wegstrecken zu Fuß zurückzulegen hatte.

«Ich möchte zu Polizeihauptmann Andresen», präzisierte er sein Anliegen am Portal.

«Das heißt jetzt Polizeioberst», korrigierte ihn der Wachhabende und fügte unnötigerweise hinzu: «Und da Andresen zum Kommissar befördert wurde, lautet seine Amtsbezeichnung nun Bezirksinspektor.»

«Ach so.» Natürlich kannte Sören die neuen Titulaturen in der Polizeibehörde längst auswendig, aber er hatte keine Lust, mit dem ihm unbekannten Wachtmeister über Sinn und Unsinn der neuen Amtsbezeichnungen zu diskutieren. Die militärischen Ränge waren ihm schon immer ein Dorn im Auge gewesen, insbesondere bei der Anrede criminaler und civiler Polizeibeamter.

«Zweiter Stock, Zimmer drei», raunzte der Wachtmeister, der sich inzwischen sicherlich Oberwachtmeister nennen durfte. Auch das Zimmer kannte Sören natürlich. Es war unwahrscheinlich, dass Heinrich Andresen mit der Beförderung auch eine komfortablere Amtsstube oder gar ein Vorzimmer erhalten hatte.

Es war über ein Jahr her, dass er Andresen einen Besuch abgestattet hatte. Nicht, dass er ihn wirklich vermisst hätte. Allerdings waren sie doch immer gut miteinander ausgekommen, auch wenn ihre Zusammenarbeit beständig darunter gelitten hatte, dass ihre beruflichen Anliegen nicht gegensätzlicher hätten sein können. Denn meist hatte Sörens Arbeit darin bestanden, Andresens Vorgehensweise zu korrigieren – im Sinne seiner Mandanten. Jedenfalls war ihre gemeinsame Aufklärungsquote erstaunlich hoch, was natürlich auch Andresen zu schätzen wusste.

Jetzt sah die Sache anders aus. Es war das erste Mal, dass Sören den Criminalen von sich aus aufsuchte. Mühsam zog er sich am Treppengeländer in den zweiten Stock empor.

«Bischop!» Die Überraschung war Heinrich Andresen anzusehen. «Sie haben mir heute gerade noch gefehlt.» Ein freundschaftliches Stöhnen, dann reichte er Sören die Hand.

«Ich störe nur ungern, das können Sie mir glauben. Aber mein Besuch scheint unausweichlich.»

«Wenn es nicht um Mord geht, verschonen Sie mich.» Es war nicht als Scherz gemeint. Ein ungläubiger Blick, als Sören nicht sofort antwortete. Dann forderte er ihn auf, Platz zu nehmen. «Und selbst dann …»

Andresen rollte mit den Augen. «So makaber es klingen mag – wir haben tatsächlich so viel um die Ohren, dass wir uns derzeit nicht um jeden Toten kümmern können. Können Sie sich vorstellen, was da unten auf den Straßen los ist?» Er schüttelte den Kopf. «Unfassbar, was dort geschieht. Oder sind Sie gekommen, weil Sie mir die Namen der Freischärler nennen können, die vorgestern zwei Frauen in der Lincolnstraße die Kehlen durchgeschnitten haben, nachdem diese angeblich den vorbeiziehenden Demonstrationszug aus dem Fenster beschossen hatten? Natürlich nicht, wie ich annehme. Die werden natürlich gedeckt. Vielleicht sind die Individuen sogar Teil dieses Arbeiter- und Soldatenrates, der jetzt die ganze städtische Verwaltung umkrempeln will. Und in dem Chaos sollen *wir* für Ordnung sorgen, das Eigentum schützen …»

Seine Stimme wurde lauter. «Ob Sie es mir glauben oder nicht: Ich weiß momentan nicht einmal, wer hier weisungsbefugt ist und wem gegenüber ich Rechenschaft abzulegen habe. Wie es scheint, ist die ganze personelle Struktur der Polizeibehörde in Auflösung begriffen. Und wenn Senator Petersen als oberster Polizeiherr der Stadt kein Sagen mehr hat, weil Senat und Bürgerschaft entmachtet sind, dann wird auch Regierungsdirektor Campe kein Sagen mehr über die Kripo haben. Der ist heute sicherheitshalber erst gar nicht zum Dienst erschienen. Dafür fand ich mehrere Dienstanweisungen auf meinem Schreibtisch. Alle im Namen des Arbeiter- und Soldatenrates verfasst.»

Andresen fuchtelte mit einigen Schriftstücken umher. «Leiter des Polizeipräsidiums, ein gewisser Kretschmer. Kenn ich nicht. Hat sich mir auch nicht vorgestellt.» Das nächste Blatt. «Der Sicherheitsbevollmächtigte des Sicherheitsdienstes Nord in Barmbeck heißt ab sofort Rauch. Noch nie gehört. Ein Offizier-Stellvertreter namens Bohr erhebt Anspruch auf die Leitung der Criminalpolizei. Aha. Weiß der wenigstens, wo wir zu finden sind? Aber es geht noch weiter: Den gleichen Anspruch erhebt für den gesamten Polizeidienst Distrikt-Kommissar Geißler im Namen der Arbeiterschaft, und vonseiten des Militärs hat man mir einen Gefreiten namens Juncker vor die Nase gesetzt. Nie gehört …»

Unwirsch rückte Andresen mit seinem Sessel vom Tisch weg, streckte die Beine aus und ließ die Blätter auf den Boden gleiten. «Haben Sie ungefähr eine Ahnung, wie ich mir vorkomme?»

Sören zeigte ein überdrüssiges Lächeln. Er dachte an Davids Worte, man habe alles unter Kontrolle in der Stadt. Dem war wohl noch nicht ganz so.

«Und dann hat man auch noch Laufenberg zum Vorsitzenden des Arbeiter- und Soldatenrates gewählt. Ausgerechnet einen Linksradikalen. Eine Katastrophe, wenn Sie mich fragen. Diese ganze linke Bande … Und ich kann mir auch schon vorstellen, wo das endet. Aus welchen Kreisen kommen denn die Schieberbanden, die sich immer stärker organisieren? Woher stammt das ganze Falschgeld, das vermehrt in der Stadt auftaucht? Damit meine ich nicht die plump gefälschten Aushilfs-Fünfer und -Zwanziger, bei denen die meisten Menschen noch nicht einmal wissen, wie sich die echten Scheine anfühlen. Nein, das hier sind hervorragend hergestellte Fälschungen der gängigen Scheine, immer lithographischen Ursprungs. Wobei klar sein sollte, dass sich so etwas ohne handwerkliche Druckkenntnisse nicht umsetzen lässt. Und dann die ganzen Wucherer und Panscher, der Schleich- und Kettenhandel. Aber was rede ich …» Er machte einen schweren Atemzug. «Was führt Sie zu mir?»

Sören machte eine deutliche Pause, als ließe er die Gedanken seines Gegenübers sacken. «Albrecht von Wesselhöft», sagte er schließlich.

«Oh!» Andresens Erstaunen konnte unmöglich gespielt sein. «Woher wissen Sie …? Pfeifen die Spatzen das schon von den Dächern?»

«Ich erhielt einen Anruf. Gestern Abend.»

«Gestern Abend? Soso. Und wie ich Sie kenne, dürfen Sie mir nicht verraten, wer Sie anrief?»

Sören erzählte Andresen bis ins Detail alles, was er wusste. Es gab keinen Grund, etwas zu verheimlichen. Er erzählte vom mysteriösen Verschwinden Ascan von Wesselhöfts, von Mathildas Arbeit in Heinrichsdorf und vom seltsamen Verhalten des Vaters genauso wie von der rätselhaften Sorge Elisabeth von Wesselhöfts. Ebenso erwähnte er den Auftrag, den er erhalten hatte, auch wenn er bislang noch keine Gelegenheit gehabt hatte, in der Angelegenheit tätig zu werden.

«Interessant», murmelte Andresen, der aufmerksam zugehört hatte. «Und Sie meinen, da gibt es einen Zusammenhang?»

«Ich weiß ja noch so gut wie nichts über die Todesumstände Albrecht von Wesselhöfts. Nur, dass er erschossen aufgefunden wurde. Aber eine innere Stimme sagt mir, dass die beiden Geschehnisse miteinander zu tun haben. Bei den von Wesselhöfts geht niemand an den Fernsprecher – was zu verstehen ist. Auch wenn mich Frau von Wesselhöft ausdrücklich darum bat, sie gegebenenfalls auch zu Nachtzeiten anzurufen. Aber mit diesem Verlauf war wohl nicht zu rechnen. Liegt ein Suizid vor?»

Andresen schüttelte den Kopf. «Mit Sicherheit nicht.» Es sah so aus, als überlege er, ob und inwieweit er Sören von den Tatumständen berichten durfte. Dann gab er sich einen Ruck. «Wir wurden gestern am späten Nachmittag ins Europahaus gerufen. Der Kastellan rief uns an und berichtete von einem Schuss, den er in der dritten Etage gehört haben wollte. Meine Leute fanden Herrn von Wesselhöft dann in seinem Kontor, auf einem Stuhl sitzend. Tot. Ein gezielter Schuss ins Herz.»

«Und warum schließen Sie eine Selbsttötung aus?»

«Weil Albrecht von Wesselhöft ...» Andresen zögerte. «Weil er mit einem Seil an den Stuhl gefesselt war. Im gleichen Raum stand ein Tresor mit geöffneter Tür, und von Wesselhöft war alleine im Kontor. Aber das behalten Sie bitte vorerst für sich. Bislang gehen wir von einem Raubmord aus. Meine Leute vernehmen gerade den Vorstand und das Direktorium der Dynamit AG, um zu erfahren, wie viel Geld im Stahlschrank gelagert war. Die ballistische Untersuchung ist auch noch nicht abgeschlossen. Das gefundene Projektil weist aber auf eine Handfeuerwaffe hin. Nun ja, einen Tag zuvor wurde gleich nebenan ein Waffengeschäft in der Hermannstraße geplündert, mehrere Pistolen und Jagdwaffen wurden erbeutet. Von Aufständischen, wie anzunehmen ist.»

«Gewehre und Pistolen sieht man derzeit reichlich in der Stadt», warf Sören ein, der kaum glauben konnte, was er soeben erfahren hatte. Mit seiner heimlichen Vermutung, Albrecht von Wesselhöft habe sich womöglich selbst gerichtet, nachdem er seinen eigenen Sohn aus Heinrichsdorf geholt und getötet hatte – ein Gnadentod nach Auffassung des Vaters –, hatte er völlig falschgelegen.

«Richtig», bemerkte Andresen. «Und das bereitet mir momentan auch am meisten Sorge. Die ganzen Karabiner der Feldgrauen, dazu die Pistolen der Offiziere, die durch die Aufständischen entwaffnet wurden, die nun in die Hände eines linksradikalen Gesindels gelangen – das kann nicht gutgehen.»

Der Kamin spendete wohltuende Wärme. Inzwischen waren die Nachttemperaturen unter den Frostwert gefallen. Sören und Tilda waren allein, was selten vorkam. David war sicherlich noch im Gewerkschaftshaus, und Lianes Kulturprogramm hielt sie wahrscheinlich irgendwo zwischen Curio-Haus und Trichter gefangen. Robert übernachtete mal wieder bei einem Mitschüler, und Agnes hatte sich nach der Abendmahlzeit in ihr bescheidenes Refugium zurückgezogen.

«Was sollen wir machen, wenn Ilka weiterhin darauf

besteht, nächsten Monat zu kommen? Das ist so unvernünftig …»

«Willst du es ihr verbieten?», fragte Tilda vorwurfsvoll. «Sie ist unsere Tochter. Das hier ist ihr Zuhause.»

«Natürlich nicht», entgegnete Sören kleinlaut. «Aber sie tun sich doch beide keinen Gefallen damit. Es geht uns den Umständen entsprechend zwar immer noch recht gut, aber wir wissen nicht, was noch kommt. Milch, Brot und Kartoffeln werden schon knapp. Wir müssen ihr das ausdrücklich sagen, damit sie weiß, was sie hier erwartet. Ohne Schönfärberei, ohne Sentimentalitäten, bitte. Und sie muss es auch dem jungen Herrn Sjöberg in aller Deutlichkeit sagen.»

Sören betrachtete abermals das Foto, das Tilda ihm aus Heinrichsdorf mitgebracht hatte. Es übte eine merkwürdige Anziehungskraft auf ihn aus, obwohl es an Grausamkeit kaum zu überbieten war. Das Gesicht Ascan von Wesselhöfts besaß nur noch rudimentär eine menschliche Silhouette. Sein Schädel hatte etwas von einem Reptil oder Fisch, und nur die Augen und Ohren erinnerten daran, dass es sich wirklich um einen Menschen handelte. An der Stelle des Unterkiefers klaffte ein Loch zum Rachenraum, darunter war die Haut des Halses als schützender Wulst vernäht. Von der Seite betrachtet, endete das Gesicht, das überall von hässlichen Narben übersät war, mit der Zahnreihe des Oberkiefers. Sören versuchte sich die Qualen auszumalen, die das Leben mit einer solchen Behinderung bedeutete. Er scheiterte jedoch daran, allein weil er sich ein Atmen ohne den Reflex des Speichelschluckens nicht vorstellen konnte.

«Furchtbar. Dass du das aushältst. Gewöhnt man sich daran?»

«Nein. Aber man härtet ab», meinte Tilda zurückhaltend. Sie war sichtlich erschöpft von ihrem Tag. Erst die Arbeit im Krüppelheim, am Nachmittag dann ein konspiratives Treffen mit Frieda Radel und anderen Frauenrechtlerinnen. Nicht ohne Stolz hatte sie berichtet, dass man sie einstimmig zur Vorsitzenden des Wahlwerbeausschusses Hamburgischer Frauenvereine gewählt hatte.

Natürlich war das vor allem aufgrund ihrer guten Kontakte innerhalb der Partei geschehen. Sören brauchte das gar nicht auszusprechen, es war klar. Er fragte sich vielmehr, wofür sie sich noch aufopfern wollte? Es war ja nicht so, dass sie sonst nichts tat.

«Hast du es mitbekommen? Ballin ist tot.»

«Ich bin wirklich erschüttert. Das ist ein großer Verlust für die Stadt.» Sören nahm die Trauerkarte vom Beistelltisch, die er heute in der Post gefunden hatte. Die Hamburger Anwaltskammer hatte sie verschickt. «Nach kurzer schwerer Krankheit, steht hier. Ich habe davon nichts gewusst.» Er überlegte, ob er zur Beisetzung nach Ohlsdorf gehen sollte.

Dann erzählte Sören von seinem Besuch bei Andresen.

«Unfassbar. Das kann doch kein Zufall sein.» Mathilda war außer sich, plötzlich war sie wieder hellwach.

«Das sehe ich genauso. Aber ich kann mir den Zusammenhang nicht erklären. Das ergibt alles keinen Sinn, bislang zumindest. Ich brauche irgendeinen Anhaltspunkt, eine Idee, sonst komme ich nicht weiter. Außerdem weiß ich nicht, ob der Auftrag überhaupt noch Gültigkeit hat. Elisabeth von Wesselhöft konnte ich noch nicht erreichen.»

«Sie wird mit den Nerven am Ende sein. Was für ein Leid über die Familie gekommen ist … Ich mag mir das gar nicht vorstellen. Erst der verkrüppelte Sohn, dann sein Verschwinden. Und jetzt der kaltblütige Mord an ihrem Gatten …»

Sören dachte daran, wie abfällig Mathilda vor einigen Tagen noch über Albrecht von Wesselhöft geredet hatte. Aber so war es eben, wenn man sich in das Leid anderer hineinversetzte. Wahrscheinlich projizierte sie die Geschehnisse gerade auf ihre eigene Person, auf Robert oder Ilka, und sah sich als Witwe.

«Andererseits, selbst wenn sie den Auftrag zurückziehen sollte, nach allem, was vorgefallen ist, will ich jetzt die Hintergründe wissen. Mit meiner ersten Theorie – für mich war das die einzig plausible Erklärung der Geschehnisse – habe ich ja völlig danebengelegen. Umso mehr fühle ich mich jetzt angespornt, der Sache auf den Grund zu gehen. Aber Moment mal: Elisabeth von Wesselhöft erwähnte, Ascan habe noch einen jüngeren Bruder.»

Sören erhob sich, griff nach einer Kerze und ging hinauf in seine Schreibkammer. Tatsächlich befand sich in den Unterlagen, die er von Elisabeth von Wesselhöft erhalten hatte, auch ein Bild des jüngeren Bruders.

Sören zeigte Tilda das Bild. «Das ist Ascans jüngerer Bruder Hagen. Ich wage nicht zu hoffen, dass er der unbekannte Besucher war. Warum bin ich nicht schon früher auf diese Idee gekommen? Ich weiß gar nicht, wo ich mit meinen Gedanken bin. Oder ich werde langsam einfach alt.»

Mathilda betrachtete die Fotografie eindringlich, schüttelte aber schließlich den Kopf.

«Nein. Den habe ich noch nie gesehen. Ich kann natürlich nicht ausschließen, dass der Bruder mal im Heim war, als ich keinen Dienst hatte, aber der Besucher, der regelmäßig kam, sah völlig anders aus. Nicht so weich und auch nicht so jung. Eher dunkelhäutig, und älter war er auch. Je mehr ich darüber nachdenke, bekomme ich langsam wieder ein Gesicht vor Augen. Seine ganze Art hatte so etwas latent Unterwürfiges, wie ein Lakai oder Adjunkt. Hatte er einen Adjutanten?»

«Das sollte herauszufinden sein», antwortete Sören.

In Gedanken fragte er sich, ob das wirklich so einfach war. Die Kommandantur war abgerückt, und die Militärgebäude waren verwaist oder von Mitgliedern des Soldatenrates besetzt. Ob man ihm von deren Seite Auskunft über einen Offizier geben würde, war ungewiss. Durch seinen guten Kontakt zu Carl Herz hatte Sören zwar die Möglichkeit, bei Bedarf Unterstützung durch die Räte einzufordern, ebenso konnte David seinen Einfluss geltend machen, aber vielleicht war es besser, zuerst bei den Stellen anzufragen, die für den Betrieb der Heimstätten zuständig waren. Heinrichsdorf unterstand dem Dritten Reservelazarett in der Ericastraße. Zumindest wurden dort die Akten verwaltet. Den eigentlichen Betrieb teilten sich unterschiedliche Institutionen der Fürsorge, in diesem Fall die Invalidenstiftung Martin Madsen, die in der Großen Bäckerstraße ihr Büro hatte. Ihr erster Vorsitzender war Wilhelm Jenssen, den Mathilda von der Partei her kannte. Er war es auch gewesen, der sie damals zu der ehrenamtlichen Arbeit in Heinrichsdorf überredet hatte.

Gerade wollte er sich bei Tilda erkundigen, ob sie eventuell ein Gespräch mit Jenssen arrangieren konnte, da schellte es an der Tür. Ein fragender Blick zu Tilda, dann ein Blick zur Uhr. «Wer kann das sein um diese Uhrzeit?» Er hatte keinen Wagen die Auffahrt heraufkommen hören.

«Vielleicht hat Liane ihren Schlüssel vergessen …»

Sören war bereits an der Tür.

«Andresen!» Der Criminale stand in Begleitung von zwei Sören nicht näher bekannten Gendarmen vor der Tür.

«Entschuldigen Sie den Überfall zu so später Stunde», meinte Heinrich Andresen. «Aber ich glaube, es wird Sie interessieren. Vielleicht möchten Sie uns begleiten? Die Kollegen aus Bad Oldesloe haben uns informiert: Am Bahndamm Höhe Tremsbüttel wurde eine männliche Leiche gefunden. Nach dem, was man mir mitteilte, könnte es sich um den von Ihnen Gesuchten handeln. Und wir sind auf dem Weg zum Unfallort ja quasi bei Ihnen vorbeigekommen …»

«Warten Sie eine Minute. Ich ziehe mir nur schnell etwas über.»

Nach fünf Minuten bestieg Sören die Polizeidroschke. «Danke, dass Sie an mich gedacht haben.»

«Nun, wir haben ja beide mit der Familie von Wesselhöft zu tun. Von daher lag es doch nahe.»

Schweigen. «Es scheint wohl nicht mehr viel übrig zu sein von dem Unglücklichen, aber den Papieren nach, die man bei ihm fand, handelt es sich um Ascan von Wesselhöft.»

Der Mannschaftswagen rollte über die Lübecker Straße in Richtung Bargteheide. «Er wurde von einem Zug überrollt», erklärte Andresen. «Der Lokführer hat eine leichte Erschütterung gespürt und dann angehalten, um sich zu vergewissern, was er überfahren hat. Es kommt ja in letzter Zeit häufiger vor, dass sich Lebensmüde aufs Gleis legen.» In Bargteheide bogen sie am Krögen rechts ab und fuhren in stockdunkler Nacht bis zur Tremsbütteler Twiete, dann den Bahndamm entlang bis zur Unterführung. «Und dann fand er einen zerfetzten menschlichen Torso.»

Es sah aus wie eine Baustelle. Die Kollegen aus Bad Oldesloe hatten eine schwere Arbeit hinter sich. Von einem Zug war weit und breit nichts mehr zu sehen, wahrscheinlich hatte er seine Fahrt längst fortgesetzt. Zwei Droschken standen in der Nähe. Sören fröstelte. Es war kalt. Eine frische Brise trieb kalte Luft vor sich her, und mit dem Wind kroch eine unangenehme Feuchtigkeit unter seinen Mantel. Sie verharrten in unmittelbarer Nähe zu dem Geschehen. Der Ruf eines Käuzchens war zu hören.

Der Beamte aus Bad Oldesloe wirkte, als handele es sich um Routine. «Zuerst glaubten die Kollegen, die Verletzungen stammten von der Kollision. Die abgetrennten Gliedmaßen und so. Aber wir haben in der näheren Umgebung nichts finden können.»

Er reichte Andresen ein Notizbuch, aus dem mehrere

Seiten herausgerissen waren. «Das haben wir bei ihm gefunden.»

Andresen las die krakeligen Zeilen auf der letzten beschriebenen Seite und reichte das Buch dann an Sören weiter.

«Was ich getan habe, ist unverzeihlich. Aber es musste geschehen. Wer, wenn nicht ich? Und nun ist Ruh. AvW»

«Können Sie damit etwas anfangen?», fragte Andresen. «Die Abbitte für einen Suizid vielleicht?»

«Ich glaube nicht.»

Sörens Gedanken überschlugen sich. Für ihn klang das nach einer Rechtfertigung für einen Vatermord, aber er mochte den Gedanken noch nicht zu Ende führen. Noch nicht. Er hatte schon einmal falschgelegen. Dies *«es musste geschehen»* störte ihn, weil es einen Grund geben musste. Einen Grund für den Vatermord. Welche Schuld hatte der Vater auf sich geladen? Sie musste so ungeheuerlich sein, dass sie für Ascan von Wesselhöft den Vatermord rechtfertigte. *«Und nun ist Ruh.»* Er hatte sich auf die Gleise gelegt. Es klang eindeutig. Aber was bedeutete dies *«Wer, wenn nicht ich»*? Die Lösung für das Ganze musste in dieser Zeile versteckt sein.

«Die Frage ist wohl erst einmal, wie ist er hierhergekommen? Er war fußamputiert.»

«Wir haben keine Krücken gefunden», antwortete der Beamte.

«Er kann hier nicht hergekrochen sein. Und warum ausgerechnet hier? Wo hatte er seine Bleibe seit dem Verschwinden aus dem Krüppelheim? Es muss einen Mitwisser geben, jemand, der ihm geholfen hat. Jemand, der ihn hierherbrachte und wusste, um was es ging. Jemand, der den Suizid billigte.»

Nachdem sie alles inspiziert hatten, begannen die Männer, die menschlichen Überreste des Toten in eine hölzerne Kiste zu packen. Keine schöne Arbeit. Die Männer trugen Handschuhe aus Kautschuk. In ihren Gesichtern unwahre Gelassenheit.

So etwas ließ niemanden unberührt, doch einer musste es ja machen. Anders als an der Front. Sören wusste von dem Leid der Kameraden, die keine Gelegenheit hatten, ihre Toten zu bergen, ohne sich selbst in Gefahr zu bringen, weil man dem unendlichen Trommelfeuer ausgeliefert war. Die sterblichen Überreste versanken im Schlamm und Morast, blieben liegen bis zum nächsten Sturmangriff, bis sie endgültig untergepflügt waren. Er hatte genug Phantasie, sich das Gemetzel vorzustellen. Es musste die Hölle auf Erden sein.

Aber es war vorbei. Jetzt auch für Ascan von Wesselhöft.

Langsam schritten sie zum Mannschaftswagen zurück. Keiner sagte ein Wort.

Mathilda war noch wach, als Sören zurückkam. Wie ausgekühlt er war, merkte er erst, als er den schweren Mantel abgelegt hatte und sich vor dem Kamin in den Sessel fallen ließ. Er zitterte. Tilda schenkte ihm von dem hochprozentigen Apfelschnaps ein, von dem Semmerling hin und wieder ein Fläschchen vorbeibrachte. Selbstgebrannt und eigentlich ungenießbar scharf, gemacht für Notfälle wie diesen. Es fühlte sich an, als würde glühende Lava den Rachen hinunterfließen. Dann erzählte Sören.

Mathilda war hin und her gerissen zwischen Entsetzen, Wut und Trauer. Andererseits machte sie keinen Hehl aus ihrer Meinung, dass mit dem Tod des jungen Mannes auch sein unglaubliches Leid ein Ende gefunden hatte. Eine selbstgewählte Erlösung von schrecklichen Qualen, wie sie es nannte. Er hätte ja nie wieder ein normales Leben führen können und wäre immer von der Fürsorge anderer abhängig geblieben.

Noch im Bett dachte Sören über die Bedeutung ihrer Worte nach. Was hatte der eigentlich ferne Krieg doch aus ihnen gemacht. Die Bilder vom Bahndamm verfolgten ihn. Dann musste er an Elisabeth von Wesselhöfts Angst denken. Hatte sie es geahnt? War es vielleicht die Angst davor gewesen, was nun geschehen war? Gar nicht Angst um ihr Kind, sondern Angst um ihren Gatten? Wenn Ascan von Wesselhöft wirklich – wie auch immer er das angestellt haben mochte – seinen Vater erschossen hatte: Kannte sie das Motiv? So seltsam, wie ihm die Verlautbarung ihrer Ängste vorgekommen war, mochte diese Erklärung passen. Dann war es nicht die Sorge um das für sie längst verlorene Kind gewesen. Nein, es musste die Vorstellung davon gewesen sein, was geschehen könnte, was geschehen würde, was letztlich geschehen war. Die Frage nach dem Warum beschäftigte ihn, bis ihn der Schlaf erlöste.

Nach dem Frühstück holten Sören die Geschehnisse mehr oder weniger unfreiwillig wieder ein. Er hatte es sich zur Gewohnheit werden lassen, in aller Ruhe die Frühausgabe des *Echos* zu lesen, bis alle das Haus verlassen hatten.

Erstaunlicherweise berichtete das Blatt bereits über den Toten am Bahndamm bei Tremsbüttel, aber dann fiel sein Blick auf die Seite mit den Traueranzeigen, wo das Kreuz der Wehrmacht eigentlich alle Anzeigen begleitete. Albrecht von Wesselhöfts Tod wurde gleich mehrfach angezeigt, allerdings nur ein Mal mit besagtem Kreuz – und beim Lesen des Textes fing Sörens Herz zu rasen an. Er musste die Anzeige zweimal lesen, bis er begriffen hatte, was da stand. Unter dem Namen und den Lebensdaten stand:

Kriegsgewinnler sterben keinen Heldentod.
Gerichtet im Namen des Volkes. Die Elbtöter

KAPITEL 5

○○○○○

Damit wirst du sie auf unsere Spur bringen. Das finde ich nicht gut. Wir hätten darüber abstimmen müssen. Was sagt der Kosak?»

Hans, den sie Kosak nannten, weil er an der Seite von Primakow schon in Petrograd gekämpft und ihnen in Sachen Revolution einiges voraushatte, stopfte etwas Tabak in seine Pfeife und blickte die beiden grimmig an. «Ist schon recht», murmelte er schließlich in seinen Bart.

Jona legte die Zeitung auf den Tisch und riss die Seite mit den Traueranzeigen heraus. «Wie bist du überhaupt auf *Elbtöter* gekommen?»

Er zog aus einer Holzkiste drei Bierflaschen heraus und verteilte sie.

«Wir waren uns doch einig, dass wir weitermachen. Und wenn wir tatsächlich die Genossen an Rhein und Ruhr mobilisieren können, dann werden die Anschläge dort entsprechend von *Rheintötern* und *Ruhrtötern* begangen.»

Hans ließ den Bügel der Flasche mit einem lauten Plopp zurückschnellen und nahm einen kräftigen Schluck. Dann stellte er die Pulle auf den Boden und feuerte seine Pfeife an. Für einen Moment verschwand sein mächtiger Kopf in einer Tabakswolke. «Find ich gut. War das deine Idee?»

«Dass wir öffentlich Rechenschaft ablegen, musste ich

ihm versprechen. Und dass wir weitermachen. Aber den Namen habe ich mir ausgedacht. Und es besteht überhaupt keine Gefahr», schob er schnell nach. «Die Genossen in der Rotation haben ja nur zwei Zeilen Text geändert, nachdem ich die Anzeigen aufgegeben hatte. Die wissen gar nicht, worum es geht. Ich brauchte ihnen nur zu versichern, dass es unserer Sache dient. Aber zukünftig müssen wir uns etwas anderes einfallen lassen. Die behalten die Zeitungen jetzt sicher im Auge.»

«Ich bin gespannt, ob darüber berichtet wird.»

«Bestimmt nicht. Das wissen die schon zu verhindern. Aber das war doch auch nicht unser Anliegen, sonst hätte es mehr als einer Andeutung bedurft. Es reicht schon, wenn der Bande jetzt die Knie schlottern. Und das wird sich schnell rumsprechen, glaubt mir. Deshalb hab ich neben dem *Echo* auch die *Neue Hamburger* ausgewählt. So etwas lesen unsere Adressaten nämlich.»

Hans warf einige Stücke Koks in die Glut und rückte seinen Stuhl näher an die Esse. «Wie geht's denn nu weiter?», brummelte er. «Können wir hierbleiben?»

«Wenn wir hier unser Lager aufschlagen wollen», sagte Jona, «dann mach ich das mit der alten Dürrkop klar. Aber ich kann die Zimmer dann nicht wie geplant vermieten. Nicht mal an Genossen. Viel zu großes Risiko.»

«Mach dir mal keine Sorgen um die Miete. Geld haben wir ja nun erst mal ausreichend. Hauptsache, die Dürrkop spioniert hier nicht rum.»

Jona lachte. «Viel zu alt. Die traut sich hier nicht her. Ist ja schon froh, dass sich überhaupt jemand für die Hütte interessiert hat.»

«Die dürfte keine Ahnung haben, wie es hier aussieht. Okay, alles 'n bisschen staubig, aber dafür sind sogar noch Möbel auf den Zimmern, und selbst der Strom war nicht abgestellt. Wenn ich nur sehe, was es hier in der Schmiede noch für Koksvorräte hat. Da weiß sie bestimmt nix von. Unvorstellbar. Das reicht doch für 'n ganzes Jahr.»

«Gut. Dann machen wir das so. Hast du inzwischen eine Möglichkeit gefunden, in Düneberg an Material zu kommen?»

«Seit wir nicht mehr produzieren, ist das kein Problem. Die Lager sind voll, und wir benötigen ja keine Mengen, die auffallen würden. Schlüssel für die Bunker hab ich mir schon besorgt. Zudem ist die wöchentliche Inventur eingestellt worden. Wenn überhaupt, wird man es erst in Monaten merken. Ich weiß nur nicht, wie lange ich überhaupt noch Zugriff habe. Es werden ja wöchentlich Leute entlassen. Und auch ein Werkzeugmeister wird da irgendwann nicht mehr gebraucht.»

«Dann besorg, was du kriegen kannst. Besser zu viel als zu wenig. Wir können das Zeugs ja hier lagern. Genau wie die Waffen. Hat das eigentlich jemand mitbekommen am Besenbinderhof?»

«Ich glaube nicht. Aber wir sollten bei den Gewerkschaftlern nicht mehr zu dritt auftauchen. Am besten überhaupt nicht mehr als Gruppe. Bis auf Jona sind wir in der Stadt dann gar nicht existent. Wie weit bist du mit diesem Nossack, Jona? Ist das unser Mann?»

«Irrtum ausgeschlossen», meinte Jona. «Das ist er. Ich habe mir das von drei Leuten bestätigen lassen. Was auch immer ihn geritten hat …»

Hans schlug demonstrativ mit der Faust in die ausgestreckte Hand. «Die Kohle natürlich. So wie immer. Wenn man einmal daran gerochen hat … Ich freu mich schon darauf, ihm den Hals umzudrehen.»

«Immer langsam. Das will wohlüberlegt sein. Wir müssen uns absolut sicher sein. Am liebsten wäre mir vorher ein Geständnis aus seinem eigenen Mund.»

«Nichts leichter als das», brummte Hans.

«Nein, es muss schon stimmig sein. Er soll für das büßen, was er getan hat. Wir müssen uns etwas Spektakuläres ausdenken. Etwas, das in der Stadt nicht totgeschwiegen werden kann. So wie vorgestern.»

Hans schüttelte den Kopf. «Ach was, am besten Rübe ab. Ruck, zuck. So wie früher bei den Franzosen. Vielleicht auf 'nem Marktplatz. Wie wär's vorm Rathaus?»

«Schöne Vorstellung. Aber ob die Pfeffersäcke da mitspielen? Nun, wir werden unseren Beitrag dazu leisten. Und spätestens wenn die Revolution gesiegt hat, werden wir nicht mehr aus der Anonymität heraus agieren müssen. Wir werden ein Organ haben, das solche Verbrecher und Kriegstreiber enttarnt.»

«Und an die Wand stellt!», ergänzte Jona und nahm eine siegessichere Pose ein. «Noch jemand Bier?»

«Solange sich diese Verbrecher gegenseitig decken, ist es mehr als legitim, was wir tun.»

«Wir brauchen mehr Gleichgesinnte, Fritz. Das ist es doch. Nicht solche Jammerlappen von Sozialdemokraten, die nur rumtönen und kuschen, wenn's drauf ankommt.»

«Wenn ihr jemanden kennt, für den ihr die Hand ins Feuer legen könnt: nur her mit den Kämpfern. Die brauchen wir. Aber kein Risiko. Nicht, bevor wir die Liste abgearbeitet haben. Und wie es bisher aussieht, werden wohl noch ein paar Namen hinzukommen. Es ist einfach unglaublich, wie das gedeichselt wurde. Aber glaubt mir, wenn wir das jetzt öffentlich machen würden … In dieser Stadt würde das mit einer Selbstverständlichkeit unter den Teppich gekehrt werden, wie auf die Ebbe die nächste Flut folgt. Und das gilt es zu verhindern, bis wir alle am Schlafittchen haben. Oder kennt jemand von euch einen Staatsanwalt, der den Mut, ach, was sage ich, der ein echtes Interesse daran hat, diese Schweinehunde zu bestrafen?»

Er blickte seine Gesinnungsgenossen fragend an, erwartete aber nicht wirklich eine Antwort.

«So ist es doch. Die Kleinen knüpft man sich vor, jeder Fahnenflüchtige wird standrechtlich erschossen, sobald man seiner habhaft wird, denen, die mit kleinen Missetaten ums nackte Überleben kämpfen, zeigt man den Strick, und diejenigen, die für die ganze Misere verantwortlich sind, die lässt man laufen. Oder erhebt sie sogar noch in den Adelsstand. Aber nun ist Schluss damit. Der Kaiser ist weg. Andere Zeiten kündigen sich an, und wir werden den Anfang machen. Wir zeigen ihnen, was ihre gerechte Strafe ist. Das ausgehungerte Volk, die kriegsmüden Kameraden und die verkrüppelten Veteranen sind auf unserer Seite. Wir sind es ihnen schuldig, diejenigen zur Rechenschaft zu ziehen, die sich mit dem Leid der einfachen Menschen auch noch die Taschen vollgestopft haben.»

«Schöne Ansprache. Klingt toll. Uns brauchst du aber nicht zu überzeugen», entgegnete der Kosak und ließ die zweite Flasche Bier knallen. «Ich weiß, was zu tun ist.

Du hast das Büchlein. Darin stehen Namen. Und um die kümmern wir uns.»

«Aber wir haben noch nicht alle Namen beisammen. Ich habe das mal grob überschlagen. Allein für den Transport müssen mehr als zehn Kähne benutzt worden sein. Im Buch taucht aber nur ein Name auf. Und wir sollten unterscheiden zwischen den Hintermännern und denen, die nur die Umsetzung ermöglicht haben.»

«Höre ich da etwa Zweifel heraus? Und was heißt hier ‹nur die Umsetzung ermöglicht›? Sie haben alle gewusst, worum es geht. Und ohne den Transport, ich denke, darauf willst du hinaus, hätte es nicht funktioniert. Komm mir nicht mit der Masche, dann hätten es andere getan, Fritz. Das zieht nicht. Auch wenn es Leute gab, die deutlich mehr daran verdient haben als andere – dadurch wird die Schuld nicht größer oder geringer.»

«Der Kosak hat recht, Fritz. Wir dürfen da nicht unterscheiden. Man hat die Männer nicht dazu gezwungen. Nicht so wie an der Front, wo dir der Offizier die Waffe an den Kopf hält …»

«Aber wer hatte denn überhaupt die Idee?», fiel ihm Fritz ins Wort. «Wer hat sich das ausgedacht? Doch nicht der kleine Mann in der Kette, nicht der Überbringer, der Transporteur. Die wirklich Schuldigen sitzen doch ganz oben. Und wie wir vorgestern erlebt haben, sind sie nicht nur uneinsichtig und lehnen bis zum letzten Atemzug jegliche Verantwortung dafür ab, was sie angezettelt haben. Nein, sie sind absolut kalt und skrupellos. Und niemals würden sie zugeben, es nur aus dem Grund der persönlichen Bereicherung getan zu haben.»

«Also doch Skrupel.» Der Kosak leerte die Flasche und rülpste in Richtung Esse. «Dann mach doch 'ne Reihenfolge, wenn du meinst, da unterscheiden zu können. Die am meisten Schuldigen zuerst. Aber daran denken: Wer die größten Fische will, der muss auch weit raus auf See. Und ob wir das zu dritt schon gewuppt kriegen, weiß ich nicht. Die Planung machst du.»

«Nee, das planen wir zusammen. Ich sehe da nicht so die Schwierigkeit. Für Nossack hab ich mir sogar schon was überlegt …»

KAPITEL 6

ooooo

«Wir haben die Setzer bereits vernommen. Niemandem will etwas aufgefallen sein.» Andresen war außer sich.

Auf dem Tisch lag neben dem *Echo* auch die Frühausgabe der *Neuen Hamburger Zeitung*, in der die gleiche Anzeige erschienen war. «Es ist unglaublich. Ich denke mal, die haben da überhaupt kein Auge drauf. Ein Automatismus, keiner denkt mit. Oder sie hängen in der Sache mit drin. Überraschen würde mich das nicht, bei dem linken Bolschewikenpack!»

Sören überhörte Andresens Beschimpfungen, zumindest ließ er sie unkommentiert. Er wusste, dass der Criminale andere politische Präferenzen hatte und für ihn schon alle Sozialdemokraten allein durch ihre Parteizugehörigkeit unter Generalverdacht standen. Aber das war seine persönliche Meinung, die möglicherweise der Erfahrung und Statistik eines Criminalbeamten geschuldet war. Wäre Andresen ein Hauptmann der politischen Abteilung gewesen, hätte Sören anders geurteilt.

«Hat es so etwas schon einmal gegeben?»

«Sie meinen eine als Traueranzeige getarnte Propaganda der Tat? Nein. Soweit ich weiß, nicht. Das ist geschmacklos und anmaßend, wie ich finde. Vor allem die

Formulierung ‹*Im Namen des Volkes*›. Das klingt wie ein Versuch, Lynchjustiz zu rechtfertigen.»

«Diese Anzeige wirft ein völlig anderes Licht auf die Vorgänge.»

Andresen schlug mit der Hand auf die Tischplatte. «Ja, ein Aufruf an die Bevölkerung zur Anarchie. Zur Revolution! Wie ich es geahnt habe. Die Bolschewiken stürzen uns ins Chaos.»

«So radikal würde ich das nicht formulieren», versuchte Sören sein Gegenüber zu beschwichtigen. «Da prangt keine rote Fahne auf der Anzeige, sondern das Kreuz der Wehrmacht. Und es klingt eigentlich nicht wie ein Aufruf, vielmehr bekennt sich hier jemand zu einer Tat. Und die Begründung liefern derjenige oder diejenigen auch gleich mit: Es geht um Kriegsgewinnler.»

«Von Wesselhöft saß im Direktorium der Dynamit AG. Im Europahaus sind die Direktionen fast aller Dynamitgesellschaften ansässig. Da geht es um Sprengstoffproduktion, Munition, Geschosse, die Grundessenz des Krieges sozusagen. Und natürlich wird damit Geld verdient – vor allem zu Kriegszeiten.»

«Aber der Krieg ist vorbei. Es wird nicht mehr geschossen. Warum also erst jetzt eine solche Tat? Elisabeth von Wesselhöft erwähnte mir gegenüber, dass wahrscheinlich viele Arbeiter entlassen werden müssten. Wissen wir inzwischen, was aus dem Geldschrank entwendet wurde?»

«Dem Vernehmen nach eine geringe Menge Bargeld. Neben den Akten werden dort für gewöhnlich die Lohngelder gelagert, aber immer nur ein paar Tage vor Auszahlung. Und die letzte war zwei Tage zuvor. Mehr als fünftausend Mark sollen nicht aufbewahrt worden sein.»

«Immerhin. Aber das Thema Raubmord scheint ja nun vom Tisch. Konzentrieren wir uns also auf die Frage, warum eine Propaganda der Tat. Soweit ich weiß, diente so etwas bislang ausschließlich der Rechtfertigung von Bombenanschlägen oder von Attentaten auf Herrscher und Staatsoberhäupter. Vorwiegend in Italien, Spanien und Frankreich. Auch wenn Albrecht von Wesselhöft im Direktorium einer großen Aktiengesellschaft saß, als Herrscher oder Tyrann kann man ihn wohl kaum bezeichnen.»

Andresen schob das Kinn vor und biss sich nervös auf seine Unterlippe. «Da will jemand Angst schüren. Für mich liest sich ‹Kriegsgewinnler› als Plural. Dann wäre die Anzeige auch als Ankündigung weiterer Taten zu verstehen.»

«Damit wäre jeder, der mit Krieg und durch die damit entstandenen Nöte Profit macht, ein Kriegsgewinnler und somit potenziell gefährdet?»

Sören machte eine skeptische Geste. «Das sind nicht wenige, wie ich mir vorstellen kann. Fangen wir mit der Kleiderverwertung an, oder nehmen wir den Ankauf zerbrochener Schallplatten. Wie sieht es mit den Altpapierhändlern aus? Rohde an der Spaldingstraße etwa zahlt für hundert Kilogramm bereits zwanzig Mark in bar aus. Das weiß ich von unserem Jüngsten. Und was ist mit den Erlösen durch die Versteigerung hochfeiner Herrenzimmer, wie sie allerorts angekündigt werden? Da ist der Zusammenhang mit den Folgen des Krieges fast so offensichtlich wie bei den Bestattern und Beerdigungsvereinen. An den Tabakhandel oder an die undurchsichtigen Provisionen der Immobilienmakler mag ich dabei gar nicht denken.»

«Das war aber schon immer so», entgegnete Andresen.

«Bei den Maklern mögen Sie recht haben. Aber jetzt fällt es eben auf, weil ein so großer Teil der Bevölkerung Not leidet und keinerlei Einkünfte hat. Wir können ja mal entsprechende Statistiken vom Verein Hamburger Exporteure und vom Hamburger Einfuhrhandel anfordern. Ich bin mir sicher, dass insbesondere der Handel trotz der Blockaden kräftig am Krieg verdient hat.»

«Ja, bitte?»

Der junge Gendarm, der, ohne anzuklopfen, hereingestolpert war, hielt kurz inne, warf einen Blick auf Sören und schlug dann pflichtschuldig die Hacken zusammen. «Herr Inspektor. Melde gehorsamst, wir haben einen Raubüberfall.» Er war sichtlich außer Atem. «Ein Juwelier am Gänsemarkt.»

«Ja, ich komme.» Andresen machte eine mäßigende Handbewegung und erhob sich schwerfällig.

«Sie entschuldigen?», sagte er, zu Sören gewandt. «So geht das hier den ganzen Tag. Ich informiere Sie umgehend, wenn es Neuigkeiten im Fall Wesselhöft gibt. Heute Nachmittag werde ich Elisabeth von Wesselhöft einen Besuch abstatten. Es heißt zwar, sie sei indisponiert und empfange derzeit niemanden, wir haben allerdings ein paar Fragen an sie, die keinen Aufschub dulden. Und ich glaube, sie wird meinem Besuch zustimmen, weil ich sie anderenfalls vorladen müsste.»

Der Aushilfskutscher hatte die genaue Lage von Kapelle 5 nicht gekannt und sich im Gewirr der Alleen verfahren, weshalb Sören zu spät kam. Aber die Menschenmenge, die sich vor der Kapelle eingefunden hatte, ließ erahnen, dass er selbst dann keinen Platz gefunden hätte, wenn er eine Stunde früher aufgebrochen wäre. Der städtische Zentralfriedhof in Ohlsdorf war inzwischen zu einer Stadt in der Stadt angewachsen, eine weit über hundert Hektar große Parkanlage mit einem verschlungenen Wegesystem. Und man dachte über eine erneute Vergrößerung nach.

An der Allee vor der Kapelle reihten sich Droschken und Landaulets aller Art und Größe, teilweise mit Fahrern, welche die Karossen mit Tüchern polierten oder Zigarette rauchend in kleinen Gruppen beisammenstanden. Tatsächlich war die graue Wolkendecke kurz aufgerissen, und spätherbstliche Sonnenstrahlen brachen sich im Dickicht des Grüns. Ein paar Kaninchen hoppelten auf der gegenüberliegenden Wiese im Schutz weit ausladender Rhododendren.

Zu Säulen getrimmte Buchsbäume flankierten den Weg zur Kapelle in zwei Reihen. Die Kapelle war weiß verputzt mit grün abgesetzten Gesimsen und hatte mit rotem Sandstein eingefasste Fenster, deren farbige Scheiben von zartem Maßwerk gegliedert wurden. Die verschachtelte Dachanlage war mit Schiefer gedeckt und besaß angedeutete Zwerchhäuser, unterschiedlich große Dachreiter und einen zierlich gestreckten Glockenturm.

Sören stützte sich auf seinen Stock und blickte sich um. Ihm war, als hätte sich an diesem Ort das alte Hamburg versammelt, zurückgezogen in die Welt des Gestrigen.

Keine Spur von Umstürzlern oder Uniformen, Freischärlern, Revolutionären oder roten Fahnen. Der Aufruhr in der Stadt hatte keinen Weg hierhergefunden. Dafür waren die Größen der Stadt gekommen. Senatoren, Mitglieder der Bürgerschaft, Kaufleute und Reeder. Sören erkannte Bürgermeister von Melle. Auch er hatte keinen Platz in der Kapelle gefunden. Oder er wollte von Schinckel aus dem Weg gehen, der die Rede hielt. Seit Max von Schinckel öffentlich gegen die Gründung einer Universität Stellung bezogen hatte, war von Melle nicht unbedingt gut auf ihn zu sprechen, schließlich waren Schule und Universität sein eigentliches Steckenpferd. Hinzu kam der Umstand, dass Schinckel vor einem Jahr wegen seiner Verdienste um die Kriegswirtschaft vom Kaiser geadelt worden war. Ein Grund mehr für einen Hanseaten, hinter vorgehaltener Hand die Nase zu rümpfen.

Als Mitglied des Aufsichtsrates der HAPAG war von Schinckel natürlich prädestiniert dafür, die Totenrede zu halten und Ballin posthum für dessen Verdienste um Stadt und Vaterland zu ehren. Sören wusste nicht, ob sie persönlich befreundet gewesen waren, konnte sich das aber nicht recht vorstellen, da Schinckel allgemein als Kriegstreiber aufgetreten war und sich bis zuletzt sogar für den uneingeschränkten U-Boot-Krieg ausgesprochen hatte, was Ballin, der bis zum Ausbruch des Krieges immer wieder seine vorzüglichen Kontakte nach England benutzt hatte, um gegen einen Krieg zu intervenieren, niemals befürwortet hätte. Weggefährten und kaisertreue Diener waren sie dennoch gewesen.

Sören hielt Ausschau nach Herz, mit dem er eigentlich

verabredet war, doch angesichts der schwarz befrackten Massen schien es unmöglich, ihn zu finden. Etwas abseits, aber in unmittelbarer Nähe standen Carl Wilhelm Petersen und Carl Cohn, die sich angeregt unterhielten. Wortfetzen drangen zu ihm herüber. «Er sollte eigentlich ein Ehrenmal … Was er für die Stadt geleistet hat … Sein Lebenswerk ist zerstört … Kein Mausoleum … Ein einfacher Stein …»

Petersen wurde sich Sörens Nähe als Erster bewusst, hielt kurz inne und reichte ihm, nachdem sich Sören zu ihnen gestellt hatte, die Hand. «Bischop. Auch Sie haben es sich nicht nehmen lassen …»

«Selbstverständlich.» Er nickte Cohn, der ihm nur flüchtig bekannt war, freundlich zu. «Ich dachte eigentlich, Warburg würde die Rede halten …»

«Wir auch», erwiderte Petersen, den Sören nicht nur als obersten Polizeiherrn der Stadt und zuständigen Senator für die Landherrenschaften, sondern auch von der Anwaltskammer her kannte. Petersen war ebenfalls Jurist, doch bestimmt zwanzig Jahre jünger, und galt als ungemein durchsetzungsstark. Sein Auftreten war geprägt durch sein markantes Erscheinungsbild, das kräftige Kinn mit dem maskulinen Grübchen und die tiefe Stirnfalte, die sich über seiner Nase abzeichnete, wenn er erregt war. Und nicht zuletzt durch den tiefen Schmiss, der seine linke Wange grob verunstaltete, obgleich sein wirkliches Gemüt sanfter Natur war. Ein ausgezeichneter Analytiker und ein phantastischer Diplomat, weshalb er als Senator auch zum Sprachrohr der Fünferkommission gewählt worden war, welche die Verhandlungen mit dem

Arbeiter- und Soldatenrat führte. «Von Schinckel hat sich wohl vorgedrängelt. Sie wissen ja, wie bescheiden Warburg ist.»

«Ich glaube eher, dass ihm die antisemitischen Stimmen in der Öffentlichkeit zu laut sind», sagte Cohn. «Sonst wäre Warburg längst Senator. Aber so assimiliert man als Jude in dieser Stadt auch sein mag, die Unkenrufe sind umso lauter, je mehr Erfolg man hat. Und im Gegensatz zu Ballin hat Warburg seine Konfession stets betont gelebt. Was immer wieder Vorbehalte mit sich bringt. Glauben Sie mir, ich weiß, wovon ich rede. Auch ich bin im jüdischen Glauben erzogen worden, aber die Religion hat meinen Lebensweg nicht bestimmt.»

«Das geht mir ähnlich», erklärte Petersen. «Meine Mutter ist Jüdin. Aber als Handikap gilt es mir nur dann, wenn ich betone, dass ich Halbjude bin. Die Ressentiments wären mir sicher. Also warum sollte ich es betonen? Als Senator agiere ich zum Wohle der Stadt, nicht im Sinne des Glaubens. Warburg kann es vielleicht nicht so deutlich trennen. Sein Wirken mag Stadt und Staat dienlich sein, aber sein Geld stiftet er jüdischen Organisationen. Und daraus macht er auch keinen Hehl. Dennoch war er wohl Ballins bester Freund. Und das bestimmt nicht wegen des Glaubens.»

Sören nickte. Er hatte Max Moritz Warburg flüchtig kennengelernt, als er vor Jahren einmal beruflich auf Ballins Hilfe angewiesen gewesen war. Zu Lebzeiten seiner Mutter hatte es zwar einen familiären Kontakt zu Warburgs Bruder Aby gegeben, der das soziale Engagement von Clara Bischop mit Spenden und Krediten über das elterliche Bankhaus abgesichert hatte, mehr aber verband ihn nicht mit den Warburgs.

«Und Ballin war quasi Ihr Nachbar, als Sie noch in der Feldbrunnenstraße wohnten.»

«Wir sind uns häufiger begegnet, ja.»

Sören versuchte sich zu erinnern. Da war etwas zwischen Mathilda und Marianne Ballin gewesen, als die Ballins eine Waise adoptieren wollten. Jedenfalls war Tilda mehrmals dort gewesen und hatte ihre Hilfe angeboten. «Ich wusste nicht, dass er krank war ...»

«Nun», Petersen machte eine betretene Geste. «Die Krankheit begann wohl mit Ausbruch des Krieges. Eines Krieges, der ihn letztlich seines Lebenswerks beraubt hat. Er hat bis zuletzt versucht, das zu verhindern. Vergeblich. Und dann die Abdankung und Flucht seines Kaisers. Das hat ihm den Rest gegeben. Sagen wir so: In einer katholischen Kleinstadt hätte man ihm wegen dieser Krankheit wohl den Grabesplatz auf dem Friedhof verweigert.»

Sören und Cohn nickten. Suizid also, Sören hatte es vermutet.

Aus dem Inneren der Kapelle war der Klang eines Harmoniums zu hören. Das Grundthema von Brahms' erster Symphonie. Sören konnte es heraushören, auch wenn die Orgeltöne das orchestrale Schleppen der Streicher nur mäßig wiederzugeben vermochten. Die «Hamburgische» als Abgesang eines Patrioten. Einige Anwesende nahmen ihre Kopfbedeckungen ab, als der Sarg herausgetragen wurde. Die Musik verstummte, und die Glocken der Kapelle begannen zu läuten.

Max von Schinckel und Warburg hielten eine demonstrative Nähe zu Ballins Witwe, rahmten sie hinter dem Sarg förmlich ein. Der eine groß und grau, der andere klein und dunkel. Ihre Vornamen taten ein Übriges, dass sich Sören den Gedanken an die Lausbuben Max und Moritz nicht verkneifen konnte, so taktlos es in diesem Moment auch sein mochte. Die Menge bildete eine Gasse, und am Ende reihte man sich ein in den Tross der Trauernden und folgte andächtigen Schrittes. In der Menge konnte Sören Alfred O'Swald erkennen, den Vorsitzenden des Wirtschaftsrates der Stadt, dahinter August Lattmann und neben ihm das lange Gesicht von Justus Strandes mit seinem hängenden Schnauzer und der charakteristischen spitzen Nase.

Lattmann hatte sich ein Thema zur Aufgabe gemacht, um das alle anderen Senatoren einen Bogen machten. Er koordinierte die Hamburgische Kriegshilfe, stand der Gesellschaft für Wohltätigkeit und der Armenanstalt vor, lenkte die Fürsorge und das Armenwesen der Stadt und war zudem noch Initiator der Sozialen Frauenschule und Mitbegründer des Sozialpädagogischen Instituts – alles in allem für Sören mehr als ein Grund, sich tief vor diesem Menschen zu verbeugen. Genauso wie Mathilda ihm entsprechenden Respekt zollte; hatte sie doch durch ihr Engagement für Frauenfragen häufiger mit Lattmann zu tun. Und Lattmann war ein enger Freund von Warburg. Vielleicht ergab sich doch die Gelegenheit …

«Strandes steht bereit, die Verhandlungen mit der Entente aktiv zu begleiten. Schließlich ist er ein ausgewiesener Fachmann in Fragen der Kolonialpolitik, um die es auch gehen wird.» Petersen hatte ihn also ebenfalls ausgemacht. «Genauso wie Warburg. Man drängt darauf, dass Warburg Mitglied der deutschen Delegation wird, die zu den Verhandlungen aufbricht. Was man sich wirklich von ihm erhofft, vermag ich nicht abzuschätzen.»

Sie blieben in angemessener Entfernung am Rande der Allee stehen und blickten auf die Menge, die sich, einer endlosen Kette gleich, an der ausgehobenen Grube entlangschlängelte, kondolierend innehielt, um sich sodann mit gesenktem Kopf auf der anderen Seite der Allee in alle Richtungen aufzulösen.

«Wie geht es bei den Verhandlungen mit dem Arbeiter- und Soldatenrat voran?», fragte Sören schließlich, an Petersen gerichtet, nachdem keiner von ihnen Anstalten machte, näher zum Grab zu gehen.

«Oh ja, die Verhandlungen sind abgeschlossen», erwiderte Petersen und runzelte die Stirn. «Vorerst zumindest. Senat und Bürgerschaft sind demnach ohne jegliche Machtkompetenz, auch wenn die eigentliche Arbeit an uns hängenbleibt. Aber alle Mitglieder des Senats haben dem Arbeiter- und Soldatenrat ihre Mitarbeit versichert. Die Verwaltungsbehörden, Kommissionen und Arbeitsgremien bleiben also bestehen. Auch die Gesetze bleiben in Kraft, und die Gerichte arbeiten wie gewohnt. Nun, mal sehen, wie lange das gutgeht. Die Vertreter der Räte sind, wie soll ich sagen, sie treten sehr selbstbewusst auf. Und das ohne fachliche Kompetenzen und jegliche Erfahrung. Insbesondere im Bereich der Verwaltung gebe ich der jetzigen Konstellation nicht länger als zwei Wochen. Es ist einfach nicht möglich, dass bei jeder lapidaren Amtshandlung die Räte um Erlaubnis gefragt werden müssen. Zudem muss man ihnen ja auch ständig noch erklären, warum dies und das notwendig ist. Gerade die katastrophale Lage der städtischen Versorgung benötigt zuweilen sehr rasche Entscheidungen. Da sind Empfindlichkeiten einzelner Personen oder Gruppierungen, was Machtbefugnisse betrifft, fehl am Platze. Aber gut, es sind einfach schwierige Zeiten, und da müssen wir durch. Ich habe mich schon fast daran gewöhnt, dass kein Verlass mehr auf Dinge ist, die vor nicht allzu langer Zeit völlig selbstverständlich waren. Wussten Sie, dass wir jetzt eine Großdeutsche Republik sind?» Petersen lächelte. «Die wurde zumindest gerade in Wien ausgerufen. Ich hab's heute in der Zeitung gelesen.»

«Dann sind Sie sicher auch über die Todesanzeige von Albrecht von Wesselhöft gestolpert?», fragte Sören vorsichtig.

«Die von den sogenannten Elbtötern? Ja.» Die tiefe Falte zwischen Petersens Augenbrauen verlieh seinem Gesicht plötzlich einen martialischen Ausdruck. «Eine Geschmacklosigkeit ohnegleichen, wenn Sie mich fragen. Auch so etwas hat es bislang nicht gegeben. Es sind schon beängstigende Zeiten.»

Zurück am Schreibtisch, sichtete Sören die Tageskorrespondenz, wobei er überrascht zur Kenntnis nahm, dass sich die Universität Greifswald bereits gemeldet hatte. Sehr ausführlich sogar. Die Liste der Kommilitonen schien vollständig, aber es gab keine auffälligen Anhaltspunkte, denen er hätte nachgehen können. Keine Kontakte, die nach Hamburg zurückführten. Außerdem war

Ascan von Wesselhöft nur ein Semester eingeschrieben gewesen, bevor er sich freiwillig zum Kriegseinsatz gemeldet hatte. Es war sehr unwahrscheinlich, dass er in der kurzen Zeit irgendeine nachhaltige Bindung hatte aufbauen können, zumal der Besucher im Krüppelheim nach Tildas Meinung offenbar auch nicht wie ein Student aufgetreten war.

Aus dem Musikzimmer von unten war Klaviermusik zu vernehmen. Kammermusikalisch eingefärbt, aber deutlich patriotisch geprägt. Kein Schumann'sches Liedgut, keine Programmmusik à la Liszt. Ein heiter beschwingliches Repertoire im Sinne der Kaffeehäuser, die Not verdrängend, Schwieriges ausblendend. In dieser Zeit wurde ja alles Programmatische als «heiter» angepriesen. Es diente nur dazu, den trüben Alltag für einige Momente zu verlassen.

Musik im Haus empfand Sören als willkommene Abwechslung, genau wie ihre Gäste, die Liane für vier Tage einquartiert hatte. Bertha Horwitz war eine gleichermaßen freundliche wie zurückhaltende Person mit einer angenehmen, aber präsenten Altstimme, und Walter Spiro, der es genoss, den Mignonflügel im Musikzimmer neben dem Salon nutzen zu dürfen, trat in Gestalt eines feurigen Gigolos mit pomadisiertem Haar und bleistiftdünnem Oberlippenbart in Erscheinung. Seit Ilka hatte niemand mehr auf dem Instrument gespielt, und Sören musste erneut an ihre Rückkehr denken und die Sorgen, die damit verbunden waren.

Agnes hatte früher als sonst im Salon angefeuert. Als er nach Hause gekommen war, hatte sie aufgeregt berichtet, dass die Magd von Semmerlings Fleisch vom Schwein gebracht hätte. Angesichts der Menge, die mit einem Karren herbeigeschafft worden war, hatte sie die Hände über dem Kopf zusammengeschlagen. Sie war völlig aufgeregt und meinte, sie wisse gar nicht, was sie als Erstes verarbeiten solle. Heute wollte sie erst mal eine Haxe mit Sauerkraut zubereiten, und dann listete sie Sören die geplante Speisefolge für die kommende Woche auf, wobei ihr selbst das Wasser im Munde zusammenzulaufen schien. Sören ergänzte, er werde jeweils den passenden Wein aussuchen, und sie solle ihm rechtzeitig mitteilen, was sie anzurichten gedenke. Außerdem möge sie berücksichtigen, dass sie die nächsten Tage zwei Personen mehr seien.

So glücklich hatte er Agnes lange nicht mehr gesehen, und selbst der Umstand, dass heute die letzten Winterkartoffeln für dieses Jahr geliefert worden waren und sie nicht wusste, ob sie mit den Vorräten über den Winter kommen würde, konnte ihre Freude über das Fleisch nicht trüben.

Sören öffnete das Kuvert von der Verwaltung des Reservelazaretts in der Ericastraße. Beigefügt war eine Abschrift der Regimentszugehörigkeit aus der Akte von Wesselhöft. Demnach hatte er der 3. Kompanie des Pionier-Regiments Nr. 35 angehört, einer Desinfektionseinheit, die von 1915 an in Breloh in der Lüneburger Heide stationiert war, einem kleinen Ort in der Nähe von Soltau. Mitte 1915 war die Einheit zur Vorbereitung auf Fronteinsätze nach Wahn bei Köln verlegt worden. Ab August desselben Jahres hatte die Kompanie gemeinsam mit der 29. Infanterie-Division zahlreiche Fronteinsätze an der Marne gehabt. Abschließend war vermerkt: 21. Februar

1916 – Verwundung durch Schrapnell bei Liancourt nördlich von Paris im Range eines Hauptmanns. Danach ein lapidarer Verweis auf die Krankenakte.

Sören versuchte sich zu erinnern, wie stark eine Kompanie war und ob es Sinn machte, die Namen aller Kameraden zu überprüfen, zumindest derjenigen, die überlebt hatten. Jedenfalls musste er in Erfahrung bringen, ob von Wesselhöft als Hauptmann einen Adjunkt gehabt hatte. Soweit er wusste, war das nur den höheren Offiziersrängen vorbehalten, aber 1870/71 war schon eine Weile her. Und damals hatte es auch keine 21-jährigen Offiziere im Range eines Hauptmanns gegeben. Sören schüttelte verständnislos den Kopf.

Das Klingeln des Fernsprechers riss ihn aus seinen Gedanken.

«Andresen?» So schnell hatte er mit dem Rückruf des Polizisten nicht gerechnet. «Gibt es Neuigkeiten im Fall Wesselhöft?»

«Das kann man wohl sagen.»

«Ich höre. Was sagt Elisabeth von Wesselhöft?»

«Nein. Dazu sind wir noch gar nicht gekommen.» Andresen klang atemlos, seine Stimme überschlug sich. «Von Wesselhöft war erst der Anfang. Die Elbtöter scheinen es ernst zu meinen. So wie ich es vermutet habe. Anarchie! Wir haben einen weiteren Toten. Können Sie in die Stadt kommen?»

Sören überlegte kurz. Mathilda hatte den Brennabor genommen und sollte in der nächsten halben Stunde zurück sein, aber es war bereits halb vier, und er fuhr nicht mehr so gerne im Dunkeln.

«Ich werde mir eine Droschke nehmen. Wohin?»

«Zum Merckhof. Ernst-Merck-Straße 12. Ich erwarte Sie.»

Die Straßen in Richtung Stadtzentrum waren um diese Uhrzeit nicht mehr stark befahren. Sören brauchte nur eine halbe Stunde, bis er an der Ernst-Merck-Straße aus der Droschke stieg und dem Kutscher fünf Mark in die Hand drückte. Der Merckhof war von Polizisten umstellt. Andresen empfing Sören hinter der Absperrung.

«Gut, dass Sie kommen. Ich weiß nicht mehr weiter», stieß der Criminale sichtlich entnervt hervor. «Von meinen neuen Vorgesetzten ist natürlich keiner erreichbar. Und das hier scheint erst der Anfang. Gerade eben erhielt ich die Nachricht, dass es noch einen dritten Toten gibt. Ein Binnenschiffer in der Billwerder Bucht. Man hat ihn vor einer guten Stunde gefunden. Wenn Sie mir folgen wollen?»

Sören kämpfte sich hinter Andresen die Treppe in den ersten Stock empor.

«Erwischt hat es den Zahlmeister der Düneberger Pulverfabriken», erklärte Andresen. «Da die meisten Beschäftigten aus dem Hamburger Stadtgebiet stammen, hat man die Lohnauszahlung von Geesthacht hierher verlegt. Ein großer Teil der Arbeiterschaft musste aufgrund des Produktionsstopps entlassen werden, und man arbeitet an einer Art Sozialplan. Also ähnlich wie bei der Dynamit AG. Das ist auch schon alles, was ich in Erfahrung bringen konnte. Gegen zwei Uhr nachmittags gab es hier eine Explosion, und man hat die Feuerwehr verständigt, weil Flammen aus den Kontorfenstern schlugen und die Scheiben barsten. Auf der Straße standen die Arbeiter bereits Schlange für die Auszahlung. Den Einsatzkräften bot sich ein schauerliches Bild. Aber sehen Sie selbst.»

Sie drängten sich an den Criminalen der Spurensicherung und am Stativ des Fotografen vorbei und betraten das Kontor, das völlig verwüstet war. Überall an den Wänden waren Blutspritzer und Schmauchspuren. In der Mitte des Raumes stand ein Stuhl, auf dem ein gefesselter Torso saß.

«Darf ich vorstellen?», sagte Andresen sarkastisch. «Erwin Nossack. Oder besser das, was von ihm übrig geblieben ist. Nossack war Zahlmeister im Auftrag der Düneberger Pulverfabrik.»

Allein sein Kopf fehlte. Um den Rest des Halses hing ein angesengtes Pappschild mit der Aufschrift:

Kein Geld der Welt für Kriegsgewinnler. Die Elbtöter

«Wie gehabt. Was habe ich prophezeit?»

«Wie furchtbar», entfuhr es Sören. «Was hat man denn mit dem Ärmsten angestellt? Es sieht aus, als wenn man ihm den Kopf weggesprengt hat.»

«So in etwa muss es gewesen sein», entgegnete Andresen. «Das meinte auch Doktor Schulz nach einer ersten Begutachtung. Vielleicht war es ein Sprengsatz, den man ihm in den Mund gesteckt hat. Wird schwierig, das festzustellen … bei der Sauerei. Man hat jedenfalls niemand das Kontor verlassen sehen. Eine Stunde später hätte die Auszahlung beginnen sollen. Nossack war allein, und die Türen sollen verschlossen gewesen sein. Der Kassenraum ist zudem mit gepanzerten Glasscheiben gesichert.» Andresen deutete auf den großen Geldschrank mit geöffneter Tür. «Die Täter sind quasi hintenrum gekommen. Einer Schätzung nach müssen dort etwa zehntausend Mark Lohngelder gelagert gewesen sein. Natürlich alles weg.»

«Und niemand hat etwas mitbekommen?»

«Nein, niemand. Bis zur Explosion.»

«Unvorstellbar, dass der Mann mit einer solchen Summe Bargeld allein gelassen wurde.»

«Kann ich Ihnen auch nicht erklären. Wahrscheinlich wären weitere Mitarbeiter zum Zeitpunkt der Auszahlung hinzugekommen. So wurde es mir gesagt. Aber das ist auch egal. Es geht ja noch weiter, und eigentlich müsste ich längst dort sein. Wir haben noch ein weiteres Opfer der Elbtöter in Billwerder. Zumindest sieht alles danach aus. Ich habe nur auf Sie gewartet. Der Wagen steht schon bereit.»

Es dämmerte schon fast, als sie das Entenwerder Ufer erreichten, weil Andresen zuerst die falsche Route eingeschlagen hatte. Die Billwerder Bucht lag nämlich nicht, wie er geglaubt hatte, im gleichnamigen Bergedorfer Bezirk, sondern im südlichen Rothenburgsort, schräg gegenüber der Peute neben der Elbinsel Kaltehofe, auf der die städtische Wasserkunst mit ihren riesigen Filtrierbecken angesiedelt war. Für einen Moment färbte sich der Himmel violett, als sich über ihnen eine schwarze Wolke aus unzähligen Staren zu einem bizarr anmutenden Gebilde formierte, welches sich wie von Geisterhand geführt bewegte. Es war ein spektakulärer Anblick. Das milde Klima hatte die Vögel bislang davon abgehalten, ihre Winterreise anzutreten, doch jetzt sammelten sie sich, was auf einen bevorstehenden Kälteeinbruch hindeutete. Auf dem Weg zur Uferkante beugte eine Reihe mächtiger Pappeln ihr blattloses Geäst im Takt der Windböen, die vom Strom zu ihnen heraufgetragen wurden. Etwas abseits hatte sich ein Silberreiher am seichten Uferrand niedergelassen und verharrte in stoischer Regungslosigkeit. Sein gestreckter Hals verriet, dass er nach Beute Ausschau hielt. Als sie näher kamen, zog er seinen Hals ein und plusterte sein Gefieder gegen die Kälte auf. Ein friedlicher Ort, hätte man meinen mögen.

Die Gendarmen von der Revierwache Rothenburgsort erwarteten sie bereits an der Steganlage. Die *Susanna*, wie der Binnenkahn hieß, lag quer zum Steg und war zwischen zwei Dalben vertäut. Schon von weitem konnte man sehen, dass die Elbtöter zugeschlagen hatten. Der Schriftzug am Rumpf des Schiffes kurz über der Wasserlinie war unmissverständlich: *Kein Heldentod für Vaterlandsverräter. Die Elbtöter* stand dort in weißer Farbe geschrieben. Kopfüber gemalt, wie es schien, worauf die Farbspuren hindeuteten. Und der Umstand, dass die Umlaute spiegelverkehrt geschrieben waren.

«Joost Wolf, dreiundvierzig.» Die Meldung des diensthabenden Wachmanns war äußerst knapp. Ihn fröstelte, wie man sah. Immer wieder schlug er die Arme um seinen Körper. «Der Wirt vonner hiesigen Schänke hat ihn gefunden. Hat nach ihm geschaut, weil er heute nich wie sonst zum Essen rumgekommen is. Die *Susanna* liegt hier seit drei Wochen.»

Andresen stieg über ein schmales Brett an Bord des Schiffes, und Sören folgte ihm vorsichtig über die wackelige Planke. Der Leichnam lag, auf einer Plane ausgebreitet, vor dem Kajüthaus.

«Der hing annem Tampen über der Bordwand. Kopfunter», erklärte der Gendarm auf Nachfrage. «Nur die Stiefel ragten noch aussem Wasser. Un ummen Hals ein Sack mit Steinen. Ha'm ihn dann rausgezogen.»

Es klang entschuldigend. Normalerweise durfte nichts angerührt werden, bis die Spurensicherung vor Ort war.

Ein eisiger Wind pfiff über das Deck. Der Wachhabende reichte Andresen ein Vernehmungsprotokoll. «Der liegt hier immer mit dem Kahn, wenn's keine Aufträge hat. Der Wirt hat gesagt, Wolf stammt aus Dresden. Is seit zwanzich Jahren mit der *Susanna* unterwegs. Is unverheiratet. Die Laderäume ham wir inspiziert. Sind bis auf'n paar Zentner Kohlen leer.» Er reichte Andresen ein Buch. «Ha'm wir inner Kajüte gefunden. Is wohl das Logbuch.»

Sören beugte sich umständlich über die Bordwand und strich mit dem Finger über die Farbe. «Noch nicht richtig trocken», sagte er zu Andresen.

Der schüttelte nur den Kopf. «Also am helllichten Tag. Unglaublich.»

«Können wir den dann abholen lassen?», fragte der Gendarm.

Andresen nickte. «Der geht in die Rechtsmedizin nach Eppendorf. Wir kommen morgen mit der Kriminalistik zurück.»

Die Sonne war inzwischen untergegangen. Eine halbe

Stunde noch, dann würde es stockfinster sein. «In der Dunkelheit ist es aussichtslos. Außerdem ist die Truppe noch im Merckhof beschäftigt.»

Der Gendarm trottete zu seinem Kollegen zurück, der oben am Wagen wartete.

«Ein Binnenschiffer», sagte Andresen und schüttelte ungläubig den Kopf. «Nicht zu vergleichen mit einem wohlhabenden Mitglied der Bürgerschaft. Kein Tresor, trotzdem brutal getötet. Warum nur? Was verbindet die Opfer der Elbtöter?»

«Diesmal heißt es ‹Vaterlandsverräter›, nicht ‹Kriegsgewinnler›. Nur eine Nuance, aber es könnte etwas zu bedeuten haben. Und warum gerade jetzt diese beiden Morde? So plötzlich und so schnell aufeinanderfolgend?»

«Warten wir's ab. Es wird weitere Opfer geben, glauben Sie mir. Die Druckereien der Tageszeitungen stehen jedenfalls unter Beobachtung. Da wird es keine Aktion mehr geben. Zumindest nicht in der bisherigen Form.»

«Nun, der Schriftzug hier kann von jedem vorbeifahrenden Schiff aus gelesen werden, genauso wie vom Ufer aus. Das *ist* die Propaganda der Tat.»

Sören musste an die Äußerung von Senator Petersen denken. Er war zwar empört gewesen, aber seine Einschätzung hatte eher danach geklungen, als habe es sich um einen geschmacklosen Dummejungenstreich gehandelt. Dem war offensichtlich ganz und gar nicht so. Die Sache hatte bedrohliche Ausmaße angenommen.

KAPITEL 7

ooooo

Entgegen Andresens Vermutung war nichts weiter passiert. Keine neuen Toten, keine Aktionen oder Verlautbarungen. Seit mehreren Wochen nun schon. Sören suchte immer noch nach Zusammenhängen. Die Taten der Elbtöter passten für ihn einfach nicht zusammen. Er hatte sich Kärtchen angefertigt, auf denen die Auffälligkeiten und Besonderheiten der Morde notiert waren. Aber wie er sie auch immer auf dem Tisch anordnete, mischte, neu zusammenschob, es ergab kein erklärbares Muster.

Ein Direktionsmitglied der Dynamit AG. Kriegsgewinnler. Erschossen. Vielleicht von seinem eigenen Sohn, sehr wahrscheinlich sogar. Ein Zahlmeister der Düneberger Pulverfabrik. Angeblich ebenfalls Kriegsgewinnler. Mit Sprengstoff hingerichtet. Es gab zwei Parallelen: Beide arbeiteten für Unternehmen, die Sprengstoff und Waffen herstellten, und in beiden Fällen wurde zudem Bargeld aus einem Geldschrank entwendet. Dazu ein Binnenschiffer. Ertränkt. Weil er etwas transportiert hatte? Aber warum die Bezeichnung Vaterlandsverräter?

Aus dem Logbuch gingen zwar die Binnenschifffahrtsstraßen und Kanäle hervor, die Wolf mit der *Susanna* befahren hatte, aber es gab keine Frachtpapiere oder sonstige Unterlagen, die über die jeweilige Ladung hätten Auskunft geben können. Wolf war anscheinend überall gewesen. Hauptsächlich Elbe und Rhein, mehr im Westen als im Osten. Von vielen der aufgelisteten Flüsse und kleineren Kanäle hatte Sören noch nie gehört. Außerdem hatte er Erkundigungen eingeholt. Pulver und Sprengstoffe verließen die Düneberger wie auch die Geesthachter Produktionsstätten auf dem Schienenweg und wurden so an die Front transportiert. Was also hatte Joost Wolf transportiert, und warum war er damit für die Elbtöter zu einem Vaterlandsverräter geworden?

Inzwischen stand fest, dass Ascan von Wesselhöft an der Ermordung seines Vaters zumindest mittelbar beteiligt gewesen war. Das ergab sich aus der Daktyloskopie, die dem Bericht der Spurensicherung beigefügt war. Die Fingerabdrücke waren eindeutig, er war am Tatort gewesen. Ob an besagtem Tag, war damit zwar nicht bewiesen. Aber hätte Sören sonst fast gleichzeitig den Auftrag erhalten, ihn aufzuspüren?

Und hatte Ascan von Wesselhöft wirklich zu den Elbtötern gehört? An den weiteren Taten konnte er nicht beteiligt gewesen sein, zum Zeitpunkt der beiden letzten Morde war er nicht mehr am Leben gewesen. Außerdem war er aufgrund seiner Verletzungen nicht gerade dafür prädestiniert, bei einer Horde rachedurstiger Mörder mitzumischen. Auf alle Fälle aber hatte er Kontakt zu den Elbtötern gehabt, denn es gab noch eine weitere Verbindung. Man hatte am Tatort im Europahaus Fingerabdrücke einer unbekannten Person gesichert, die ebenfalls am Tresor im Merckhof nachgewiesen werden konnten. Die

Abdrücke waren eindeutig identisch, allerdings war die dazugehörige Person bislang bei der Polizei nicht aktenkundig.

Obendrein hatte man sehr wahrscheinlich Ascan von Wesselhöfts Unterschlupf gefunden. Es handelte sich um eine entlegene Köhlerhütte im Wald bei Hammoor, die schon seit Jahren nicht mehr genutzt wurde. Die Spuren und Kleidungsstücke deuteten darauf hin, dass er dort gewesen war, was auch eine provisorische Apparatur zur Nahrungsaufnahme und mehrere Lebensmittelkonserven nahelegten, die gefunden worden waren. Wie er dort hin- und von dort weggekommen war, war hingegen ein Rätsel.

Elisabeth von Wesselhöft hatte sich nicht wieder bei Sören gemeldet. Die Beisetzungen hatten in aller Stille stattgefunden, wie er von Andresen erfahren hatte. Direkt danach war sie in Begleitung ihres Hausarztes an die Ostsee abgereist, wo die Familie eine Urlaubsresidenz besaß. Zur Genesung, wie es hieß. Gemeint waren wohl Ruhe und Zerstreuung. Andresen hatte bislang taktvoll darauf verzichtet, sie zu sprechen.

Im Haus waren sie inzwischen wieder unter sich, auch wenn es jetzt Mathilda war, die ständig Gäste empfing. Sie hatte ihre Arbeit im Krüppelheim vorübergehend eingestellt. Ihre Tätigkeit im Hamburger Wahlwerbeausschuss erwies sich als zu zeitaufwendig, und alle politischen Parteien warben nun um Frauen, nachdem die Wahlkreise zur Nationalversammlung feststanden. Es war der Zwang der Situation, denn für die weiteren Friedensverhandlungen war von alliierter Seite eine Nationalversammlung zur grundlegenden Voraussetzung schlechthin geworden.

Fast jede Woche organisierte Tilda Veranstaltungen der Hamburger Frauenvereine, im Curio-Haus, im Convent-Garten und die größeren im Zirkus Busch. Damit ging einher, dass sie sich regelmäßig mit Frauenrechtlerinnen verabredete. Nicht nur mit Frieda Radel. Solche Treffen fanden auch immer häufiger bei ihnen in Ohlstedt statt, vor und nach den Veranstaltungen. Sören fiel dabei die Rolle des Gastgebers zu, aber inzwischen zog er sich schon nach der Begrüßung in sein Arbeitszimmer zurück und überließ den Damen den Salon für ihre konspirativen Gespräche, über die Tilda ihn dann abends doch wieder in Kenntnis setzte, um seine Meinung zu bestimmten Themen zu erfahren. Sie fühlte sich immer noch als Außenseiterin, da sie als Einzige der Frauen den Sozialdemokraten nahestand, während die anderen eher den liberaldemokratischen Flügel besetzten und entsprechend umso radikalere Forderungen für nötig hielten.

Besonders angetan war Sören von Helene Lange, einer Frau, die trotz ihres Alters – sie musste ungefähr sein Jahrgang sein – zu einer von allen widerspruchslos geduldeten Anführerin wurde, sobald sie anwesend war. Selbst Lehrerin, hatte sie sich zeit ihres Lebens für die höhere Mädchenbildung starkgemacht. Dabei war sie keineswegs eine aggressive, laut tönende Feministin, sondern ganz im Gegenteil die Grande Dame eines feinzeichnerischen Stils, der ganz ohne Verbitterung daherkam. Im Gegensatz zu den meisten Feministinnen sah sie die Geschlechter nicht als gleich stark oder gleichberechtigt an, sondern als völlig unterschiedlich, wobei sie mit einem versteckten Lächeln darauf hinwies, dass es Sache der Frauen wäre, die Makel der maskulin geprägten Welt mit einem selbstbewussten Gegensteuern ergänzend zu korrigieren.

Helene Lange war fast blind und erschien immer in Begleitung von Dr. Gertrud Bäumer, die sie als ihre rechte Hand vorstellte, die aber wohl etwas mehr als das in ihrem Leben war. Gemeinsam gaben sie die Zeitschrift *Die Frau* heraus und hatten vor Jahren das *Handbuch der Frauenbewegung* geschrieben, eine Art Bibel aller Feministinnen. Gertrud Bäumer musste in den Vierzigern sein und machte keinen Hehl aus ihrer Veranlagung. So sahen sich Sören wie auch Tilda gefordert, Robert in die Schranken einer nachsichtigen Toleranz zu verweisen, nachdem er ihnen eines Abends einigermaßen empört erzählt hatte, er habe die beiden Damen zufällig in zärtlicher Umarmung auf dem Flur überrascht, ja sogar geküsst hätten sie sich.

Im gleichen Alter wie Gertrud Bäumer, die auch im Vorstand des Bundes Deutscher Frauenvereine war, war Marie Baum, die gemeinsam mit ihr den Aufbau des Sozialpädagogischen Instituts und die Gründung einer Sozialen Frauenschule in der Stadt vorangetrieben hatte. Was den mehrheitlich promovierten Damen aber allesamt fehlte, waren die weichenstellenden Verbindungen zum Gros der weiblichen Wählerschaft. Und genau hier sollte Mathilda als Sprachrohr der Frauen die Botschaft über die Partei in die Massen tragen. Sören sah es dabei als seine Aufgabe an, aufzupassen, dass sich Mathilda nicht für Forderungen instrumentalisieren ließ, die sie eigentlich nicht befürwortete. Und sie war ihm dankbar für die Gespräche.

Seit dem 19. November waren Senat und Bürgerschaft in ihrer Funktion wieder eingesetzt worden. Der Arbeiter- und Soldatenrat behielt sich zwar ein Vetorecht vor, aber im Endeffekt war es so gekommen, wie Senator Petersen es vorhergesehen hatte. Die Revolutionäre waren mit dem Alltag der Verwaltung und behördlichen Vorgängen schlichtweg überfordert. Das hatte inzwischen auch David verstanden. Er unterhielt zwar noch beste Kontakte zu den Spitzen der Bewegung, aber inhaltlich konnte er sich immer weniger mit den Absichten des linksradikalen Flügels identifizieren und hatte sich auch von Laufenbergs revolutionären Forderungen distanziert.

So hatte er eine Freistellung von den Verpflichtungen in Kiel und Eckernförde bewirkt und war zu seiner eigentlichen Arbeit in den Stab um Baudirektor Fritz Schumacher im Hochbauamt zurückgekehrt. Dieser empfing ihn mit offenen Armen und übertrug ihm gleich die Planung von zwei Projekten.

«Vor allem an bezahlbaren Kleinwohnungen mangelt es, und die Nachfrage nach derartigen Unterkünften steigt von Woche zu Woche», erklärte David am Abendbrotstisch, nachdem Sören ihn auf seine Arbeit angesprochen hatte. «Man ist der Meinung, das liegt auch an der hohen Zahl von Kriegstrauungen, aber das ist meines Erachtens nur ein kleiner Aspekt. Der Bestand ist in den letzten zwei Jahren kontinuierlich zurückgegangen, und den ungefähr 10 000 Kleinstwohnungen stehen – ebenfalls kriegsbedingt – knapp 5000 Haushaltsauflösungen gegenüber.»

«Villen und Häuser werden dagegen zu Schleuderpreisen gehandelt», sagte Sören. «Für ein gerade mal fünf Jahre altes Landhaus an der städtischen Peripherie mit tausend Quadratmetern Grund zahlt man nur noch etwas mehr als 20 000 Mark. Solche Angebote werden täglich in der Zeitung offeriert.»

«Richtig. Während zentral gelegene Ein- und Zwei-Zimmer-Mietwohnungen ausnahmslos unter der Hand vermittelt werden, und das auch nur mit monetärem Handschlag. Die Lage ist so dramatisch, dass man inzwischen schon von den scharfen baupolizeilichen Richtlinien abrückt, um die Schaffung privat finanzierten Wohnraums anzukurbeln. Ausnahmegenehmigungen sind an der Tagesordnung, Antragsformulare werden vereinfacht, zudem gibt es für Investoren und Spekulanten gleichermaßen Anreize in Form staatlicher Zuschüsse oder zinsfreier Kredite. Es reicht trotzdem nicht, und so sind jetzt wir vom Hochbauamt gefragt, dem Wohnungsproblem entgegenzutreten. Aus dem Ärmel zaubern können wir zwar auch nichts. Allerdings haben sich dadurch die städtebaulichen Prioritäten verschoben, und die von Professor Schumacher geplanten Staatsbauten rücken erst einmal in den Hintergrund.»

Vor fünf Jahren war David mit dem Bau des Instituts für Schiffs- und Tropenkrankheiten in St. Pauli beschäftigt gewesen, das dann tatsächlich noch vor Ausbruch des Krieges eingeweiht werden konnte, nun saß er im Planungsstab IV des Hochbauamts und stellte Überlegungen zur raschen Umsetzung für zwei Großsiedlungen an. Es handelte sich um eine Heimstätten- und Behelfssiedlung in Langenhorn sowie um eine innerstädtische Kleinwohnungssiedlung in Dulsberg. «Bislang gibt es allerdings nur Vorentwürfe, für eine rasche Umsetzung fehlen einfach die Mittel, aber ich bin guter Dinge, dass noch im nächsten Jahr mit den Projekten begonnen werden kann.»

Angesichts der gegenwärtigen Nöte klang das ziemlich optimistisch, wie Sören fand. Vielleicht war David aber auch nur froh, wieder einer sinnvollen Arbeit nachgehen zu können. Dieses Glück hatten nicht viele in der Stadt, denn der Arbeitsmarkt war zum zweiten großen Problem geworden. Nun machte sich schlagartig bemerkbar, wie sehr man die letzten Jahre damit beschäftigt gewesen war, vor allem die Kriegsindustrie am Leben zu erhalten. Und da herrschte nun Stillstand.

Nicht nur in Düneberg und Geesthacht, überall wurden Betriebe geschlossen und Arbeiter entlassen. Vor allem im Hafen, der Lebensader der Stadt, drohte der völlige Stillstand. Bürgerschaft und Senat reagierten angesichts der dramatischen Entwicklung mit einem Notprogramm, das vor allem darauf abzielte, Arbeitsplätze zu schaffen, statt die noch vorhandenen Gelder einzig der Unterstützung Arbeitsloser zukommen zu lassen. Innerhalb kürzester Zeit wurde die zügige Erschließung einiger Landgebiete genehmigt, vor allem die Gebiete um Dove-Elbe und Gose-Elbe sollten kultiviert werden, außerdem nahm man den Bau einer Marschenbahn in den Vierlanden in Angriff.

«Ich bin ja der Meinung, wir sollten parallel zu den Siedlungsprojekten innerstädtische Großprojekte vorantreiben», sagte David. «Zum Beispiel den geplanten Neubau eines Dienstgebäudes der Finanzdeputation. Damit könnte man nämlich auch die Masse der Arbeitssuchenden verkleinern. Hunderte von Arbeitern stehen doch bereit, und Woche für Woche verstärken Frontheimkehrer das Heer der Arbeitslosen und Arbeitswilligen.»

«Wird so etwas nicht schon diskutiert?», fragte Tilda. «Ich erinnere mich, davon gelesen zu haben.»

«Aber was haben die Leute von einer Arbeit, wenn sie sich von dem Geld nichts zu essen kaufen können, weil es keine Lebensmittel mehr gibt?» Alle schauten Agnes an, die die Sache auf den Punkt gebracht hatte.

«Richtig. Die Lebensmittelknappheit zieht sich wie eine Schlinge um den Hals der Mittellosen», sagte Tilda. «Ich weiß nicht, was noch kommen wird. Wie ich höre, sind statt der bislang üblichen 700 000 Zentner Kartoffeln nur etwa 270 000 Zentner für die Stadt eingelagert worden.»

«Und auch die Steckrübenernte hat nicht die bisherigen Erträge erbracht», gab Agnes besorgt zu bedenken. «Also müssen die Rationen weiter eingeschränkt werden. Es vergeht kein Tag, an dem die Bevölkerung nicht dazu aufgerufen wird, vor allem im Verbrauch der Kartoffeln Sparsamkeit walten zu lassen, damit wir über den Winter kommen.»

Es war noch weitaus schlimmer. Das Kriegsversorgungsamt an der Ferdinandstraße gab wöchentlich Meldungen zum Fleischverbrauch aus den Lagervorräten an die Presse weiter, die trotz der Knappheit stetig nach unten korrigiert werden mussten. Selbst Pferdeschlachtungen waren inzwischen nur noch erlaubt, wenn die Tiere arbeitsunfähig waren. Und die Preise für Brennholz stiegen ins Unermessliche. Die Not war allgegenwärtig, und der Winter hatte gerade erst begonnen.

In Ohlstedt bekamen sie davon erst mit reichlicher Verzögerung Kenntnis. Die landwirtschaftliche Selbstversorgung und die Tauschgeschäfte innerhalb der Nachbarschaft taten ein Übriges, dass sich der Mangel hier in Grenzen hielt. Aber der Versorgungsmangel an Rohstoffen zeigte sich dann doch, wenn etwa für Roberts Fahrrad kein Ersatzschlauch mehr aufzutreiben war und man auf Pipifax angewiesen war, eine Ersatzbereifung, die auf Papierbasis hergestellt wurde.

Dessen ungeachtet stand in den Zeitungsberichten immer noch das heldenhafte Epos deutscher Truppen im Vordergrund. So wurde angesichts der Rückkehr des städtischen 76er-Regiments vom Kriegerverband eine Ankunftsfeier beworben, als wäre das Reich als siegreiche Nation aus dem Krieg hervorgegangen. Dass das Gegenteil der Fall war, hatten inzwischen alle verstanden.

Anfang der Woche erreichte Tilda und Sören eine Depesche aus Stockholm, in der Ilka und Ture Sjöberg ihre Ankunft für die kommende Woche ankündigten. Sie reisten nicht direkt, sondern machten einen Schlenker über Berlin, wo Ture einige Dinge für seinen Vater zu erledigen hatte. Worum es dabei genau ging, schrieb sie nicht, aber es musste schon etwas Offizielles sein, denn Ilka erwähnte, sie würden die Reise mit Diplomatenpässen antreten. Ihre genaue Ankunftszeit wollten sie dann von Berlin aus mitteilen. Dies beruhigte ihre Eltern einigermaßen, weil dadurch gewährleistet war, dass sie Deutschland auch wieder verlassen konnten, was für die übrige Bevölkerung momentan nicht ohne weiteres möglich war.

Wenn die beiden das überhaupt vorhatten. Es klang zwar nicht so, als würden sie nur einen kurzen Besuch einplanen, aber vielleicht schätzten sie die Sache doch anders ein, wenn sie mit der hiesigen Situation direkt konfrontiert waren. Trotz seiner ursprünglichen Bedenken überwog inzwischen auch bei Sören die Freude, Ilka wiederzusehen und sie sogar über die Festtage bei sich zu wissen. Wie lange die beiden bleiben wollten, würde sich dann immer noch zeigen.

In Gedanken war Sören bereits dabei, ein kleines Familienprogramm für die Weihnachtstage auf die Beine zu stellen, wobei ihm vor allem daran gelegen war, die gemeinsame Zeit nicht in Trübsal und Melancholie zu verbringen, denn er wollte die Not und die Entbehrungen, unter denen die Bevölkerung litt, keineswegs vollständig verbergen. Ein Anruf von Heinrich Andresen holte ihn in die Gegenwart zurück.

«Was gibt es Neues?», fragte Sören.

«Scheint ein ganz dicker Hund zu sein», meinte der Criminale geheimnisvoll. «Die Überführungs-Crew, welche die *Susanna* zurück in ihren Heimathafen nach Dresden bringen sollte, hat auf dem Schiff eine spektakuläre Entdeckung gemacht. Hinter einer losen Holzverkleidung in der Schlafkajüte haben sie bündelweise Geldnoten entdeckt.»

«Wie viel?», fragte Sören.

«Zu viel Geld für einen Binnenschiffer. So viel, dass man inzwischen sogar Berlin eingeschaltet hat.»

«Spannen Sie mich nicht auf die Folter.»

«Es geht weniger um die Summe als solche», erklärte Andresen. «Viel entscheidender ist, dass es sich bei den gefundenen Geldnoten nicht um Reichsmark handelt.»

«Sondern?»

«Britische Pfund! 70 000 Britische Pfund.»

«Donnerwetter. Das ist allerdings ein dicker Hund.»

Sören suchte nach einer Erklärung, fand jedoch keine. Wer hatte Wolf eine derartige Summe anvertraut? Ein Binnenschiffer als Geldbote? Nein, das war eher unwahrscheinlich. Wurde er umgebracht, weil er das Geld unterschlagen hatte? Dann hätte er aber bestimmt nicht drei Wochen lang seelenruhig mit seinem Schiff am Billwerder Ufer gelegen. War es der Gegenwert für etwas, das er transportiert hatte oder transportieren sollte? Nein, eine Vorauszahlung in dieser Größenordnung war unwahrscheinlich. Aber wem gehörte das Geld?

«Was meinen Sie dazu?»

«Er wird etwas Verbotenes transportiert haben, denke ich.» Da es sich um die Währung einer befeindeten Kriegsmacht handelte, lag dieser Verdacht nahe.

«Nach England? Mit der *Susanna* wäre Wolf niemals durch den Kanal gekommen. Der Kahn taugt nicht mal zum Befahren von Küstengewässern.»

«Da haben Sie recht. Aber es hätte die Bezeichnung Vaterlandsverräter erklärt.»

«Ich kann mir jedenfalls keinen Reim auf die Sache machen. Inzwischen hat die Reichsbehörde in Berlin die Ermittlungen in dem Fall übernommen. Ich wollte Sie nur informieren.»

«Berlin hat übernommen?»

«Ja, und ich bin ehrlich gesagt gar nicht böse darüber. Über Langeweile kann ich mich nun wirklich nicht beklagen.»

Sosehr er sich auch anstrengte, Sören fiel keine passende Erklärung zu dem Fund ein. Und er kam auch nicht dazu, sich länger den Kopf zu zermartern, denn plötzlich ging es doch wieder Schlag auf Schlag.

Zuerst traf es Max von Schinckel, genauer gesagt, seinen Chauffeur. Der war mitsamt dem Automobil in die Luft geflogen. Eine Bombe, wie man munkelte. Sören erfuhr es von Carl Herz, der inzwischen die Leitung der Justizkommission übernommen hatte und ihn unverzüglich informierte. Aber zu mehr Angaben, als dass es wohl einen Anschlag gegeben hatte, konnte er sich auch nicht überwinden. «Genaues weiß ich nicht», teilte er Sören mit. «Wir sind alle sehr besorgt.»

War das die Anarchie, die Andresen befürchtete? Als er sich erkundigen wollte, wiegelte der Criminale schroff ab. «Wir haben der Presse einen Maulkorb verpasst, bis wir die Hintergründe kennen. Das darf nicht an die Öffentlichkeit. Sonst fühlt sich niemand mehr sicher. Bei denen, die davon erfahren haben, geht jetzt schon die Angst um.»

«Ein Anschlag?»

«Der Gott sei Dank missglückt ist. Von Schinckel ist nichts passiert. Ihm wurde kein Haar gekrümmt. Dafür wurde sein Fahrer zum Opfer. Als die Bombe explodierte, stand von Schinckel am Portal seiner Villa. Er wollte im nächsten Moment einsteigen und hat alles direkt miterlebt. Eine Minute später, und es hätte auch ihn getroffen.»

«Was glauben Sie?»

«Wir haben nichts. Keinen Hinweis. Meine Leute nehmen gerade die Überbleibsel des Wagens in Augenschein. Die Bombe kann ja nicht direkt gezündet worden sein. Irgendein Mechanismus wahrscheinlich. Wir wissen es noch nicht.»

«Gibt es sonst verwertbare Spuren? Eine Propaganda der Tat?» Sören wagte es kaum, den Verdacht auszusprechen.

«Nein. Bis auf …» Andresen stockte. «Auf dem Tor der Garage haben wir ein Kreuz gefunden. Ein Kreuz, mit blauer Farbe gemalt. Weiß der Henker, was das zu bedeuten hat. Niemand kann sich einen Reim darauf machen. Von Schinckel hat bestätigt, dass es neu ist.»

«Hätte der Chauffeur das nicht sehen müssen?»

«Natürlich. Aber er hat das Tor wohl von innen geöffnet. Seine Wohnräume liegen über der Garage.»

Einen Tag später erwischte es Edgar Luiz. Luiz war Vorstandsmitglied der Zentral-Bank Aktiengesellschaft. Andresen war völlig außer sich und wusste nicht mehr weiter. Er hatte einen Krisenstab zusammengestellt und bat auch Sören, noch am Abend ins Stadthaus am Neuen Wall zu kommen, wo man das weitere Vorgehen besprechen wollte.

Im großen Besprechungsraum waren neben Andresen auch Senator Petersen als oberster Polizeiherr und Regierungsdirektor Campe als Leiter der Criminalpolizei sowie diverse Commissare und Inspektoren versammelt, die Sören namentlich nicht näher bekannt waren. Die Räte waren durch Wilhelm Kretschmer und einen Sigurd Rauch vertreten. Die Stimmung war bedrückt.

Andresen versuchte die Ereignisse zusammenzufassen, wobei er zunächst die tagesaktuellen Geschehnisse auf den Punkt brachte. «Edgar Luiz wurde heute Vormittag von seiner Sekretärin gefunden. Er saß gefesselt auf einem Stuhl im Konferenzraum des Bankhauses, um seinen Kopf war ein Gummituch gewickelt, sodass er sehr wahrscheinlich qualvoll erstickt ist. Stühle und Tische im Raum waren umgeworfen, und an der Wand stand mit roter Farbe geschrieben:

Kriegsfinanciers sterben keinen Heldentod. Geschrieben mit dem Blut deutscher Soldaten. Die Elbtöter»

Andresen wartete einen Moment und machte einen schweren Atemzug. «Ob es sich bei der Farbe tatsächlich um Blut handelt, klären unsere Spezialisten derzeit. Doktor Schulz ist nach einer ersten Begutachtung der Meinung, Luiz sei bereits mehr als zwölf Stunden tot gewesen. Also hat sich die Tat am gestrigen Tag ereignet. Gesehen oder gehört hat im Bankhaus niemand etwas. Der Terminkalender von Herrn Luiz weist für den gestrigen Abend keinerlei Besonderheiten auf. Zuletzt gesehen hat ihn ebenfalls seine Sekretärin, die das Bankhaus um Viertel nach sechs verlassen hat.»

«Die Elbtöter», sagte Senator Petersen zaghaft. «Was ist das? Wer ist das?»

Nachdem sich niemand zu Wort gemeldet hatte, erklärte Andresen: «Wenn wir das wüssten. Von Wesselhöft, Nossack, Wolf, von Schinckel, jetzt Luiz. Wir wissen nicht, wie wir das deuten sollen. Sie schlagen nach einer Logik zu, die wir noch nicht verstehen.»

«Gibt es denn überhaupt keine Anhaltspunkte zu den Tätern? Was bewegt sie?» Petersen wirkte sichtlich beunruhigt.

«Wir wissen nur, dass man sich mit einer Propaganda der Tat zu rechtfertigen versucht. Aber die benutzten Schlagworte ‹Kriegsgewinnler›, ‹Vaterlandsverräter› und jetzt ‹Kriegsfinanciers› sind vielschichtig zu deuten. Die Täter liefern uns im Einzelfall keine Begründung. Von daher ist es außerordentlich schwierig, Hinweise auf eine mutmaßliche Tätergruppe zu finden.»

«Oder auch weitere potenzielle Opfer auszumachen», ergänzte Campe, der sich bislang zurückgehalten hatte. «Das ist es, was uns am meisten Sorge bereitet. Was glauben Sie, wie viele besorgte Anfragen von angesehenen Bürgern wir bekommen, die inzwischen Angst um ihr Leben haben. Wir wissen einfach nicht, wodurch die Opfer ins Visier der Täter geraten sind, was sie wirklich getan haben sollen.»

«Wie gedenken Sie, weiter vorzugehen?», fragte Senator Petersen. «Es ist unsere Pflicht, die Bürger zu schützen.»

Campe blickte auffordernd zu Andresen, aber der zuckte nur hilflos mit den Schultern. «Natürlich. Sagen Sie mir, wen wir schützen sollen, dann stelle ich eigens dafür eine Schutzmannschaft auf.»

«Es ist ja nicht so, dass wahllos Bürger ermordet werden.»

«Nein, Kriegsgewinnler. Was auch immer das sein soll.»

«Und Kriegsfinanciers. Wer hat durch den Krieg Gewinne gemacht?» Es war das erste Mal, dass sich Kretschmer zu Wort meldete. «Die Rüstungsproduktion. Die Aktieninhaber der großen Konzerne ...»

«Und wo wollen wir da den Trennstrich ziehen? Jeder, der Kriegsanleihen gekauft hat, hat den Krieg mitfinanziert.» Andresen schaute sich fragend um. «Wahrscheinlich hat die Mehrzahl der hier Anwesenden solche Papiere gezeichnet oder erworben. Oder irre ich mich?»

Betretenes Schweigen.

«Aber die haben in den wenigsten Fällen daran verdient.» Kretschmer gab nicht nach.

«Es war doch für keinen von uns absehbar, wie sich dieser verdammte Krieg entwickeln würde», erklärte Petersen.

Sigurd Rauch sprang Kretschmer zur Seite. «Machen wir uns doch nichts vor!», rief er. «Spätestens nachdem an der Westfront nach einem Jahr kein Zentimeter Land mehr gewonnen wurde, war allen klar, dass sich das immer weiter hinziehen würde. Und wenn ich mir jetzt die Forderungen der Entente anhöre ...» Danach redeten alle durcheinander.

«Dann wird es sehr wahrscheinlich überhaupt keine Kriegsgewinnler geben, wollen Sie sagen?»

«Denken Sie daran, was man als Entschädigung will. Allein auf belgischer Seite!»

«Die Flotte. Wenn ich an die Kriegsflotte denke!»

«Und der Handel? Was ist mit den Handelskontakten

in Übersee? Alles futsch! In China und der Türkei werden keine deutschen Kaufleute mehr geduldet. Auch Frauen und Kinder sind betroffen. Sie sollen allesamt in England interniert werden. Nicht nur die Schmach, es wird bereits von Pogromen berichtet.»

«Das gesamte deutsche Eigentum in Amerika soll beschlagnahmt und als Reparationsleistung kassiert werden. Man stelle sich das vor …»

«Die Zahlen sprechen für sich. Allein die deutschen Banken sind im Aufsichtsrat von über hundert dortigen Industriebetrieben vertreten und haben vielfach Aktienmehrheit an amerikanischen Korporationen. Wenn da jetzt gefordert wird, diese Betriebe zu amerikanisieren … Das sind Hunderte von Millionen Dollar, die dem Reich verlorengehen!»

«Mei-ne Her-ren!» Petersen klopfte im Takt seiner Worte mit der Hand auf den Tisch. «Das bringt doch jetzt nichts! Warum sind wir hier zusammengekommen!»

«Gibt es Neuigkeiten im Fall von Schinckel?», fragte Sören, nachdem halbwegs Ruhe eingekehrt war. Er hatte sich bislang zurückgehalten und staunte über die Emotionen im Raum. Das Ganze erinnerte ihn inzwischen an eine aufgewühlte Stammtischrunde, wo jeder seine Bedenken und persönlichen Erkenntnisse herausstrompetete. Was er erwartet hatte, waren mehr Informationen zur Sachlage.

«Max von Schinckel hat die Stadt heute mit unbekanntem Ziel verlassen», erklärte Regierungsdirektor Campe. «Aus Angst, wie ich annehme.»

«Was ich gut nachvollziehen kann», erwiderte Andresen. «Meine Leute sind dabei, das verwendete Sprengmaterial zu untersuchen.»

«Die Täter verfügen über Sprengstoff und wissen ihn auch einzusetzen. Das erfordert eine gewisse Kenntnis im Umgang mit solchen Dingen. Es ist ja nicht so, dass die Opfer einfach so mir nichts, dir nichts bei erstbester Gelegenheit getötet werden. Da steckt ein Plan dahinter», fuhr Campe fort.

«Richtig», bestätigte Andresen. «Die Morde lassen an ein System denken: erschießen, sprengen, ertränken, ersticken. Als wenn man damit ein Zeichen setzen will.»

«Wir müssen also davon ausgehen, dass die Täter über Informationen verfügen, die uns bislang nicht bekannt sind.» Alle Blicke waren auf Sören gerichtet. «Dort gilt es anzusetzen.»

Andresen nickte zustimmend. «Und auch die Parallelen in den Fällen von Wesselhöft, Erwin Nossack und Luiz liegen auf der Hand. Alle drei sind auf einem Stuhl sitzend und gefesselt getötet worden.»

Jemand klopfte an die Tür, und ein Wachmann betrat mit entschuldigender Geste den Raum. Er reichte seinem Vorgesetzten eine Aktenmappe, und um Andresens Mundwinkel zeichnete sich nach kurzer Zeit so etwas wie ein Lächeln ab.

«Es ist ja nicht so, als wenn meine Leute nur Däumchen drehen», erklärte er fast triumphierend. «Es gibt eine Verbindung. Sowohl die Dynamit AG als auch die Düneberger Werke führen Geschäftskonten bei der Zentral-Bank Aktiengesellschaft. Auch wenn ich Ihnen noch keine Informationen über den Umfang der Geschäftsbeziehungen und Transfers nennen kann – das ist doch mal ein Anfang.»

Auf der Rückfahrt nach Ohlstedt versuchte Sören, die neuen Erkenntnisse zu einem sinnvollen Ganzen zusammenzupusseln. Noch passte nichts wirklich, aber sein anfänglicher Instinkt schien sich zu bewahrheiten. Die Elbtöter suchten sich ihre Opfer keineswegs wahllos aus. Es gab irgendein Geheimnis, irgendeinen inneren Bezug, der die Fälle miteinander verband. In dem Zusammenhang erschien auch der Anschlag auf von Max von Schinckel plötzlich erklärlich. Wie er wusste, war Schinckel nicht nur im Aufsichtsrat der Dynamit AG, nein, er war auch bei der Kapitalentflechtung der in einem Kartell verbundenen deutschen und englischen Sprengstoff- und Pulverfabriken zu Anfang der Krieges erfolgreich tätig gewesen. Aber von Schinckel war nicht verfügbar.

Blieb nur der Weg zu den Wesselhöfts, wenn er die Zusammenhänge näher beleuchten wollte. Bei Albrecht von Wesselhöft liefen seiner bisherigen Recherche nach alle Spuren zusammen. Das sagte ihm auch das Puzzlespiel seiner Kärtchen auf dem Tisch. Elisabeth von Wesselhöft weilte immer noch an der Ostsee, aber Sören hatte in Erfahrung bringen können, dass sich Ascans Bruder Hagen derzeit im Haus der Familie aufhielt. Er hatte für morgen seinen Besuch bei ihm angekündigt.

KAPITEL 8

ooooo

Über Nacht war ein frischer Ostwind aufgezogen, der zwar die Wolkendecke aufriss, gleichzeitig aber auch eisige Temperaturen mit sich brachte. Sören wählte die Strecke über Langenhorn. Er steuerte den Brennabor südlich am Flughafen vorbei Richtung Eimsbütteler Markt, wo er den Wagen volltankte und einen aktuellen Stadtplan erwarb. Zu Hause hatte er feststellen müssen, dass ihr letztes Straßenverzeichnis noch aus der Vorkriegszeit stammte und ein Roosens Weg dort nicht aufgeführt war.

In Othmarschen waren noch kurz vor dem Krieg viele neue Straßenzüge entstanden, wie er nun feststellte. Und auch der Stil der modernen Villen wies darauf hin, dass sie erst vor kurzem erbaut worden waren. Hinter mächtigen Mauern und Hecken ragten vorrangig Backsteingiebel empor, Fenster und Rahmen sowie die Dachunterstände strahlten in hellem Weiß, die Fensterläden, als wäre es unter den Besitzern abgesprochen, einheitlich in Dunkelgrün. Hier und da zwinkerte Sören ein ovales oder geschwungenes Giebelfenster wie eine schmückende Rosette zu, aber Fledermausgauben und gliedernde Elemente aus Werkstein, wie sie im ersten Jahrzehnt nach der Jahrhundertwende allerorts verbaut worden waren, gab es hier nur vereinzelt.

Die Grundstücke waren nicht so großzügig geschnitten wie in den westlichen Elbvororten oder in den Walddörfern, aber immer noch größer als in Harvestehude. Das fiel aber erst auf den zweiten Blick auf, denn viele Bauplätze an den fast jungfräulichen Straßenzügen waren noch unbebaut. Und wenn man die derzeitigen Schleuderpreise im gehobenen Immobilienbestand betrachtete, würde sich dieser Zustand auf absehbare Zeit auch nicht ändern. Am Roosens Weg standen exakt sechs Villen, und ihre Giebel waren noch allesamt höher als die angepflanzten Bäume.

Von Wesselhöfts Grundstück lag auf halber Höhe der Straße auf westlicher Seite. Das leicht geschwungene hohe Walmdach besaß einen mit glockenförmigem Fenster geschmückten Zwerchgiebel zur Straßenseite. Auffällig waren die abgerundeten Ecken und die umlaufende Galerie mit Balustrade des oberen Geschosses. Auch hier dominierten die Farben Weiß und Dunkelgrün vor dem kräftigen Rot des Backsteins. Sören parkte den Brennabor auf der Straße und klingelte.

Das junge Hausmädchen, das die Tür sogleich öffnete, musste über sein Kommen informiert sein. Sie bat Sören ohne Nachfrage herein und nahm ihm Hut und Mantel ab. Sören schätzte sie auf höchstens sechzehn.

Das Innere des Hauses überraschte ihn. Er hatte ein schwülstiges Interieur mit dunklem Holz, Stofftapeten und ledernen Möbeln auf Parkett und orientalischen Teppichen erwartet, doch was ihn empfing, war von klassizistischer Schlichtheit getragen. Hinter dem Empfang öffnete sich eine Halle mit ovalem Grundriss, die er hier nicht vermutet hätte. Der Fußboden bestand aus schachbrettartig angeordneten Mosaikfliesen, und die Wände waren durch rundbogige Nischen gegliedert. Zwischen den Türzargen leuchteten weiße Lichtschalen aus opakem Glas zur schmucklosen Decke. Darunter ruhten kostbare Empirekommoden, auf denen Vasen mit blühendem Winterjasmin standen. An der gegenüberliegenden Wand hing ein lebensgroßes Porträt, das Sören selbst auf die Entfernung Liebermann zuordnen konnte.

«Ein Bildnis meines Vaters. Gemalt von Max Liebermann vor acht Jahren.»

Sören hatte Hagen von Wesselhöft nicht kommen gehört. «Doktor Bischop, wie ich annehmen darf?» Er streckte die Hand zur Begrüßung aus.

«Vielen Dank, dass Sie sich die Zeit nehmen konnten.»

Sören erkannte das Gesicht von der Fotografie, die ihm Elisabeth von Wesselhöft überlassen hatte. Die Aufnahme konnte noch nicht sehr alt sein. Hagen von Wesselhöft war Anfang zwanzig. Er trug Hausrock und Filzpuschen, keine Trauerfarben, sondern tief glänzendes Bordeaux, am Revers des Cordrockes eine schmale schwarze Binde.

«Willkommen in unserem Geisterhaus.» Sein Gesicht blieb ausdruckslos. Das ebenmäßige, frisch rasierte Gesicht eines jungen Mannes. Hagen von Wesselhöft trug keinen Bart. Auf der Fotografie hatte es noch ein Kaiserschnauzer geschmückt. «Wenn Sie mir ins Herrenzimmer folgen mögen. Hier ist es ein wenig kühl.»

Das Herrenzimmer wirkte eigentlich wie eine Bibliothek und war wohlig warm. Die Wände bestanden aus bis an die Decke reichenden, eingebauten Bücherregalen, den Boden zierte ein heller Wollteppich, und das Gestühl erinnerte mehr an gewölbte Chaiselongues denn an Sessel. Alles wirkte hochmodern. In einer Nische zwischen den Fenstern spendete zwar ein weißer Kachelofen wohltuende Wärme, hinter den Messingtüren konnte Sören züngelnde Flammen ausmachen; aber auch dieses Relikt aus alten Zeiten vermochte der Modernität des Interieurs kein wirkliches Gegengewicht zu bieten.

Als er Platz genommen hatte, konnte Sören erkennen, dass die Wände des Raums leicht geschwungen waren. Die Kassetten an der Decke folgten einer leichten Kurve.

«Ich habe mir erlaubt, Kaffee aufsetzen zu lassen. Wenn Sie einen Biscuit …» Er deutete auf eine Schale mit Keksen, die auf einem Beistelltisch stand. Gleich darauf brachte das Mädchen den Kaffee und schenkte ihnen ein. «Sie sagten, Sie stünden im Dienst meiner Frau Mutter?»

Sören balancierte die Kaffeetasse vorsichtig zurück auf den kleinen Tisch und wischte sich die Krümel von der Hose. Die Sessel mochten zum Lesen geeignet sein, aber das Trinken darin geriet zu einem Kampf mit dem Gleichgewicht. «Einen schriftlichen Kontrakt gibt es nicht», erklärte er. «Ihre Mutter bat mich, einige Nachforschungen anzustellen. Das war kurz vor dem Tod … vor dem Unheil, welches Ihre Familie heimsuchte.»

«Ich bin erst letzte Woche aus Heidelberg angereist, wo ich immatrikuliert bin, und daher nicht im Bilde. Wenn Sie mich aufklären mögen?»

«Es tut mir sehr leid, Sie erneut mit den Geschehnissen konfrontieren zu müssen …»

«Oh, das lässt sich nicht verdrängen», antwortete Hagen von Wesselhöft. «Ich bereite mich gezwungenermaßen auf meine neue Rolle als Familienoberhaupt vor und muss mich mit vielen Dingen auseinandersetzen, die mir eigentlich noch nicht hätten zufallen sollen. Ich bin gerade dabei, mir einen Überblick zu verschaffen. Meine liebe Frau Mutter ist derzeit nicht in der Lage, die Nerven … Sie verstehen?»

«Natürlich.»

«Ich weiß nicht einmal, ob die Familie dieses Haus wird halten können. Jetzt, wo nur noch meine Frau Mutter … Es ist ja viel zu groß für sie allein. Mein Vater ließ es noch im ersten Kriegsjahr bauen. Da war nicht abzusehen, dass sich unsere Familie so schnell … auflösen würde.»

«Ihre Frau Mutter suchte mich auf wegen des Verschwindens Ihres Bruders», erklärte Sören. «Sie bat mich nachzuforschen, wo er sich aufhalten könnte. Dabei wirkte sie sehr in Sorge.»

Hagen von Wesselhöft runzelte die Stirn. «In Sorge wegen Ascan? Das kann ich mir nicht vorstellen. Es gehört vielleicht nicht hierher, aber …»

Er zögerte. Sören spürte die Unsicherheit. Die Unsicherheit, mit einem Fremden über die Gefühle von Familienangehörigen zu sprechen. Dinge, die eigentlich niemanden etwas angingen. Zumindest empfand er es so. Und er sollte recht behalten.

«Wissen Sie, meine Mutter hat das, was Ascan widerfahren ist, nie verwinden können. Sie musste nach der Nachricht, dass er verwundet worden war, intensiv betreut werden. Mein Vater hat großen Wert darauf gelegt, dass der Rat der Ärzte eingehalten wurde. Sie sollte demnach nicht mit Ascan in Berührung kommen. Verstehen Sie mich nicht falsch, aber es kann keine Sorge um Ascan gewesen sein. Sie wusste nicht einmal genau, in welchem Zustand er sich befand. Sie hat ihn nie gesehen.»

«Aber sie hat erfahren, dass er verschwunden war. Und ihre Sorge wirkte keinesfalls gespielt.» Jetzt, wo er es aussprach, war Sören plötzlich klar, warum ihm ihre Worte so merkwürdig vorgekommen waren: Sie hatte sich um etwas anderes gesorgt. Sie musste es tatsächlich vorhergesehen haben, was passieren würde. Aber warum?

Hagen von Wesselhöft schüttelte den Kopf. Dann bestätigte er Sörens Vermutung. «Die Sorgen galten nicht Ascan. Wenn überhaupt, nahm sie Anteil an den Ängsten meines Vaters. Und damit sollte sie letztlich ja auch recht behalten.»

«Ich kann Ihnen da nicht ganz folgen. Ängste Ihres Vaters? Warum?» Neugierig beugte sich Sören vor.

«Nun, Sie wissen ja sicher, was mein Vater gemacht hat, wer er war.»

Sören nickte.

«Das ist natürlich ein sensibles, teilweise gefährliches Geschäft. Vor allem in Kriegszeiten. Ich verschaffe mir gerade einen Überblick darüber, welche Aktien der Dynamit AG abgestoßen werden sollten. In der momentanen Situation ist ja nicht damit zu rechnen, dass das Unternehmen in naher Zukunft noch profitabel wirtschaften kann. Unsere Familie hat gemeinsam mit Max von Schinckel einen Großteil der Aktien des Unternehmens gezeichnet. Keine Mehrheit, aber ein durchaus beträchtliches Paket. Aber was rede ich … darum geht es ja nicht. Also. Mein Vater musste vor etwa einem Jahr einen Angestellten entlassen. Den genauen Grund kenne ich nicht. So etwas passiert eben. Und in dem Zusammenhang sind wohl sehr wichtige Firmenunterlagen verschwunden, was man dem Angestellten anlastete, aber nicht beweisen konnte.»

Sören konnte es kaum glauben. Da also lag der Schlüssel. Das entscheidende Mosaiksteinchen war gefunden. Nun fügte sich einiges zusammen.

«Um was für Unterlagen hat es sich genau gehandelt?»

«Darüber hat mein Vater nie gesprochen. Er hat nur angedeutet, dass es eine Menge Ärger geben könnte, falls diese Dinge in die falschen Hände gerieten. Er war sich ja selbst nicht sicher, ob der Verlust wirklich mit der Entlassung dieses Angestellten in Zusammenhang stand. Aber er vermutete es, und so, wie er darüber sprach, muss er äußerst besorgt gewesen sein. Wobei er sich meiner Frau Mutter gegenüber wahrscheinlich noch zurückhaltend ausgedrückt haben muss, da sie sich seinerzeit für die Einstellung dieses Mannes starkgemacht hatte. Wie hieß er noch gleich … Jedenfalls machte sie sich nun natürlich Vorwürfe. Friedrich Böhmer! Jetzt erinnere ich mich. Böhmer war der Sohn eines ihrer ehemaligen Kindermädchen und kam aus Lasbek. Meine Mutter ist eine geborene Hasenclever und ist im Herrenhaus von Tremsbüttel aufgewachsen. Lasbek liegt ja in unmittelbarer Nachbarschaft. Jetzt können Sie sich vorstellen, welchen Schock es meiner Mutter versetzt hat, dass sich mein Bruder gerade vor Tremsbüttel auf die Gleise gelegt hat.»

Langsam ergab das Ganze einen Sinn. Sören erinnerte sich an die Zeilen, die Ascan von Wesselhöft niedergeschrieben hatte. Vor allem das «aber es musste geschehen»

Veranstaltung des Arbeiter- und Soldatenrates auf dem Heiligengeistfeld am 24. November 1918 (handschriftlich Rückseite). Die Fotografie weist mehrfach Retuschen auf (Fahne, Gesichter). Hamburger Staatsarchiv, Plankammer.

Aufständische Feldgraue vor dem Portal des *Hamburger Echos* an der Fehlandstraße 11. November 1918. Hamburger Staatsarchiv, Plankammer.

Passkontrolle der Sicherheitswache des Arbeiter- und Soldatenrates am Sievekingplatz. Im Vordergrund ein Maschinengewehr. Dezember 1918. Hamburger Staatsarchiv, Plankammer.

Hamburger Gewerkschaftshaus am Besenbinderhof. Seit der Nacht vom 5. auf den 6. November 1918 das Hauptquartier der Aufständischen. Ursprungsbau von 1906 (Heinrich Krug), noch ohne den Erweiterungsneubau von 1913 (Wilhelm Schröder). Gesamtanlage erhalten. Foto um 1910. Hamburger Staatsarchiv, Plankammer.

Wilhelm Heise, Willi Stürmer und Friedrich Zeller (?) sowie weitere Mitglieder des ersten Arbeiter- und Soldatenrates am Mittag des 6. November 1918 vor dem Gewerkschaftshaus. Hamburger Staatsarchiv, Plankammer.

Das Automobil der Familie Bischop. Brennabor Modell C mit 18 PS starkem Vierzylindermotor, gebaut von 1910 bis 1912. Das Modell war auch als kürzerer Zweisitzer erhältlich. Foto von 1913. Mit freundlicher Genehmigung von Mario Steinbrink, IG Brennabor Brandenburg.

Damit könnte Sören Bischop im Jahre 1918 telefoniert haben. OB 05 von Mix & Genest. Das Standardtelefon des Reichstelegraphenamts seit 1905. Bei den Bischops wahrscheinlich ohne Reichsadler. Oder das W 19 von Siemens & Halske (unten), Vorserien sind ab 1911 im Umlauf. Sammlung Christoph Ernst, mit freundlicher Genehmigung.

Fundort einer fiktiven Leiche. Entenwerder Ufer und Billwerder Bucht (im Vordergrund) mit Blick auf die Stadtwasserkunst Kaltehofe. Foto von 1892 während des Baus der Filterbassins. Hamburger Staatsarchiv, Plankammer.

Kapelle 5 auf dem Friedhof Ohlsdorf. Nicht erhalten. Zeitgenössisches Aquarell unbekannter Herkunft. Hamburger Staatsarchiv, Plankammer.

Wachmannschaft des Arbeiter- und Soldatenrates vor der Polizei-Wache 13 am Spielbudenplatz Ecke Davidstraße. Ende 1918. Hamburger Staatsarchiv, Plankammer.

Kein Heinrich Andresen dabei. Und auch kein Eckehardt. Die Kriminalabteilung der Hamburger Polizei im Hof des Stadthauses. Januar 1919. Hamburger Staatsarchiv, Plankammer.

Bibliothekszimmer des Arbeiter- und Soldatenrates im Rathaus (?). Heinrich Laufenberg (Mitte hinten). Dezember 1918. Hamburger Staatsarchiv, Plankammer.

Sitzung der Exekutive des Arbeiterrates Groß Hamburg im Januar 1919, Ort unbekannt. Wahrscheinlich Rathaus oder Gewerkschaftshaus. Personen nicht eindeutig zuzuordnen. Hamburger Staatsarchiv, Plankammer.

Natürlich nicht das Quartier der Elbtöter. Hof Hohler Weg 5. Eines der letzten Gängeviertel am Venusberg/Neustadt. Datum der Aufnahme unbekannt. Hamburger Staatsarchiv, Plankammer.

Helene Lange (1848–1930), Frauenrechtlerin der ersten Stunde. Bildagentur Preußischer Kulturbesitz.

Fritz Haber (2. von links) 1915 in Ypern vor dem erstmaligen Einsatz von Kampfgas im Stab des Pionier-Regiments 35. Archiv der Max-Planck-Gesellschaft Berlin-Dahlem.

Otto Stolten (1853–1928). Der erste Sozialdemokrat
in der Hamburgischen Bürgerschaft. Hamburg Museum,
mit freundlicher Genehmigung.

Das Europahaus am Alsterdamm (heute Ballindamm), im Jahr 1918 u.a. Sitz des Direktoriums der Dynamit AG in Hamburg. Nicht erhalten (Standort der Europapassage). Foto von 1910. Hamburger Staatsarchiv, Plankammer.

ging ihm nicht aus dem Kopf. Weil er nicht wusste, wie vollständig Hagen von Wesselhöft über die Umstände eingeweiht war, beschloss er, sich ganz behutsam vorzutasten.

«Wie Sie vielleicht wissen, geht die Polizei davon aus, dass Ihr Bruder Ihren Vater getötet haben könnte.»

«Ja. Das ist ja das Entsetzliche.»

«Wie war denn das Verhältnis zwischen den beiden?»

«Eigentlich ganz unbeschwert. Nun ja, Väter haben natürlich bestimmte Vorstellungen. Und natürlich gab es hin und wieder kleine Auseinandersetzungen, wenn etwas nicht so lief, wie er sich das vorstellte, wie er es geplant hatte. Aber solche Reibereien gibt es doch in jeder Familie. Mein Vater sprach über Ascan immer voller Stolz – bis zu dem Unglück, bis zu seiner Verwundung. Er war ja selbst Offizier der Reserve. Vielleicht empfand er es deshalb als Schande, dass Ascan in diesem Zustand war und nicht gefallen war. Es stand ja wirklich schlimm um ihn.»

«Wie stand Ihr Bruder denn zu den Geschäften Ihres Vaters?»

«Genau wie ich, eher neutral. Wir sind schließlich damit aufgewachsen. Als etwas Bedrohliches haben wir das nicht empfunden. Es war das Normalste auf der Welt für uns, dass Sprengstoff und Waffen produziert und verkauft werden. Und auch, dass sie benutzt werden.»

«Können Sie sich vorstellen, dass sich die Meinung Ihres Bruders dazu durch das Erlebte, durch seinen Zustand umgekehrt haben könnte?»

«Vorstellen kann ich mir das eigentlich nicht, aber ausschließen kann ich es auch nicht. Ich habe ja gut reden.

Ich weiß nicht, wie es an der Front zugeht. Ich kenne das nur aus Erzählungen. Wissen Sie, ich bin nicht kriegstauglich.» Er kniff die Augen zusammen. «Epilepsia», sagte er schließlich. «Blitze und spontane Lärmquellen können bei mir Krämpfe auslösen. Eine unschöne Sache, aber ich habe gelernt, damit zu leben. Und verglichen mit dem, was meinem Bruder widerfahren ist, sehe ich meine Krankheit schon fast als göttliche Fügung.»

«Hat man Ihnen das Notizbuch Ihres Bruders ausgeliefert?»

Hagen von Wesselhöft nickte. «Ich weiß, worauf Sie hinauswollen. Die letzten Sätze. ‹Was ich getan habe, ist unverzeihlich. Aber es musste geschehen. Wer, wenn nicht ich. Und nun ist Ruh.› Ich kann es auswendig, und ich zermartere mir täglich den Kopf darüber, was in ihn gefahren sein könnte. Und falls man es als Geständnis wertet, dass er unseren Vater getötet hat, dann frage ich mich allen Ernstes, wie er das in seinem Zustand hinbekommen hat.»

«Schon sein Verschwinden aus dem Heim setzt voraus, dass er Hilfe gehabt haben muss.»

Hagen von Wesselhöft schenkte Kaffee nach, dann ging er zum Ofen und legte zwei Holzscheite nach.

«Hatte dieser Böhmer Kontakt zu Ihrem Bruder? Ich weiß, dass Ihr Bruder häufiger Besuch im Heim hatte.»

«Ja, natürlich sind wir Böhmer hin und wieder begegnet. Gelegentlich im Direktorium, als er dort noch angestellt war. Aber ich kannte ihn nur flüchtig. Befreundet waren sie zumindest nicht, soweit ich weiß.»

Sören grübelte darüber nach, wie weit er Hagen von

Wesselhöft gegenüber gehen konnte. «Sie erwähnten vorhin, Ihr Vater habe gesagt, dass es Ärger geben könnte, wenn diese verschwundenen Unterlagen in die falschen Hände geraten würden. Ist es denkbar …»

Nein, so ging es nicht. Er zögerte. «Also angenommen, dieser Böhmer hat die Unterlagen tatsächlich entwendet … Worauf ich hinauswill … Könnte es sein, dass Böhmer sein Wissen aus diesen Unterlagen Ihrem Bruder mitgeteilt hat? Und dass diese Dinge so brisant waren, dass Ihr Bruder daraufhin beschloss … Verstehen Sie mich nicht falsch, aber dieses ‹es musste geschehen› will mir einfach nicht aus dem Kopf.»

«Nein, ich verstehe Sie schon richtig. Sie wollen Licht in dieses Dunkel bringen, und dabei haben Sie meine volle Unterstützung. Ich will ja auch eine Erklärung für diese Dinge. Ich kann mir nur nicht vorstellen, was für Dinge einen Vatermord rechtfertigen. Mein Vater müsste demnach ja für Schreckliches verantwortlich gewesen sein, für etwas Unverzeihliches.»

«Nach alldem, was Sie mir erzählt haben, gehe ich tatsächlich davon aus, dass es Böhmer war, der Ihren Bruder regelmäßig besuchte.» Sören musste sich dringend bei Mathilda erkundigen, wann der Besucher das erste Mal aufgetaucht war. Hoffentlich konnte sie sich noch erinnern. Wenn es direkt nach Böhmers Entlassung angefangen hatte, war die Sache eindeutig.

«Ihre Mutter sagte mir, alle Freunde und Bekannten Ihres Bruders wären im Kriegsdienst oder an der Front. Und Kommilitonen aus Greifswald scheiden meiner Meinung nach aus. Er hatte ja noch nicht einmal ein ganzes Semester absolviert, bevor er sich als Freiwilliger gemeldet hat. Oder fällt Ihnen jemand ein, der ihn regelmäßig besucht haben könnte?»

«Ich hatte zugegebenermaßen nicht den engsten Kontakt zu Ascan. Genauer gesagt, seit ich in Heidelberg studiere, hatte ich so gut wie gar keinen mehr. Ich weiß nur, dass Ascan enge Verbindungen in seiner Einheit gepflegt haben muss. Bei der Beisetzung sprachen mich zwei Offiziere an, die wohl gut mit ihm befreundet waren. Dafür spricht auch, dass sie überhaupt dort waren. Wir hatten nämlich niemanden eingeladen.»

Sören traute sich kaum zu fragen. «Erinnern Sie sich vielleicht an die Namen?»

«Leider nicht. Sie haben sich sicherlich vorgestellt, aber ich musste mich zu sehr um meine Mutter kümmern.»

Hagen von Wesselhöft presste die Spitzen seiner Zeigefinger gegen seine Nasenwurzel und fixierte Sören. «Da war noch etwas. Richtig. Der eine von ihnen hatte eine gerötete Haut. Und es sah aus, als habe er keine Augenbrauen. Keine Brandverletzung, sondern eher so, als sei sein Gesicht mit unzähligen kleinen Pusteln übersät.»

«Haben Sie vielleicht einen Offiziersgrad für mich?»

«Tatsächlich kamen sie in Uniform. Aber ehrlich gesagt habe ich von Kokarden und Diensträngen keine Ahnung. Sie betonten aber, sie seien in der Stadt, und boten mir sogar freundlich ihre Dienste an, falls Bedarf bestehe. Das klang so, als gebe es unter den Kameraden einen Ehrenkodex, einen Corpsgeist, der über den Tod hinaus Geltung habe. Sehr anständig, wenn Sie mich fragen. Aber irgendwie auch sehr unheimlich. Jetzt, wo ich darüber nachdenke … Ja, die Kameraden könnten vielleicht Dinge wissen, die Ihnen, die uns weiterhelfen. Es muss da ein Offizierskasino geben, irgendwo an der Mönckebergstraße. Die Hausnummer habe ich mir nicht gemerkt, aber das sollte herauszufinden sein. Da könnte ich sie jederzeit finden, falls doch noch Bedarf bestehe. Mit diesen Worten haben sie sich jedenfalls verabschiedet.»

«Das klingt sehr interessant. Ich werde der Sache nachgehen. Dennoch habe ich immer noch den Verdacht, dass es dieser Böhmer war, der Ihren Bruder aufsuchte und der ihm vielleicht auch eine Hilfe war. Sowohl bei der Flucht … Und Böhmer kennt sich auch im Europahaus aus. Vielleicht hat er Ihren Bruder begleitet. Sicher kannte er Wege, sich Einlass zu verschaffen. Auch das spricht für diese These.»

«Ich kann mir immer noch nicht vorstellen, dass mein Bruder der Kopf dieser Elbtöter-Bande gewesen sein soll. Kriegsgewinnler und so …» Hagen von Wesselhöft ließ erschüttert den Kopf hängen. «Das ist doch völliger Wahnsinn.» Seine Stimme zitterte. Er rang mit den Tränen.

«Wir sollten froh sein, dass der Krieg endlich vorbei ist.» Sören war nahe dran, ihn in den Arm zu nehmen. Wie einen Sohn, der Trost brauchte. Hagen von Wesselhöft war etwa in Ilkas Alter, und er tat ihm leid. Aber deshalb war er nicht gekommen.

«Gibt es vielleicht eine Fotografie von diesem Böhmer?», fragte er, um wieder Sachlichkeit in das Gespräch zu bringen.

Hagen von Wesselhöft brauchte einige Sekunden, um

sich zu fangen. «Nicht, dass ich wüsste. Er gehörte ja nicht zur Familie.»

«Können Sie ihn mir beschreiben? Gibt es irgendwelche besonderen Merkmale?»

«Friedrich Böhmer muss so um die vierzig sein, schätze ich. Eher älter. Etwa so groß wie ich, schlank, dunkle kurze Haare. Ich kenne ihn ohne Bart. Ein hageres Gesicht. Leicht gebückte Haltung. Etwas abstehende, große Ohren. Mehr fällt mir auf die Schnelle nicht ein. Ich muss in den alten Personalunterlagen nachschauen. Vielleicht ist dort etwas vermerkt. Zumindest ein Wohnsitz muss angegeben sein. Aber ich mache mir keine allzu große Hoffnung, denn das wird mein Vater sicherlich alles schon überprüft haben. Eine Anzeige hat es ja nie gegeben.»

Sören hatte mehr in Erfahrung bringen können, als er gehofft hatte. Die Geschichte mit diesem Friedrich Böhmer passte genau. Von Wesselhöfts Beschreibung des Mannes deckte sich auch mit dem, was Tilda erzählt hatte.

Von Othmarschen aus lenkte er den Wagen erst zur Elbchaussee und fuhr entlang der großen Landhäuser weiter Richtung Altona, wo sich die Allee schließlich immer mehr verjüngte und die randständige Bebauung zunahm. Er ließ die Christianskirche links liegen und passierte das neue Rathaus und das Siegesdenkmal, das in Zukunft wahrscheinlich umbenannt werden musste. Dann fuhr er über die Palmaille mit ihren beidseitigen Reihen klassizistischer Bürgerhäuser hinunter zum Altonaer Fischmarkt und von dort weiter entlang der Hafenkante bis zum Elbtunnel und zu den Landungsbrücken. Ab hier zeigte sich wieder das gewohnte Bild patrouillierender Sicherheitswachen, von denen im westlichen Altona und in Othmarschen nichts zu sehen gewesen war.

Am Hafentor stoppte ihn schließlich eine Patrouille, die offenbar alle motorisierten Fahrzeuge anhielt, die in Richtung Zentrum unterwegs waren. Es musste sich um eine Wachmannschaft des Arbeiter- und Soldatenrates handeln, da die Männer keine Uniformen trugen und ihr Wagen mit einer roten Fahne gekennzeichnet war. Sören befürchtete schon das Schlimmste. Aber die Männer waren freundlich und ließen ihn, nachdem sie den Wagen inspiziert und sich seine Papiere angeschaut hatten, weiterfahren. Den Grund der Kontrolle verrieten sie Sören nicht. Wahrscheinlich hatten sie nach Waffen gesucht, denn unter den heimkehrenden Offizieren hatte es sich inzwischen herumgesprochen, dass dies an den Bahnhöfen geschah, und so reisten wohl immer mehr von ihnen über Umwege in die Stadt. Unter dem stählernen Viadukt der Hochbahn fuhr Sören über Johannisbollwerk und Vorsetzen weiter zum Baumwall und dann über den Rödingsmarkt in Richtung Stadthausbrücke.

Heinrich Andresen war sichtlich erstaunt über das, was Sören ihm berichtete. Wahrscheinlich ärgerte er sich, dass sie nicht längst auf die Idee gekommen waren, Hagen von Wesselhöft zu vernehmen. Vielleicht hatte er es auch schlicht vergessen, denn Elisabeth von Wesselhöft weilte immer noch an der Ostsee; aus Gründen der Pietät hatte er bislang eine Befragung verschoben.

«Ich lasse sofort die Melderegister durchforsten», versprach er.

«Vielleicht sollten Sie auch die Kollegen in Bargteheide verständigen, dass man die Region um Lasbek genauer unter die Lupe nimmt. Eventuell leben dort noch Familienangehörige und können Auskunft geben.»

KAPITEL 9

Andresens bisherige Recherchen hatten keine brauchbare Spur zutage gefördert. Ein Friedrich Böhmer war weder in der Stadt noch in den Gemeinden um Lasbek gemeldet. Man hatte zwar Verwandte von ihm ausfindig machen können, aber die hatten schon lange keinen Kontakt mehr zum *Roten Fritz*, wie Böhmer von ihnen genannt wurde, da er wohl schon sehr früh mit dem Gedankengut der *Gruppe Internationale* und ihren roten Fahnen sympathisiert hatte. Eine halbwegs aktuelle Fotografie von Böhmer hatte Andresen nicht auftreiben können, aber nachdem Tilda bestätigt hatte, dass der Besucher ungefähr zeitgleich zu Böhmers Entlassung bei der Dynamit AG erstmals im Krüppelheim aufgetaucht war, stand eigentlich fest, dass er es gewesen war. Andresen sah das genauso. Aber Böhmer war wie vom Erdboden verschluckt.

Und gerade heute hatte sich Andresen nun gemeldet und Sören mitgeteilt, dass man eine Spur habe. Es gab offenbar Hinweise, dass Böhmer zu den radikalen Gesinnungsgenossen von Laufenberg im Spartakusbund gehören könnte. Doch Sören hatte keine Zeit. Gemeinsam mit Tilda und David stand er im Hauptbahnhof und wartete auf den Zug aus Berlin, der in wenigen Minuten einfahren würde.

«Einen Friedrich Böhmer kenne ich nicht, aber die Sache mit dem *Roten Fritz* ist lustig. Tatsächlich gab es einen Fritz Roth unter den Radikalen.»

David stampfte abwechselnd mit den Füßen auf dem Bahnsteig auf. Er war mit der Straßenbahn von den Bleichen gekommen, um Ilkas Ankunft nicht zu verpassen, und war viel zu leicht gekleidet. Die Temperaturen kratzten inzwischen auch tagsüber an der Frostmarke, und wenn man nicht in Bewegung blieb, brauchte man mindestens einen Fellmantel, um der polaren Luft trotzen zu können. Für die nächste Woche wurden die ersten Schneefälle erwartet.

«Krumme Haltung und Segelohren, sagst du? Das könnte hinhauen. Den kenne ich flüchtig aus dem Gewerkschaftshaus. Unscheinbarer Typ, aber entschlossen. Er war auch mit dabei, als wir hier die Wache gestürmt haben.» David rieb sich die Hände. «Aber die Bolschewiki sind 'ne Gruppe für sich. Die lassen sich nicht in die Karten schauen. Gemacht wird, was die Genossen in Berlin ausbaldowern. Und – keine Gnade. Da wird nicht lange gefackelt, wenn's der Sache dient.»

«Lenins Executive!», sagte Tilda. «So nennen wir die Spartakisten intern.»

«Treffend», bejahte David. «Und etwas unheimlich. Roth ist ständig in Begleitung von zwei zwielichtigen Typen von der Internationale gewesen. So unscheinbar er selbst auch sein mag, das ist so 'ne Kommandobrigade. Roth ist dann auch ganz schnell um Laufenberg herumscharwenzelt, als klar war, dass er das Rennen macht. Ich hab nur mitbekommen, dass er sich angeboten hat.»

«Angeboten? Wofür?»

David knuffte Sören. «Na, du weißt schon … inoffizielle Sachen und so. Wenn's mal Drecksarbeit zu erledigen gibt. Um die Truppe würde ich einen großen Bogen machen. – Da kommt der Zug.»

Die Lokomotive verschwand fast im Nebel der Dampfwolke, die sich immer mehr ausbreitete. Schwärme von Tauben flüchteten aus dem Gewölbe der Bahnhofshalle. Für einen kurzen Augenblick sah man gar nichts mehr. Mit einem langanhaltenden, ohrenbetäubenden Quietschen kam der Zug zum Stehen, und das stampfende Schnaufen der Lok fand ein Ende.

Sören blickte zur Uhr. Nur zwölf Minuten Verspätung, nicht schlecht für Berlin. Türen klappten, Koffer wurden aus dem Zug gereicht. Im Nu glich der Bahnsteig einem Ameisenhaufen. Abfertigung im Minutentakt. Und keine Spur von Ilka und Herrn Sjöberg. Alles strömte zu den Treppen. Sie hatten kein Erkennungszeichen und keinen genauen Treffpunkt ausgemacht.

«Und wenn sie nicht im Zug sind?»

«Nur nicht verunsichern lassen», meinte David entspannt. «Sie muss ja hier vorbei.»

Kofferträger mit hölzernen Karren bahnten sich ihren Weg durch die Menge. Sören dachte daran, wie lange sie sich nicht gesehen hatten. Würde er Ilka überhaupt erkennen? Dann stand sie plötzlich vor ihnen und lachte. Natürlich erkannte er seine Tochter. David nahm sie zuerst in den Arm. «Meine Hübsche! Phantastisch siehst du aus!»

Mathilda hatte Tränen in den Augen. Sie war fast einen

Kopf kleiner als ihre Tochter. Sören traute sich nicht, sie in den Arm zu nehmen und zu küssen, so wie früher. Ilka war kein Kind mehr. So, wie sie vor ihm stand, war sie zur Frau gereift. Ihre Kleidung, ihre Haltung. Er hatte sie mit Schleifen im langen, geflochtenen Haar in Erinnerung. Jetzt trug sie die Haare kinnlang und gescheitelt wie eine verwegene Haube. Und sie hatte Lippenstift aufgetragen. Und doch waren da ihre Augen, das strahlend dankbare Lächeln. Es folgte der inspizierende Blick auf die Begleitung an ihrer Seite.

Ture Sjöberg war groß. Nicht so massig wie David, aber dennoch kräftig. Auffallend waren seine rotblonden Haare und die hellen Augenbrauen und Wimpern, die seiner Haut einen dunklen Teint verliehen.

«Hej! Guten Dag. Ich bin Ture.» Er zog die Handschuhe aus und streckte ihnen die Hand zur Begrüßung entgegen.

«Sie sprechen deutsch?»

«Man duzt sich in Schweden», klärte Ilka ihre Mutter auf.

«Und das machen wir unter Freunden auch», meinte Sören. «Willkommen, Ture.»

«Ilka hat mir schon ein wenig gelernt.»

«Det är *beigebracht*», verbesserte Ilka und wurde rot. Dann musste sie lachen. «Ich komme völlig durcheinander. Dabei haben wir versprochen, dass wir hier nur deutsch sprechen.»

«Das heißt *verabredet*», ulkte David und musste dann auch lachen. «Du wirst es schon wieder hinkriegen.»

Ture blickte währenddessen einer Gruppe uniformierter Feldgrauer nach, die zur Wandelhalle hinaufstiegen. Der Zug war voll von Kriegsheimkehrern gewesen. «Der Kriget is äntlich vor över.»

«Vorbei, ja. Und es herrschen chaotische Zustände in Deutschland.» Sören betrachtete Tures Hände, die von Sommersprossen übersät waren. Sommersprossen und blonde Haare auf dem Handrücken. «Aber das habt ihr gewusst.» Es sollte so klingen, wie es gemeint war.

«Wir erleben es doch selbst in Schweden», meinte Ilka. «Es vergeht keine Woche, in der nicht eine Schiffsmannschaft im Land um Internierung bittet. Am Tag unserer Abreise sind noch zwei deutsche U-Boote vor Karlskrona auf Grund gesetzt worden. Man hat den Eindruck, als wollten die Mannschaften nicht zurück, weil sie nicht wissen, was sie hier erwartet.»

«Oder weil sie ihre Schiffe vor der Auslieferung an die Engländer retten wollen. Du bist ja gut informiert», staunte David und blickte sie erwartungsvoll an.

Ilka nickte. «Es gibt in Schweden kein rapportera förbud für die Presse, keine Zensur.»

«Schweden befindet sich auch nicht im Krieg.» Mathilda merkte selbst, dass es nach einer Rechtfertigung und Entschuldigung klang, was sie nicht beabsichtigt hatte.

«Sie hat euch nicht gesagt, sie arbeitet för tidning, för newspaper. Richtig?»

«Wer? Ilka? Donnerwetter, nein», entfuhr es Sören, der seine Tochter sogleich zweifelnd beäugte. So große Stücke er auch auf Ilka hielt, das hatte er von seiner Tochter nicht erwartet.

«Was heißt arbeiten …» Ilka machte eine abschwächende Handbewegung. «Man brauchte jemanden, der die Berichterstattung in deutschen Zeitungen übersetzen konnte. Und das hat mir Spaß gemacht.»

«Ilka underdriver alltid! Under tiden sie ist schon in die Chefredaktion. Und *Dagens Nyheter* ist die größte Morgenstidning in ganz Schweden.»

Ilka lächelte bescheiden. «Das mag ja sein.» Dann rollte sie mit den Augen. «Tures Vater ist mit den Bonniers befreundet. Das sind die Herausgeber. Nun, und mit Otto von Zweigbergk geht er gelegentlich auf Elchjagd. Und der ist seit zwanzig Jahren der Chefredakteur. Nur damit ihr das richtig einschätzen könnt. – So. Und was machen wir jetzt?»

David klatschte in die Hände. «Wir gehen eine Kleinigkeit essen. Und dann zu einer Veranstaltung ins Curio-Haus, Liane arbeitet dort. Sie hat Karten für uns zurücklegen lassen.»

«Sehr schön.»

Sören deutete auf die beiden Koffer. «Euer Gepäck lassen wir schon mal per Droschke nach Ohlstedt bringen. Agnes wird die Sachen in Empfang nehmen.»

«Agnes ist immer noch bei euch?»

Das *euch* kam irgendwie überraschend und verstörte ihn. Sören hatte ein *uns* erwartet. Aber so war es nun mal. Seine Tochter war flügge geworden. «Sie freut sich schon auf dich.»

Das Podium des Curio-Hauses glich einer Filmbühne, aber die mit Hilfe eines rückwärtigen Projektors auf die transparente Leinwand projizierten Aufnahmen waren nur Staffage. Sie fungierten abwechselnd als Hintergrund oder Vordergrund für eine Tanzdarbietung, die Sören als Mischung aus Pantomime und Schattenspiel empfand. Der Ausdruckstanz von Ora Doelk orientierte sich an Begriffen, gegenständlichen Dingen wie Glas und Porzellan, beweglichen Stoffen, etwa Regen und Feuer, und nicht so sehr, wie man es gewohnt war, an Gemütszuständen wie Trauer und Heiterkeit.

Liane hatte ihnen Ehrenplätze in der ersten Parkettreihe zukommen lassen. Sie waren also ganz nah am Geschehen und sahen und hörten vielleicht etwas mehr, als der Tänzerin lieb sein konnte. Die unbeteiligte Mimik von Ora Doelk, die etwa in Ilkas Alter sein musste, erstaunte sie. Egal, wie akrobatisch und anstrengend ihre Bewegungen auch sein mochten, ihr Gesicht blieb regungslos, wirkte wie versteinert. Die Klaviermusik von Erna Lewandowski, die am großen Konzertflügel auf der Bühne saß, war der fließende Strom, die unsichtbare Schnur, die dem tänzerischen Ebenbild das hintergründige Fundament gab. Es waren Fragmente aus bekannten Musikwerken, die nicht als ganzer Satz gespielt wurden, sondern als Klangfolge neu arrangiert und zusammengestellt waren, sodass nur ein symphonisch oder kammermusikalisch geschultes Ohr die eigentliche Herkunft erkennen konnte.

Nach jedem Tanz verschwand Ora Doelk hinter der Bühne und passte ihre Kleidung sowohl farblich wie auch stofflich dem nächsten Thema an. So tanzte sie abwechselnd in einem eng anliegenden schwarzen Strumpfnetz, weißen Pluderhosen oder einem Harlekinkostüm. Ein

Raunen ging durch die Menge, als sie «Kristall» tanzte. Sie trug dabei nichts als einen fast durchsichtigen Tüllstoff, unter dem deutlich der Ansatz ihrer nackten Brüste zu erkennen war.

Ilka war es etwas peinlich vor Ture, als Sören am Ende der Veranstaltung darauf hinwies, dass sie selbst vor nicht allzu langer Zeit auch Tänzerin hatte werden wollen. Ture warf Ilka einen gespielt strengen Blick zu und meinte amüsiert, dass sie sich tatsächlich manchmal so bewegen würde. «Ilka tanzt gut *allemansrätten*», meinte er und fing sich dafür von Ilka einen angedeuteten Tritt gegen das Schienbein ein.

Agnes war so gerührt, dass sie zu schluchzen anfing, nachdem sie Ilka begrüßt hatte; das ehemalige Kindermädchen war in der jetzigen Küchenfee immer noch vorhanden. Dann gab es eine flüchtige Hausbegehung für Ture. Agnes hatte Ilkas ehemaliges Zimmer hergerichtet und das gegenüberliegende Gästezimmer für Herrn Sjöberg. «Getrennte Zimmer natürlich», wie sie betonte. «Selbst wenn sie verlobt sein sollten … Sind sie?» Agnes konnte ihre Neugierde kaum verbergen.

Tilda schüttelte den Kopf. «Soweit ich weiß …»

Agnes nickte besserwisserisch. «Na also.» Es klang erleichtert.

Sie verteilten das Gepäck, und Agnes bot sich an, Ilkas Koffer auszupacken, aber Ilka wollte lieber etwas Ruhe haben und sich ein wenig frisch machen, bevor man sich im Salon traf.

Zu Ture rief sie ins Nebenzimmer: «Kein Hausmantel.

In Deutschland trägt man das nicht in Gesellschaft. Auch nicht in der Familie!» Er nickte stumm durch den Türrahmen.

Es war zu spät für ein Abendmahl. Ein wenig Obst und Wein standen auf dem Tisch. Sören hatte eine Flasche Port geöffnet.

«Mensch, du siehst fast so alt aus wie Frau Schirrmacher, unsere Musiklehrerin.»

Ilka wuschelte Robert durchs Haar. «Ich komme mir auch schon richtig alt vor.» Sie lachte. «Was hab ich euch alle vermisst.» Dann setzte sie sich wie selbstverständlich an den Stutzflügel und spielte eine von Chopins *Nocturnes*. Auswendig. Als wenn sie nie etwas anderes getan hätte. Dem anhaltenden Beifall aller Anwesenden begegnete sie mit einem Schulterzucken: «Ihr solltet den Flügel stimmen lassen.»

«Nicht nur *allemansrätten* tanzen, auch spielen tut sie ganz famos», meinte Ture und nahm sich einen Apfel vom Tisch. «Das habe ich nicht gewusst. Hat sie das Talent gekonnt verheimlicht. Dabei es gibt stor Tradition mit Musik in unsere Familie.»

Ilka blickte zu Tilda. «Meine Mutter ist die wirkliche Musikerin. Sie hat jahrelang die erste Geige im Stadtorchester gespielt.»

Mathilda wiegelte mit einer entschuldigenden Geste ab und nippte verlegen an ihrem Glas. «Das kommt derzeit zu kurz.» Und dann erteilte sie Tures Aufforderung mit einem Kopfschütteln eine Absage. «Es sind keine Zeiten, die mich inspirieren.»

«Deine Mutter steckt ihre Nase lieber in Frauenangelegenheiten», meinte Sören. «Eine richtige Feministin ist sie geworden.»

«Dein Vater übertreibt. Es geht mir nur um das Frauenwahlrecht», erklärte Tilda. «Die provisorische Regierung in Berlin hat beschlossen, dass am 19. Januar die Wahl einer Nationalversammlung stattfinden soll. Dabei wird es ein allgemeines Wahlrecht für Frauen geben, die das zwanzigste Lebensjahr vollendet haben. Dafür haben wir lang gekämpft.»

«Deine Mutter wurde letzten Monat zur Vorsitzenden des Wahlwerbeausschusses Hamburgischer Frauenvereine gewählt.»

Tilda nickte. «Und wenn der Reichskongress der Arbeiter- und Soldatenräte im Preußischen Abgeordnetenhaus dem Regierungsbeschluss übermorgen zustimmen sollte, dann kommt bis zur Wahl noch eine Menge Arbeit auf mich zu.»

«Das ist doch toll», sagte Ilka. «Ich bin begeistert. Ein Frauenwahlrecht gibt es noch nicht mal in Schweden.» Sie warf Ture einen fast vorwurfsvollen Blick zu.

«Und mit der Zustimmung ist wohl zu rechnen», ergänzte David. «Die gemäßigte Linke hat eine eindeutige Mehrheit im Reichsrätekongress. Aber viel entscheidender ist, dass mit der Zustimmung der Aufbau einer Räterepublik in Deutschland vom Tisch wäre. Fragt sich nur, wie die Linksradikalen darauf reagieren werden. Die Spartakusleute würden ja am liebsten eine sozialistische Republik ins Leben rufen. Und bei den derzeitigen Tumulten in Berlin … Habt ihr davon eigentlich etwas mitbekommen?»

«Es ist schon jede Menge Polizei und Militär auf den Straßen.»

«Was habt ihr überhaupt in Berlin gemacht?», fragte Sören.

«Ture hat ein paar Gespräche geführt ... im Auftrag seines Vaters.» Ilka warf ihm einen fragenden, eher abschätzigen Blick zu. «Am besten erklärst du das, Ture.»

«Oh, das ist ein bisschen geheim.» Er zierte sich kurz, sprach dann aber doch weiter. «Mein Vater ist ja bei die Nobel-Foundation. Und es gab eine Vorslag für einen Nobelpriset zu geben. Es ist nicht so, dass die Vorslag angenommen wird. Da ist eine richtige Liste. Und so ich sollte ein paar förfragningar machen.» Er schaute Ilka an. «Förfragningar?»

«Erkundigungen einholen», übersetzte Ilka.

«Förfragningar – Vorfragen ... Wenn man es weiß, klingt es einleuchtend», meinte Robert. «Aber man muss erst mal draufkommen. Umgekehrt ist es leichter.»

«Schwedisch lernst du ganz schnell. Es ist einfach», bestätigte Ilka lächelnd, und es klang, als wolle sie ihrem Bruder die Sache schmackhaft machen.

«Und Tures Vater entscheidet, wer einen Nobelpreis erhält? Wahnsinn.» Robert schaute Ture ungläubig und stolz zugleich an.

Ture schüttelte den Kopf. «Nej. Dafür es gibt ein Komitee. Mein Vater ist in eine Beirat, die vorher prüfen, ob es ist angemessen.»

«Es ist in diesem Fall völlig unangemessen», sagte Ilka.

«Das haben wir nicht zu entscheiden», entgegnete Ture.

«Aber dann vielleicht mit zu verantworten. Wir hatten schon Streit deswegen», erklärte Ilka aufgebracht.

«Na, das klingt ja sehr geheimnisvoll», meinte ihre Mutter. «Aber ihr streitet doch nicht?»

«Nej! Kein Streit», hob Ture beschwichtigend an. «Nur eine, wie sagt man, Meiningsverschiedenheit. Es geht um eine deutsche Scientist, der eine Verfahren gemacht hat, katalytiske Ammoniak zu machen aus Stickstoff und Wasserstoff. Das ist gut für Herstellung von Düngemittel. Und eben auch für Sprengmittel und …»

«Für chemische Kampfstoffe», fiel ihm Ilka ins Wort. «Haber ist verantwortlich für den Gaskrieg. Er hat das alles geplant und immer weitergetrieben. Ohne Rücksicht. Selbst seine Frau nannte sein Tun eine Perversion der Wissenschaft.»

«Der Name ist eigentlich geheim», sagte Ture gedämpft.

Aber Ilka hatte sich in Rage geredet. «Und dann hat sie sich erschossen. Mit seiner Dienstwaffe. Und er hat einfach so weitergemacht, als wenn nichts gewesen wäre, als wenn nichts weiter geschehen sei. Ich finde das monströs.»

«Clara Immerwahr», sagte Tilda betroffen.

«Es war eben Krieg, und er hat seine Land geholfen», warf Ture ein. «Das ist doch nicht verwerflich. Und darum geht es auch nicht bei die Priset. Es geht um seine katalytiske Ammoniak-Verfahren. Man muss särskilja die Politik und die ekonomi von die science. De Nobelpriset ist nur für die science.»

«Och hur är det med ekonomin? Natürlich gibt es da auch ein wirtschaftliches Interesse. Das ist es doch in Wirklichkeit, weshalb man dich losschickt!»

«Nun, naturligtvis wird auch Geld verdient damit. Das ist normal. Wie sind denn die Reichtum von die Nobelstiftelsen gekommen? Von die Verkauf von Sprengstoffen von Alfred Nobel. Und das war keine scientist, das war en ekonomist. Aber die priser von seine Reichtum sind für forskare.»

Als wenn sie sich beruhigen wollte, machte Ilka mehrere schwere Atemzüge. «Also der Hintergrund ist der», begann sie zu erklären. «Fritz Haber arbeitet angeblich an einem Verfahren zur Goldgewinnung aus Meerwasser.»

«Oh», meinte Sören, «die Kunst der Alchemie. Daran haben sich Menschen schon seit Hunderten von Jahren versucht.» Er zwinkerte spöttisch in die Runde. Es war an der Zeit, etwas Humor und Gelassenheit zu verstreuen. Auf der anderen Seite hatte eine innere Alarmglocke geläutet, als Ture Sjöberg den Reichtum der Nobelstiftung ansprach und woher dieses Kapital stammte. Das, womit Nobel sein Geld verdient hatte, hieß heute Dynamit AG. Es ging um Sprengstoff und Waffen. Damit wurde immer noch Geld verdient. Er war nicht mehr ganz bei der Sache.

«Aber Fritz Haber ist sicher kein Scharlatan», meinte Tilda.

«Ganz im Gegenteil.» Ilka hatte ihre Stimme inzwischen wieder unter Kontrolle. «Svante Arrhenius hat Fritz Haber vorgeschlagen. Er selbst hat den Nobelpreis für Chemie im Jahr 1903 erhalten und ist inzwischen Direktor des Nobelinstituts für physikalische Chemie in Schweden. Er sagt, man müsse Habers Ansatz durchaus ernst nehmen. Vor allem, da Fritz Haber bereits zwei riesige Unternehmen an seiner Seite habe, die Degussa und die BASF. Wie weit Haber mit seiner Forschung ist, soll Ture abklären. Dafür wird er sich im Januar hier in Hamburg mit Haber und einem Ingenieur der BASF treffen. Und da sage noch jemand, es ginge nicht um wirtschaftliche Interessen. Es geht um Gold.»

Das Gold stand für Sören nicht so sehr im Vordergrund. Ihn interessierten vor allem die Machenschaften der Dynamit AG. Aber zuerst wollte er dem nachgehen, was Hagen von Wesselhöft erzählt hatte. Und dafür musste er in dieses Offizierskasino. Einen entsprechenden Uniformrock hatte er sich bereits besorgt.

KAPITEL 10

ooooo

Sören war mit Hochbahn und Straßenbahn bis zum Hauptbahnhof gefahren, entschloss sich aber dann, das letzte Stück zu Fuß zurückzulegen, da das Gedränge in den Waggons und an den Haltestellen immer unerträglicher wurde. Doch auch auf den Gehsteigen der Mönckebergstraße herrschte eine Betriebsamkeit, als hätten Not und Mangel nie Einzug in die Stadt gehalten. Die riesige Einkaufsstraße glich einer wogenden Masse, die Schaufenster und Auslagen lockten mit üppiger Pracht und verschwenderischer Beleuchtung, vor den Toren warben Tafeln mit den Sonderangeboten der letzten vorweihnachtlichen Tage. Glaubte man den Versprechungen von C&A, waren seidene Unterröcke mit Taft, Taftband oder Taftglace dieses Jahr der letzte Schrei unter den Weihnachtsgeschenken. Aber wenn man genau hinschaute, dann erkannte man die Unzulänglichkeit der Zeit nur zu genau. Kerzen zu annehmbaren Preisen suchte man vergeblich. Dafür warb man neben Karbidleuchten für mit Gas gefüllte Wotanlampen sowie für die bewährten und sparsamen Drahtlampen aus dem Hause Osram.

Anstelle von Enten, Gänsen, Wild und ähnlichen kulinarischen Klassikern der Weihnachtszeit fand Sören Werbeschilder für Liebigs Fleischextrakt, die Patentsparsuppe Victoria sowie die allseits beliebte Erbswurst von Knorr, die ihm 1870/71 noch als eiserne Ration zugeteilt worden war. Er blickte an sich herab. Die Uniform gab ihn als alten Veteranen aus. Dazu passte der Stock. Mit seinen siebzig wäre alles andere nicht glaubwürdig gewesen. Aber auch so fühlte er sich unwohl. Von der eisernen Ration hatte er damals nie Gebrauch machen müssen. Er hoffte inständig, dass die Übereinkunft mit Semmerling noch eine Weile gut ging und sie dessen Versorgung mit Fleisch durch den Winter bringen würde.

Es gab in der Straße tatsächlich auch Werbung für Pelze und für Pelzimitate, aber sie gingen unter im Meer der Tafeln, auf denen Trauerkleidung angeboten oder die Umarbeitung von gefärbten feldgrauen Uniformen in Sport-Paletots beworben wurde. Hinter dem dicht umdrängten Lotteriestand von Julius Gertig gab es einen Stand der städtischen Kleiderverwertung zur Linderung der Kleidernot. Je nach Zustand bot man für gebrauchte Kleider sechs bis über hundert Mark im Ankauf. Der Posten fand kaum Beachtung, und Sören fragte sich, ob der junge Mann am Stand wirklich Interesse an Umsatz hatte, so stumm und verdrießlich schaute er den vorbeiströmenden Passanten hinterher. Zumindest die Frauen schienen sich mehr von den Werbetafeln der politischen Parteien angezogen zu fühlen, wo man um ihre Stimme warb. Wähler- und Kandidatenlisten lagen angeblich in jedem Geschäft aus, und um die Stände herrschte dichtes Gedränge.

Auf Höhe des Pferdemarkts querte Sören, auf seinen Stock gestützt, die Mönckebergstraße und musste aufpassen, nicht von einer der Straßenbahnen überfahren zu werden, die, einer Kette gleich, dicht an dicht vorüberfuhren. Bei Karstadt hatte man wohlweislich auf die Dekoration der Schaufenster verzichtet und die Glasflächen mit großen Plakaten beklebt, auf denen man schon aus der Ferne riesig «98 %» lesen konnte. So viel bot das Kaufhaus auf den Kursgegenwert der Kriegsanleihen, womit man Zahlungsmittel für Einkäufe besaß. Mit den entsprechenden Coupons stand einem die gesamte Warenwelt offen. Und die Menschen schienen dem Aufruf Folge zu leisten. Wie es aussah, musste Sicherheitspersonal an den Eingängen dafür sorgen, damit nur so viele Menschen Eintritt erhielten, wie andere das Kaufhaus verließen, so voll war es drinnen. Die wartende Menschenschlange schätzte Sören auf mehrere hundert Meter.

Er fragte sich, wann wohl die Reichsbank damit beginnen würde, die Kurse der Kriegsanleihen zu korrigieren und herabzusetzen. Die Leute ahnten anscheinend, was längst überfällig war, und wollten schnell noch einen adäquaten Gegenwert für das Investierte ergattern. Sören hatte der fixen Idee damals widerstanden, auch wenn die Rendite am Anfang verführerisch geklungen hatte. Zu dem Zeitpunkt war in keiner Weise absehbar gewesen, wie sich die Situation auf dem Schlachtfeld entwickeln würde, und niemand wäre auf die Idee jahrelanger Stellungskämpfe gekommen.

Sören steuerte auf den Eingang mit der Hausnummer 16 zu, der noch zum Karstadt-Haus gehörte, aber, etwas versteckt in Richtung Bergstraße gelegen, keinen Eintritt zu den Verkaufsflächen bot. Das Landwehr Offizierskasino war eigentlich ein Relikt, das es gar nicht mehr geben sollte. In die Offizierskasinos hatten nur Mitglieder des Offizierskorps Zutritt, und sie sollten ihnen Speise- und Aufenthaltsmöglichkeiten jenseits der Mannschaften ermöglichen. Den Arbeiter- und Soldatenräten war das naturgemäß ein Dorn im Auge gewesen, schließlich war diese Ungleichbehandlung ja auch ein Auslöser des Kieler Aufstands gewesen. Alle bisherigen Versuche des Hamburger Arbeiter- und Soldatenrates, die Kasinos in der Stadt zu schließen, waren hingegen gescheitert. Die meisten hatten dann von sich aus geschlossen, da der gesicherte Aufenthalt darin nicht mehr gewährleistet werden konnte, weil die allgemeine Situation zu heikel erschien. Das Landwehr Offizierskasino an der Mönckebergstraße gab es hingegen immer noch.

«Parole?», fragte der wachhabende Pförtner durch eine Klappe in der Tür der ersten Etage.

«Keine Ahnung», entgegnete Sören. «Ich bin Reservist und Veteran. Doktor Bischop. Mitglied des 7. Reserveregiments im Range eines Unteroffiziers der 2. Lazarettbrigade Lothringen. Gedient unter Stabsarzt Melchior, wenn Ihnen das noch was sagt.» Natürlich sagte es dem Mann an der Tür nichts. Der war damals noch nicht einmal auf der Welt gewesen, wenn Sören sein Alter richtig einschätzte. Aber es saß. Der Wächter öffnete, salutierte pflichtbewusst und ließ Sören passieren.

Was ihn hinter der Tür empfing, war ein gediegenes Ambiente aus getäfelten oder mit Stofftapeten verkleideten Wänden, schummrig beleuchtete Zimmer, die sich aneinanderreihten wie abgegrenzte Nischen, Séparées einer

Bar mit intimer Behaglichkeit. Die Clubsessel und Möbel waren im englischen Stil, beschlagenes Leder und Mahagoni, was allein schon deshalb befremdlich wirkte, weil man sich hier mit den bürgerlichen Insignien einer Feindesnation schmückte. Fast jeder Platz war belegt, und man beäugte den Fremden mit kritisch distinguiertem Blick, so weit man nicht ins Gespräch vertieft war oder hinter einer aufgeschlagenen Zeitung Deckung gesucht hatte.

Vorsichtig tastete sich Sören durch die Räume, bis er schließlich ins Herz des Kasinos gelangte, den Speisesaal, mehr nüchtern arrangierter Essraum als eine Tafel mondäner Eleganz. Es gab die Andeutung eines Buffets, wo Stullen und warme Rundstücke lagen, und dann einen Tresen, an dem Brühe und Kabeljau geordert werden konnten. So stand es jedenfalls auf der Tafel.

Das Ganze erinnerte mehr an eine Werftkantine als an ein Offizierskasino. Auch das Publikum wirkte abgehalftert. Uniformen, wohin man blickte, aber ohne Glanz und Gloria. Eher zerlumpt, erniedrigt, gedemütigt. Das spiegelte sich auch in den meisten Gesichtern wider.

Sören orderte einmal Kabeljau. Dazu gab es eine kleine Kartoffel und Meerrettichsoße mit Dill. Keinen Speck, dafür ein silbernes Besteck und einen Schmuckteller von Villeroy & Boch. Vorkriegsproduktion. An der Saar produzierte man schon seit Jahren nicht mehr. Er suchte sich einen freien Platz an der Tafel und hoffte, das Bier möge nicht verwässert schmecken, was es dann überraschenderweise tatsächlich nicht tat.

Ein *Neu hier?* war den Anwesenden ins Gesicht geschrieben, aber niemand sprach es aus. Dafür scheinbar beiläufige, aber wissbegierige Blicke aus allen Richtungen. Sören konzentrierte sich auf den Fisch, der tatsächlich frisch zu sein schien. Zumindest schmeckte er nach Meer und nicht nach Pappe.

Nachdem er aufgegessen hatte, beugte sich sein Gegenüber vertrauenswürdig über den Tisch. «Hat es gemundet? Froh, wieder daheim zu sein? Ich habe Sie hier noch nicht gesehen …»

«Danke. Sehr gut. Nein, ich hatte diesmal keinen Feindkontakt. Das ist schon eine Weile her …» Sören rechnete kurz nach. «Fast achtundvierzig Jahre, um genau zu sein.»

«Sie Glücklicher. Damals sah das noch anders aus. Auch der Empfang zu Hause, den man erleben durfte. Habe ich recht?»

Selbst wenn er den damaligen Sieg über die Grande Nation nicht als solchen empfunden hatte, sondern damit beschäftigt gewesen war, die elementaren Grundkenntnisse der Chirurgie in die Praxis umzusetzen, nickte Sören. «Ich habe lediglich in einem Feldlazarett meinen Dienst geleistet.» Tatsächlich hatte er niemals auch nur einen Schuss abfeuern müssen, was er im Nachhinein auch nicht bedauerte.

«Dann seien Sie froh, dass Sie diesmal nicht dabei waren.» Der Mann quälte sich ein Lächeln ab. «Die meisten haben die Zeit, bis sich ein Arzt um sie kümmern konnte, nicht überlebt.» Demonstrativ legte er seinen Unterarmstumpf auf den Tisch. «Ich habe Glück gehabt. Nur eine Hand.»

«In der Tat. Es gibt viele, die grauenhaft verstümmelt wurden.» Die Fotografien von Ascan von Wesselhöft hatte Sören immer noch vor Augen. «Das ist auch einer der Gründe, die mich hierherführen. Mysteriöse Geschehnisse um einen verkrüppelten Hauptmann, der sich schließlich das Leben nahm.»

Der Mann nickte. «Mit diesem Gedanken spielen wohl viele von uns.»

«Aber doch nicht wegen einer verlorenen Hand?», entgegnete Sören.

«Sicher nicht. Vielmehr wegen der verlorenen Ehre. Unser Stolz wurde gebrochen. Das Volk sieht nicht, was für jeden von uns auf dem Spiel stand. Es scheint, als wenn wir das alles umsonst getan hätten. Niemand dankt es uns. Nur Häme und Spott bleiben unseresgleichen. Die Kokarden reißt man uns von den Uniformen und hält uns die Fahne des Feindes vors Gesicht.»

«Der Bolschewismus hat noch nicht gesiegt», sagte Sören. Dass er den Ehrverlust der selbsternannten Elite des Volkes als gar nicht mal unsympathisch empfand, erwähnte er natürlich nicht. Der Dünkel der Offiziere war nach wie vor ausschlaggebend für das gewesen, was der Staat nun allerorts erlebte.

«Aber wir sind kurz davor. Es ist beschämend. Die Deutsche Ostmark ist gefährdet, wir stehen kurz vor der Räumung Rigas, die Polen erheben territoriale Ansprüche, die Ukrainer rücken vor und überfallen unsere abziehenden Truppen. Ich weiß nicht, wo das hinführen soll.»

«In eine Demokratie?»

«Papperlapapp. Wenn man sich wenigstens einig wäre … Aber das ist ja weithin nicht der Fall. Das erleben wir doch schon im Kleinen hier in der Stadt. Wir müssen uns schützen. Wir, die Offiziere! Vor dem Pöbel! Verstehe das, wer will.»

Ein Spendensammler der Kriegsblindenfürsorge tappte entlang des Tisches, die Dose demonstrativ vor sich ausgestreckt. Sören kramte in seiner Geldbörse und steckte zwei Markstücke in die Kapsel.

«Nur gut, wenn es nicht klappert», meinte sein Gegenüber und schob einen Schein in die Öffnung der Dose.

Sören orderte eine Flasche Stonsdorfer. Einundzwanzig Mark zahlte er dafür. Sofort fühlten sich mehrere Kameraden der Gruppe zugetan. Irgendwie musste er sich Aufmerksamkeit beschaffen. Er wusste ja nicht, wonach er hier überhaupt suchte – er hatte nur die Beschreibung eines Offiziers, der keine Augenbrauen besaß und eine gerötete Haut hatte.

An kriegsbeschädigten Veteranen mangelte es nicht. Jedem Dritten fehlte irgendeine Gliedmaße. Den Uniformen nach konnte Sören zumindest die Landstreitkräfte von der Marine unterscheiden.

Ein Kapitänleutnant Lewerenz beklagte die Auflösung seines Motorboot-Corps zum Ende des Jahres, andere feilschten um Karten für die Silvesterfeier im *Laubfrosch* am Alstertor. Aber im Gespräch einte alle die Abwehr des Bolschewismus. Und der Verlauf des Krieges. «Wir sind doch nirgends bezwungen worden», hörte Sören. «Nirgendwo besiegt», sagte ein anderer. Dann ging es durcheinander: «Und dennoch sollen wir jetzt als Verlierer dastehen? Das kann doch nicht sein! Wir sind ihnen technisch überlegen, was die Ausrüstung, was die Waffen betrifft. Keine Schlacht verloren. Und dann das …»

«Das ist von vornherein schiefgelaufen», sagte ein Kapitänleutnant zur See, insofern Sören seine Orden richtig einzuschätzen wusste. «Wir hätten dem Engländer gleich von Anfang an zeigen müssen, wie der Hase läuft. Unsere Flotte war deutlich überlegen, vor allem in technischer Hinsicht. Einmal vorrücken und volles Programm aus allen Rohren. Die wären geflüchtet wie angeschossene Bücklinge. Aber was geht? Nada! Ach! Es hätte ja ein Schiff seiner Eminenz Schaden nehmen können. Was für ein Schattentheater!»

«Richtig. Wir hätten es den Engländern so richtig besorgt.»

Inzwischen waren weitere Kameraden zu ihnen an den Tisch gekommen. «Und auch die U-Boote. Das hätte konsequent durchgeführt werden müssen. Dem hatte die Entente doch nichts entgegenzusetzen. Und dann hätten wir jetzt nicht die Hungerblockade der Engländer.»

«Darf ich daran erinnern», fügte ein anderer hinzu, «dass erst durch unsere U-Boot-Strategie die Vereinigten Staaten in den Krieg eingetreten sind.»

«Wobei es nach wie vor zweifelhaft erscheint, dass ein deutscher U-Boot-Kommandant die Versenkung eines wehrlosen Passagierschiffes befehligt haben soll. Das stinkt doch förmlich nach einer Parole, Amerika mit in den Krieg zu ziehen. Und ohne die Vereinigten Staaten wären wir längst an der Themse.»

«Haben die Engländer das Schiff versenkt, wie es behauptet wird?»

«Müßig, darüber zu spekulieren.»

«Es ist so, wie es ist.»

Der Stonsdorfer machte die Runde. Sören orderte eine zweite Flasche, was den Anwesenden gefiel. Wie es aussah, war eine dritte Flasche demnächst fällig.

«Ist jemandem von Ihnen Ascan von Wesselhöft bekannt?», fragte Sören schließlich, nachdem die dritte Flasche geleert worden war.

«Dem Namen nach nicht ... In welcher Einheit hat er gekämpft?»

«Eine Desinfektionseinheit. Pionier-Regiment 35», erklärte Sören.

«Desinfektionseinheit? Ah ja ... tsts ...» Der bullige Kerl ihm gegenüber verzog amüsiert die Mundwinkel. «So habe ich das noch nie gehört. Aber Desinfektion ... Stimmt schon. Weg mit den Ratten!»

«Unter dem Begriff ist mir das auch noch nicht bekannt gewesen», witzelte ein anderer. «Nein. Mit Gas gegen Ungeziefer ist schon in Ordnung. Mehr Gas, weniger Ungeziefer.»

Sören verstand nicht, was anscheinend alle anwesenden Offiziere wussten. Es hatte sich ein hagerer Kerl zu ihnen gesellt und schenkte sich vom Stonsdorfer ein. «Wir hätten es ja wuppen können. Aber merkwürdigerweise hat es uns der Franzmann innerhalb weniger Tage gleichgetan. Da waren wir schon etwas überrascht.»

«Ich kann nicht ganz folgen», bemerkte Sören.

«Vielleicht auch besser so», meinte der Kerl und rollte mit den Augen. «Pionier-Regiment 35 ist unsere Offensiveinheit schlechthin gewesen. Um die gegnerischen Stellungen aufzureiben. Weiß nicht, was von der Truppe noch übrig ist ...»

«Eine auf den Einsatz von Kampfgas spezialisierte Einheit», erklärte ein anderer. «Gasregiment Peterson heißt das bei uns. Haben gute Arbeit geleistet, die Jungs.»

«Gasregiment Peterson?», fragte Sören nach. Er glaubte seinen Ohren nicht zu trauen. Ascan von Wesselhöft war in einem Gasregiment gewesen.

«Ja. Benannt nach Oberst Max Peterson, dem obersten Kommandeur unserer Gastruppen. Das war die erste Einheit, die mit Kampfgas experimentiert hat. Die haben noch das Abblasverfahren eingesetzt. Später sind wir ja dann dazu übergegangen, das Gas mit Minenwerfern zu verschießen. Das Peterson-Regiment hat Haber noch persönlich aufgebaut.»

Sören zuckte zusammen. Es war fast ein Déjà-vu für Sören, als der Name Haber fiel. Fritz Haber war nicht nur für den Aufbau und die Ausbildung der Spezialregimenter verantwortlich gewesen, sondern hatte gemeinsam mit anderen Wissenschaftlern selbst aktiv im Stab der Truppen an den Gaseinsätzen teilgenommen.

«Die Idee, die Haber getrieben hat, war ja», erklärte der Mann weiter, «mit dem Einsatz von Gas Bewegung in die erstarrten Frontlinien zu bekommen. Und das hat auch ganz gut funktioniert. Zu Anfang zumindest. Aber was erkläre ich dir das, Kamerad. Wir haben doch Major Engelhardt hier im Kasino. Der hat so ein Regiment befehligt.» Er blickte fragend in die Runde. «Hat den heute schon jemand von euch gesehen?»

«Der ist hinten bei den Schachspielern», antwortete ein Offizier, dessen Kokarden noch unversehrt waren. Seine Uniform schien frisch gebügelt zu sein.

Engelhardt saß in einem Raum, in dem mehrere Spieltische aufgebaut waren. Er war über ein Schachspiel gebeugt. In der Hand hielt er eine dicke Zigarre, und noch bevor er aufblickte, wusste Sören, dass dies der Mann war, den er gesucht hatte. Engelhardt hatte nur noch büschelweise Haare auf dem Kopf, und seine Haut wirkte, als sei sie mit einer Drahtbürste malträtiert worden. Das musste der Offizier sein, von dem Hagen von Wesselhöft erzählt hatte.

«Major Engelhardt?»

«Bischop», stellte sich Sören vor, als der Major sich erhob. «Hagen von Wesselhöft sagte mir, dass ich Sie hier finden könnte.» Dann erzählte er von seinem Auftrag, den er von Elisabeth von Wesselhöft erhalten hatte. Die aktuellen Umstände ließ er außen vor.

Major Engelhardt unterbrach die Partie und bat Sören in einen anderen Raum, wo man sich unterhalten könne.

«Ja, Hauptmann von Wesselhöft war in meiner Einheit», bestätigte er. «Ein tüchtiger Kamerad. Ich selbst habe ihn damals ins Lazarett begleitet, als er verwundet wurde. Es ist ja ein Wunder, dass er das überhaupt überlebt hat.»

«Haben Sie ihn einmal in dem Heim bei Trittau besucht?», fragte Sören.

«Einmal», seufzte Engelhardt, «gemeinsam mit einem Kameraden. Das war schon starker Tobak für uns, wie er dalag. So übel zugerichtet … Also, was von ihm übrig war …» Er schluckte. «Das war Mitte des Jahres. Ich war gerade aus der Heilanstalt entlassen worden.» Er deutete auf seine Haut. «Ein kleines Mitbringsel von der Isonzo-

Front. Im Oktober 1917 habe ich eine Ladung Senfgas abgekriegt. Aber gegenüber Ascan fühlte ich mich immer noch hervorragend.»

«Die grausamen Folgen des Gaskrieges …»

«Aus taktischer Sicht ist der Einsatz von Gas sehr wirkungsvoll», erklärte der Offizier und sog an seiner Zigarre. «Anfangs konnten wir dazu ja auch noch den Überraschungseffekt nutzen. Da kam Bewegung ins Spiel, und wir konnten an einem Tag mehrere Kilometer Boden gutmachen. Aber nach einem knappen Jahr war der Vorteil ausgereizt, und die Franzosen und Engländer hatten nachgezogen. Wir hatten nicht damit gerechnet, dass das so schnell gehen würde. Dann hatten wir noch einmal kurze Zeit den Vorteil mit den Werfern. Das beherrschten die noch nicht. Aber auch diese Technik verbreitete sich schneller als gedacht bei den Gegnern. Auch was die Zusammensetzung der Kampfstoffe betraf. Wir hatten das Gefühl, es dauerte immer nur wenige Wochen bis Monate, bis uns die gleichen Substanzen entgegenflogen, die das Reich gerade erst entwickelt hatte. Wie dem auch sei … Jetzt haben wir's hinter uns. Und von Wesselhöft ist auch von seinen Leiden befreit.»

«Haben Sie schon mal von den Elbtötern gehört?», fragte Sören.

«Die Elbtöter? Ja, ich habe von ihnen gelesen. Diese geschmacklose Anzeige in der Zeitung zum Tod von Ascan von Wesselhöfts Vater. Erschießen sollte man dieses Pack.»

«Die Polizei ist ja der Ansicht, dass Ascan von Wesselhöft seinen Vater getötet hat …»

«Was für ein Quatsch!», fuhr ihn der Offizier an. «Wie

soll er das denn gemacht haben? Der konnte ja nicht mal aufstehen, konnte nicht sprechen. Er konnte sich nur mühsam mit Hilfe eines Notizblocks verständlich machen. Also wer sich so etwas ausdenkt … Und dann noch ein Vatermord. Völlig ausgeschlossen. Denken Sie an die Offiziersehre. Niemals.»

«Hat er denn mit Ihnen über seine Familie oder seinen Vater …» Sören lag das Verb auf der Zunge, er konnte es sich gerade noch verkneifen. «Hat er Ihnen etwas über seinen Vater mitgeteilt?»

«Nein. Wir haben uns nur über den Krieg ausgetauscht, über unsere Einheit, über die Kameraden.»

«Und was sagen Sie zu seinem Suizid?»

«Das hat mich allerdings überrascht. Warum dieser Aufwand? Wie muss er sich gequält haben, um dorthin zu gelangen. Er hätte es leichter haben können. Leichter und schneller. Als ich Ascan dort in seinem Zimmer liegen sah, war mir natürlich auch sofort der Gedanke gekommen. Und unter Offizieren darf man das ja aussprechen: Ich habe ihm angeboten, ihm meine Pistole zu überlassen.»

«Sie haben was …?»

«Ja, natürlich.»

«Ich empfinde das … ehrlich gesagt … nicht als natürlich.» Sören schluckte. So weit ging es also. Offiziersehre. Oder was einige darunter verstanden. Es gruselte ihn.

Der Major fühlte sich missverstanden. «Was hätte die arme Sau denn dort im Heim für Möglichkeiten gehabt, an eine Waffe zu gelangen? Wenn er es gewollt hätte. Aber er hat es gar nicht gewollt», fügte er hinzu. «Den Eindruck hatte ich zumindest. Obwohl …»

Major Engelhardt drückte die Zigarre in einem großen Clubaschenbecher aus. «Er war schon etwas verwirrt. Er teilte uns mit, dass er erst die Bibel durchlesen müsse. So kannte ich ihn gar nicht. Als gläubigen Menschen.»

«Die Bibel?»

«Das Buch der Bücher, so hat er es aufgeschrieben. Sie lag an seinem Bett. Er meinte noch, wenn man sie verstanden hätte, sähe man anders auf die Welt. Dann wäre nichts mehr, wie es vorher gewesen war. Es würde alles verändern. Und er wolle Zeugnis ablegen. Den Menschen wolle er seine Erkenntnis mitteilen. Er hatte also noch etwas vor. Das klang für mich nicht nach Suizid. Das klang nach … Entschuldigung. Das las sich eher so, als wollte er weiterleben.»

«Haben Sie gesehen, dass es eine Bibel war?» Sören ahnte bereits, was Ascan von Wesselhöft in Wirklichkeit gelesen haben musste.

Major Engelhardt räusperte sich. «Das Buch der Bücher eben. Was soll es sonst gewesen sein? Wie schon erwähnt. Er wirkte allerdings ein wenig verwirrt. Aber das konnte man verstehen, wenn man ihn da so nutzlos herumliegen und vor sich hin vegetieren sah.»

«Und seinen Vater hat er mit keiner Silbe erwähnt?»

«Da bin ich mir sicher. Worauf wollen Sie hinaus, wenn ich fragen darf? Glauben Sie etwa auch an diesen Quatsch?»

Sören schüttelte den Kopf. Weshalb, das wollte er Major Engelhardt besser nicht mitteilen. Er dankte ihm freundlich für die Auskünfte, fand noch ein paar lobhudelnde Worte zu dessen Bereitschaft, der Familie von Wesselhöft nötigenfalls Beistand und Hilfe zukommen zu lassen, obwohl er wusste, dass die von Wesselhöfts liquide genug waren, sich selbst helfen zu können, wünschte ihm alles Gute und verabschiedete sich.

Er trug einen schweren Brocken mit nach Hause. Was er erfahren hatte, war keine leichte Kost. Über das Verhalten und die Uneinsichtigkeit der Offiziere war er sich von vornherein im Klaren gewesen. Viel stärker beschäftigte ihn die Neuigkeit, dass Ascan von Wesselhöft in einem Gas-Regiment gewesen war. Der Name Fritz Haber hing wie eine drohende dunkle Wolke über seinen Gedanken. Haber hatte den Gaskrieg erst möglich gemacht. Er hatte die Truppen des Reichs forciert für die Kriegführung mit Gaskampfstoffen aufgebaut. Habers Frau hatte sich deswegen erschossen. Und Ture Sjöberg war unter anderem gekommen, um sich mit diesem Haber zu treffen. Das alles empfand Sören als äußerst besorgniserregend.

KAPITEL 11

ooooo

Die Nachforschungen, die Heinrich Andresen im Umfeld von Laufenberg angestellt hatte, hatten nichts Konkretes ergeben. Man erinnerte sich dort zwar an einen Fritz und dessen zwei Kumpane, hatte sie jedoch schon länger nicht mehr gesehen, und niemand wusste, wo sie wohnten oder woher sie kamen. Friedrich Böhmer blieb ein Phantom. Für Andresen war klar, dass er gedeckt wurde. Anders konnte er sich diese umfassende Unwissenheit nicht erklären. Das linksradikale Gesindel, die Spartakusbrut, wie er es nannte, hielt eben zusammen, egal, wie kriminell ihre Mitglieder auch sein mochten. Oder gerade deshalb.

Zu den Anschlägen der Elbtöter gab es immerhin ein paar neue Ermittlungsergebnisse. So hatten Andresens Spezialisten festgestellt, dass die Zünder, die im Merckhof und bei der Zerstörung des Automobils von Max von Schinckel benutzt worden waren, aus der gleichen Quelle stammten. Beide Male hatte eine Bleiazid-Sprengkapsel aus Düneberger Produktion Verwendung gefunden. Die temperaturempfindliche Kapsel war sehr wahrscheinlich durch die Abgaswärme des Motors gezündet worden. Um Erwin Nossack zu töten, hatte es keines zusätzlichen Sprengstoffes bedurft. Der Wagen von Max von Schinckel war hingegen mit Trinitrotoluol in die Luft gesprengt worden, und zwar mit TNT aus der Produktion der Dynamit AG. Das stammte allerdings nicht aus Geesthacht, sondern den Bestandteilen nach aus dem Werk in Schleebusch bei Leverkusen.

Bei der Farbe, mit der die Elbtöter ihre Anklage an die Wand des Bankhauses geschrieben hatten, handelte es sich um Schweineblut. Interessant war die Herkunft des Gummituchs, das man Edgar Luiz um den Kopf gewickelt hatte. Es stammte aus der Produktion für Gasschutzmasken der Firma Dräger in Lübeck. Der Gummistoff selbst konnte in der benutzten Form jedoch nicht im öffentlichen Handel erworben worden sein, weil er ausschließlich produktionsintern Verwendung fand.

Aus Berlin hatte Andresen im Fall des getöteten Binnenschiffers nur so viel erfahren, dass Rückstände von Spreng- und Giftstoffen in den Laderäumen des Schiffes nachgewiesen werden konnten. Um welche Stoffe es sich dabei genau handelte, wollte man Andresen allerdings nicht mitteilen, was Sören sehr befremdlich fand. Aber in Berlin hatte man derzeit überhaupt andere Probleme. Die täglichen Schlagzeilen aus Berlin verdrängten fast die Geschehnisse in Hamburg, und allem Anschein nach stand der Hauptstadt eine blutrote Weihnacht bevor. Von Kämpfen um Schloss und Marstall war die Rede, und stündlich gab es neue Nachrichten dazu. Mitglieder des Spartakusbundes hatten die Redaktion des *Vorwärts* und das Auswärtige Amt gestürmt und Stadtkommandant Otto Wels festgesetzt, weil der gedroht hatte, die Volksmarine-Division aufzulösen. Überall in der Stadt gab es

Feuergefechte zwischen Spartakisten und Schutzmannschaften. Von vielen Toten war die Rede.

Den ganzen Horrormeldungen zum Trotz hatten Sören und Mathilda beschlossen, den Weihnachtstag in abgeschiedener, familiärer Eintracht zu verbringen, wobei alle Nachrichten und politischen Themen nach Möglichkeit ausgeklammert bleiben sollten. Zumindest einen Tag lang. Sören hatte sogar auf das morgendliche Lesen der Zeitung verzichtet. Nichts sollte die festliche Stimmung im Hause trüben. Ture und Robert hatten einen kleinen Weihnachtsbaum mit selbstgebastelten Strohsternen geschmückt, und sie durften sogar ein paar kostbare Kerzen für die Illumination der Tanne verwenden. Nur eine Bescherung sollte es nicht geben, so war es verabredet. Als Ausgleich dafür gab es ein opulentes Festmahl, Bauer Semmerling hatte ihnen zwei Gänse geliefert. Dazu gab es ganz klassisch Kartoffeln und Rotkohl, wahlweise auch Rosenkohl. Und auch beim Wein hatte sich Sören nicht lumpen lassen und einen 96er-Cuvée Hermitage von Chapoutier aus dem Weinkeller geholt. Ein wahrer Jahrhundertwein, wie Martin Hellwege auf der Kiste vermerkt hatte.

Nach dem Essen ging Sören zum Grammophon und legte, so wie jedes Jahr an diesem Tag, eine rote Victor auf. Dem anfänglichen Jaulen begegnete er schnell mit der Justierung des Fliehkraftreglers, bis die Stimme von Mizzi Fink die richtige Tonlage der *Heiligen Nacht* traf.

Darauf folgte der Sopran von Johanna Gadski, die ganz unweihnachtlich Lieder aus Wagners *Tannhäuser* sang. Ture Sjöberg begann schon ein wenig irritiert zu gucken, als Ilka sehr ernst meinte, das alles habe Tradition bei ihnen, woraufhin sich auch Sören ein schelmisches Lächeln gegenüber dem Gast nicht mehr verkneifen konnte und endlich eine der Scheiben auflegte, auf die man es in Wahrheit abgesehen hatte.

Es begann mit der vom Klavier begleiteten Tränenschnulze *Swanee River*, die Arabella Fields mit bebendem Timbre gekonnt intonierte, aber dann folgte *Down in Jungle Town*, vom Pathé Orchester als wahre Affenliebe gespielt, und alle bis auf Ture fielen in den Refrain: «Monkey Doodle wagged his noodle, he was jungle King … Down in Jungle Town, A honeymoon is coming soon …»

Und so ging es weiter und weiter mit anderen Ragtime-, Twostepp und Cakewalk-Platten aus der Vorkriegszeit, wobei die Rhythmen immer schneller wurden, bis es schließlich keinen von ihnen mehr auf seinem Stuhl hielt. Das Melodia Orchester spielte *Eine fidele Negerhochzeit* und das Odeon Orchester *Negers Geburtstag*.

«Habt ihr das die ganzen Jahre hindurch gehört?», fragte Ilka begeistert und klatschte in die Hände. «Wie hieß noch die Platte mit dem Auto und dem Kunstpfeifer?»

David brauchte nicht lange, um sie zu finden. «*Im Automobil – von Hamburg nach Kiel*», las er vor und legte die Platte auf.

«Auf der Rückseite pfeift Guido Gialdini. Die habe ich Tilda geschenkt, als ich damals den Brennabor gekauft habe», erklärte Sören, und Mathilda sang gegen das Rauschen der abgenudelten Platte an:

«Sören, ach kauf mir doch ein Automobil,
es kost' ja nicht viel von Hamburg nach Kiel.
Sören, ach fahr mit mir im Automobil,
schnell mit mir hin nach Kiel.

Glaube, im Auto, da fährt es sich fein,
sage nicht nein, komm, steige ein.
Sören, ach fahr mit mir im Automobil
von Hamburg bis nach Kiel!»

Alle klatschten, und Tilda fiel Sören spontan um den Hals. Danach folgten noch die *Plantagenträume* mit den Georgia Piccaninnies und als Höhepunkt der *Cannonball Rag*, virtuos zweihändig am Klavier gespielt. Und so ging es weiter und weiter bis nach Mitternacht. Und tatsächlich schienen zumindest für diesen Abend alle Nöte und Sorgen in Vergessenheit geraten zu sein.

Direkt nach den Weihnachtstagen verabredete sich Sören mit Carl Herz. Es war immerhin in Erwägung zu ziehen, dass Andresens Recherchen zu Friedrich Böhmer allein deshalb nichts ergeben hatten, weil die Spartakusleute in den Räten ihre Kameraden grundsätzlich nicht an die Polizei verrieten. So etwas hatte Andresen ja befürchtet, und Sören wollte die Möglichkeit dazu von Herz persönlich bestätigt haben. Die beiden einte eine herzliche, wenn auch nicht immer spannungsfreie Freundschaft. Wenn es Untergrundaktivitäten innerhalb der Räte gab, dann musste Herz davon Kenntnis haben, schließlich saß er der Justizkommission vor und galt quasi als rechte Hand von Laufenberg. Und Sören hatte ein paar Dinge gut bei

Herz, der sich für seine Arbeit mit dem Arbeiter- und Soldatenrat mehrfach Ratschläge vom erfahreneren Kollegen geholt hatte. Tatsächlich ähnelte die von Carl Herz bevorzugte Klientel der Mehrzahl von Sörens Mandanten, zumindest was ihre soziale Herkunft betraf. Herz machte in etwa das, was auch Sören gemacht hatte und immer noch tat. Er war der Rechtsanwalt der kleinen Leute, der Sozialdemokraten. Und er machte das ausgezeichnet. Der einzige Unterschied war, dass Sören Herz dreißig Jahre Berufserfahrung vorausghatte.

«Na, was liegt dir auf dem Herzen?», scherzte Herz. Ein Wortspiel, das er immer zur Begrüßung parat hatte. «Es gibt ja wohl einen Grund, dass du diesen Ort für eine Zusammenkunft ausgewählt hast und nicht ins Gewerkschaftshaus kommen wolltest.»

Sören hatte ein Treffen bei *Lippmanns* vorgeschlagen, einer Kaffeestube unweit des Besenbinderhofs, in dem man um die Mittagszeit keine Gefahr lief, unfreiwillig belauscht zu werden. Das galt es unbedingt zu vermeiden. Um diese Uhrzeit war nicht damit zu rechnen, dass Spartakusleute in ein Kaffeehaus kamen, und auch sonst waren keine verdächtigen Individuen auszumachen, zumal die Tische bei *Lippmanns* so weit voneinander abgerückt standen, dass man unter sich blieb.

Herz blickte wie immer ernst, was wohl daran lag, dass er den Kopf stets etwas nach unten gesenkt hielt und sein Blick durch den oberen Rand der starken Brillengläser gebrochen wurde. So erklärte sich Sören das Charisma, das Herz anhaftete. Das gelichtete Haar und der mächtige Schnauzbart trugen ein Übriges dazu bei.

Seinen Ruhm hatte Herz Anfang des Jahrhunderts mit dem Ruhstrat-Prozess erlangt, als er einen Freispruch für einen Oldenburger Kellner erwirkt hatte. Dieser war vom großherzoglichen Finanzminister Ruhstrat des Meineides bezichtigt worden, nachdem er in einem Prozess als Zeuge ausgesagt hatte, den Adeligen beim verbotenen Glücksspiel gesehen zu haben. Der Freispruch war eine kleine Sensation gewesen, denn in der Regel unterwarf sich die Justiz in ihrer Rechtsprechung dem Reich, wenn über deren Repräsentanten zu urteilen war. Damals hatte ihn Sören ein wenig um die Aufmerksamkeit beneidet, die man dem Altonaer Advokaten hatte zukommen lassen. Zudem hatte Carl Herz Weitblick gezeigt, als er als überzeugter Pazifist und Kriegsgegner gegen die Sozialdemokraten gewettert hatte, weil sie der Finanzierung des Krieges zugestimmt hatten. Zwei Jahre später hatte Herz nach Anfeindungen innerhalb der Partei sein Stadtverordneten-Mandat niedergelegt und war in den linken Flügel der USPD gewechselt. Ein Schritt, den Sören damals nicht verstanden hatte. Jetzt sah er die Sache anders und verneigte sich still vor Herz ob dessen konsequenter Haltung, auch wenn er der Meinung war, dass Mathildas Partei inzwischen den richtigen Weg eingeschlagen hatte.

Aber Herz hatte seinen Weg unbeirrt beibehalten, und fast nahtlos hatte er sein Wirken und seine Kompetenz in den Dienst der Sache stellen können. Als die Unruhen im letzten Monat begannen, war er gerade erst aus Tilsit zurückgekehrt, wo er seinen Kriegsdienst in einer Schreibstube abgeleistet hatte. Er war direkt nach Kiel gefahren und hatte mit den Matrosenführern Popp und

Artelt verhandelt, zudem unterhielt er beste Kontakte zu Hugo Haase in Berlin, der ihn vergeblich für die Arbeit in der provisorischen Reichsregierung zu gewinnen suchte. Doch Herz schloss sich gleich der Gruppe um Laufenberg an, den er schon aus Vorkriegszeiten kannte.

«Ich bin auf der Suche nach Informationen von der Basis», meinte Sören lapidar. «Leute aus der Linken. Keine Politiker, mehr Kriminelle.»

Herz wurde aufmerksam. Sören erkannte es am Augenaufschlag und an einem kurzen Blinzeln. «Die Bewegung ist nicht kriminell.»

«Das habe ich auch nicht gemeint. Aber es ist durchaus möglich, dass sich kriminelle Burschen hinter eurer Sache verstecken.»

«So etwas kann man nie ausschließen», erklärte Herz. «Dass du nicht dazugehörst, war dein Entschluss. Und ich gebe zu, dass mir der Weg der Linken momentan aufstößt. Von daher magst du recht gehabt haben. Aber es ist nun einmal so, wie es ist. Laufenberg verrennt sich. Gut. Schauen wir, wie das Reich abstimmt. Danach sehen wir weiter.»

«Du weißt, dass es nicht dazu kommen wird.»

«Ja, ich ahne es. Eine Räterepublik wird es nicht geben. Zu stark die bürgerliche Macht.» Er wartete einen Augenblick. «Der die Sozialdemokraten wieder einmal Rückendeckung geben werden. In Ermangelung einer wirklichen Alternative. Was Ebert und Haase wollen, ist eigentlich nicht in meinem Sinne.»

Sören räusperte sich verlegen. «Ich rede nicht über Nationalpolitik. Ich beziehe mich auf die Vorgänge innerhalb der Stadt – Elbtöter.» Sören ließ das Wort für sich stehen. Er wollte feststellen, ob Herz im Bilde war.

Das war er wohl, aber über die Bedeutung schien er sich nicht im Klaren zu sein. «So etwas musste doch früher oder später passieren. Die Arbeiterklasse erwacht.»

«Du heißt Lynchjustiz gut?»

Herz blickte erschrocken auf. «Natürlich nicht. Ich wollte nur darauf hinweisen, dass so etwas längst überfällig war. Das heißt doch nicht, dass ich damit einverstanden bin.»

«Es sind eiskalte Morde, die geschehen. Nichts anderes.»

«Was willst du wirklich von mir wissen?» Herz fixierte Sören mit einem fragenden Blick.

«Ich brauche Informationen zu einem Friedrich Böhmer, der sich eine Zeitlang bei euch im Gewerkschaftshaus herumgetrieben hat. Eigentlich von Anfang an. Er soll auch bei der Entwaffnung der Bahnhofswache mit dabei gewesen sein, das hat mir David erzählt. Er meinte, Böhmer habe sich bei euch als ‹Fritz Roth› ausgegeben. Andere nennen ihn auch den ‹Roten Fritz›. Er umgab sich stets mit zwei radikal auftretenden Spartakusleuten.»

Herz nickte bedächtig. «Jona und der Kosak. So wurden sie zumindest genannt.»

«Du kennst sie?» Sören triumphierte innerlich.

«Was heißt kennen. Ich glaube, da muss ich dich enttäuschen. Ihre bürgerlichen Namen kenne ich nicht. Ich erinnere mich nur, dass sie sehr aggressiv aufgetreten sind. Aber ich habe sie schon seit Wochen nicht mehr gesehen. Ich könnte mir vorstellen, dass sie nach Berlin gegangen sind. Das haben viele Spartakisten gemacht.»

«Bist du dir sicher? Es ist äußerst wichtig.»

«Nein, sicher bin ich mir natürlich nicht. Ich mache ja keine Basisarbeit auf der Straße, sondern halte mich vorwiegend in den Kommissionen auf. Aber der Kosak ist mir in letzter Zeit nicht mehr begegnet. Daran müsste ich mich erinnern. Der ist eine ziemliche Erscheinung, ein Koloss von einem Kerl. So, wie man sich einen Rübezahl vorstellt. Mächtiger Rauschebart, zottelige Haare, etwas ungepflegt und eben riesig. Also wirklich nicht zu übersehen. Und er trägt immer so eine Fellmütze, wie die Kosaken halt.»

«Erzähl einfach alles, woran du dich erinnerst. Jede Kleinigkeit.»

«Was soll das werden, Sören? Willst du mir erzählen, dass das die Elbtöter sein sollen?»

Sören nickte. «Es spricht viel dafür, dass dieser Fritz Roth dazugehört. Und nach dem, was auch du bestätigst, nämlich dass die beiden stets an seiner Seite waren, liegt der Verdacht nahe.» Er erzählte Carl Herz, was er wusste.

«Ja. Jetzt, wo ich Hintergründe und Zusammenhänge kenne … Du könntest recht haben mit deiner Vermutung. Wenn ich genau darüber nachdenke, würde ich es ihnen auch zutrauen. Selbst wenn es wohl ursprünglich nicht ihre Idee war, sondern die von diesem Wesselhöft.» Herz presste die Lippen aufeinander und schloss für einen Moment die Augen.

«Da fällt mir noch etwas ein», meinte er schließlich. «Die waren eine Zeitlang für die Waffenkammer zuständig. Ich weiß noch, wie wir sie überreden mussten, gewissenhaft darüber Buch zu führen, was angeliefert und ausgegeben wurde. Das wollten die zuerst partout nicht begreifen. Schließlich mussten ja auch die ganzen Offizierspistolen irgendwo gelagert werden. Irgendwann hatten sie's dann kapiert, was das für eine Verantwortung darstellt. Aber was ich sagen wollte … Ich erinnere mich an ein Gespräch zwischen ihnen, das ich am Rande mitbekam. Der Kosak hatte zu der Zeit wohl keine Bleibe, weshalb er anfangs auch oben in einem der Ruheräume nächtigte. Und dieser Jona bot ihm an, dass er sich bei ihm einquartieren könne. Er muss wohl eine größere Wohnung gehabt haben, denn er meinte, es stünden mehrere Zimmer leer. Wenn ich mich richtig erinnere, sagte er etwas von ‹einer alten Bude am Fuße des Michels›.»

Sie sprachen noch ein wenig über die Verlagerung der parteilichen Kräfte innerhalb der Arbeiter- und Soldatenräte im ganzen Reich, dann versuchte Herz abermals zu erklären, warum er der SPD den Rücken gekehrt hatte. Es sei wirklich nur aufgrund der damaligen Zustimmung zur Kriegsfinanzierung geschehen, er würde aber inzwischen ernsthaft darüber nachdenken, sich vollständig aus der Politik zurückzuziehen, da ihm eben auch die radikalen Tendenzen des linken Flügels bei den Unabhängigen nicht gefielen. Sören versuchte, sich auf das Gespräch zu konzentrieren, denn in Gedanken war er bereits dabei, das Kirchspiel von St. Michaelis nach Quartieren abzusuchen, für die die Formulierung «am Fuße des Michels» passend war.

Die Gegend um den Michel hatte bereits vor Beginn des Krieges angefangen, ihr Gesicht zu verändern, seit man begonnen hatte, die nördlich der Schlachterstraße zum Großneumarkt gelegenen Gänge abzureißen und neu zu bebauen. Sören konnte sich nicht vorstellen, dass es gerade zur jetzigen Zeit, wo bezahlbarer Wohnraum mehr als knapp war, dort so etwas wie einen Leerstand gab. Er war lange Zeit nicht im Kirchspiel von St. Michaelis unterwegs gewesen. Eigentlich war es Jahre her, und er hatte nicht vor Augen, wie es dort genau aussah. Also beschloss er, sich ein Bild vor Ort zu machen.

Nachdem er sich von Herz verabschiedet hatte, nahm er die Straßenbahn und fuhr über den Barkhof und Rathausmarkt zum Rödingsmarkt und von dort aus mit der 31 weiter bis zum Neuen Steinweg. Schon auf der Elbstraße musste er feststellen, dass am Michel nicht mehr viel von der ursprünglichen Bausubstanz erhalten geblieben war. Nördlich der Michaelisstraße waren die meisten Flächen noch unbebaut, und südöstlich, hinter dem Krayenkamp, standen nur noch vereinzelt bauliche Überbleibsel aus der alten Zeit. Einzig die Gänge am Venusberg hinunter zum Schaarmarkt waren der Niederlegung bislang entgangen und bildeten bis zum Zeughausmarkt und zur Seewarte das unüberschaubare Gewirr aus Twieten, Gängen und Stiegen, deren Existenz wie ein Anachronismus anmutete. Ein wildwucherndes Gestrüpp inmitten des begradigten Rasters einer modernen Stadt.

Wenn, dann hier, dachte Sören und ging die Englische Planke hinab. Dort gab es noch unzählige halbverfallene Gemäuer, zu Teilen eingestürzt, auf jeden Fall feucht und verwahrlost, aber immer noch bewohnt. Sören versuchte sein Glück bei einem Straßenverkäufer, der heiße Maronen direkt vom Grill anbot. Er erstand eine Tüte zu fuffzig Pfennig, plauderte nebenbei ein wenig übers Geschäft, fragte, ob es noch lukrativ sei bei den derzeitigen Kohlepreisen, und erfuhr, dass der Ofen inzwischen mit einfachem Torf und Holzresten befeuert wurde. Dann fragte er wie beiläufig nach einem Riesen mit Kosakenmütze, der hier irgendwo wohnen müsse, aber der Maroni-Mann kannte ihn nicht. Auch der Lumpensammler, der eine mächtige Karre vor sich herschob, hatte ihn hier in der Gegend noch nie gesehen.

Im Pastorat brauchte er sich erst gar nicht zu erkundigen. Spartakusleute waren alles Mögliche, aber sicher keine Kirchgänger. Wenn es stimmte, was Herz und auch David über das Erscheinungsbild des Kosaken berichtet hatten, dann musste er irgendwem aufgefallen sein. Immer vorausgesetzt, er trieb sich tatsächlich hier in der Gegend herum. Es war die einzige Spur, die Sören besaß. Und so hielt er an der Idee fest, doch noch jemanden zu finden, der ihm Auskunft geben konnte. Aber wen er auch fragte, niemand kannte einen Hünen mit Rauschebart und Kosakenmütze. Einige machten sich über die Fragerei lustig und verwiesen auf den Nikolaus oder auf Knecht Ruprecht, den sie ganz sicher hier im Quartier gesehen hätten, der allerdings keine Kosakenmütze getragen habe, obwohl das ja durchaus zu den roten Zeiten passen würde. Sören kaufte einer Altländer Obstmagd noch einen makaber als Sorte Sneewitt angepriesenen Apfel ab, fragte statt nach den sieben Zwergen nach einem Riesen, aber auch das junge Mädchen konnte ihm nicht weiterhelfen.

Dann machte er sich auf den Weg zurück und bestieg

die 4 in Richtung Adolphs-Platz. Auf gut Glück fragte er schließlich den Schaffner der Straßenbahn, ob ihm ein Fahrgast aufgefallen sei, der der Beschreibung gleiche, machte sich aber kaum Hoffnung. Auf der Strecke zwischen Millerntor und Rödingsmarkt fuhren allein sieben Linien, weshalb es mehr als unwahrscheinlich war, dass der Gesuchte genau diesem Schaffner aufgefallen war. Sören rechnete schon mit einem Verweis auf den Nikolaus oder mit einem ähnlich blöden Kommentar und war entsprechend baff, als der Schaffner einfach nur nickte und meinte, so ein Kerl sei ihm mehrmals begegnet. Zuerst dachte Sören an einen Scherz, aber als der Schaffner sagte, der Typ habe stets eine Pfeife im Mund gehabt und sei immer um die gleiche Zeit am Zeughausmarkt zugestiegen, konnte er sein Glück kaum fassen. Er notierte den Namen des Schaffners, versprach ihm gegebenenfalls eine Belohnung und informierte umgehend Heinrich Andresen. Dieser versprach, alle verfügbaren Vigilanten verstärkt zwischen Zeughausmarkt und Michel patrouillieren zu lassen. Mit der Beschreibung des Kosaken hatten sie endlich etwas, wonach man Ausschau halten konnte.

Was dann folgte, war ein ständiges Auf und Ab. Wenn es in der Stadt gerade mal wieder ruhig war, kamen Nachrichten über Putschversuche aus Berlin. Die provisorische Übergangsregierung der SPD hatte den Aufstand der Spartakusleute mit Hilfe rechtsradikaler Freikorpstruppen niederschlagen können, was letztlich für Empörung innerhalb der Partei sorgte. Aber kaum verstummten die Nachrichten aus der Hauptstadt, kam es in Hamburg zu erneuten Ausschreitungen. Das Heer der Arbeitslosen war inzwischen auf über 40 000 angewachsen, und die Demonstrationszüge zogen täglich durch die Straßen. An ihrem Rand kam es zu Plünderungen, und die innerstädtischen Hotels und Geschäfte schlossen aus Angst vor weiteren Übergriffen. Die Posten der Sicherheitskräfte waren nun überall anzutreffen. Besonders dramatisch war, dass die Kohlevorräte der Stadt zu Ende gingen, was zur Folge hatte, dass Gas-Sperrstunden eingeführt werden mussten. Von 8:30 bis 11:00 Uhr vormittags, zwischen 2:00 bis 4:00 Uhr mittags und von halb elf Uhr abends bis fünf Uhr am Morgen ging nichts mehr. Hinzu kamen die täglichen Meldungen, nach denen der Elektrizitätsverbrauch dringend einzuschränken war. Es war schlimm, aber es sollte noch schlimmer kommen.

Tilda hatte wie befürchtet viel um die Ohren, und Sören bekam sie nur noch sporadisch zu Gesicht. Alles zielte auf die Wahl am 19. Januar ab. Sie hatte Ilka einen Posten im Redaktionsstab des *Echos* besorgt, und Ture begleitete sie bei ihrer Arbeit in der Zeitungsredaktion. Eine bessere Möglichkeit, die deutsche Sprache zu erlernen, gab es ihrer Meinung nach nicht. In der Parteizentrale sowie im benachbarten *Echo* flogen dann auch zur gleichen Zeit die Sektkorken, als klar war, dass die MSPD bei der Wahl die absolute Mehrheit erreicht hatte. Allein in Hamburg hatte man über 51 Prozent der Stimmen erhalten, wohingegen die USPD mit nicht einmal 7 Prozent kläglich gescheitert war. Am Tag nach der Wahl legte Laufenberg sein Amt nieder. Den Vorsitz des Arbeiter- und Soldatenrates übernahmen daraufhin der Genosse Berthold Grosse und der Vorsitzende des Gewerkschaftskartells Karl Hense.

Am Mittwoch darauf bekam Sören endlich den lang ersehnten Anruf von Heinrich Andresen. Es gab Neuigkeiten.

Eigentlich war Sören in Gedanken bei Tilda gewesen, die sich wenige Minuten zuvor gemeldet hatte. Sie war im Vaterländischen Frauen-Hülfs-Verein in der Ferdinandstraße und berichtete von Schüssen auf der Straße. Bis sie wisse, was in der Stadt genau vor sich gehe, wolle sie dort auf jeden Fall ausharren. Er solle sich keine Gedanken machen, sie sei in Sicherheit.

«Neuigkeiten von den Elbtötern? Wen hat es diesmal erwischt?», fragte Sören.

«Nein, kein Anschlag», erklärte Andresen. «Aber Sie hatten recht mit Ihrer Vermutung, dass die Elbtöter sich irgendwo in der Nähe des Michels aufhalten könnten.»

«Ihre Vigilanten haben den Kosak entdeckt?», folgerte Sören.

«Wahrscheinlich. Sehr wahrscheinlich sogar.» Andresen wartete einen Moment. «Aber nicht im Kirchspiel von St. Michaelis», sagte er schließlich. «Man hat in der Wahlnacht ein Kontorhaus ausgeraubt, den Rosenhof in der Kaiser-Wilhelm-Straße», erklärte er. «Gleich bei uns um die Ecke.»

«Und wie kommen Sie darauf, dass es die Elbtöter waren?»

«Wir haben passende Fingerabdrücke gefunden», berichtete der Criminale stolz. «Sie stimmen mit denen aus dem Europahaus und denen im Merckhof überein. Es waren die Elbtöter, zumindest war einer von ihnen beteiligt. Und wir haben jetzt einen Hinweis auf ihren Aufenthaltsort. Sie lagen genau richtig mit dem Venusberg.» Andresens Stimme klang triumphierend. «Einem unserer Vigilanten sind in besagter Nacht zwei verdächtige Individuen im Kornträgergang aufgefallen, denen er gefolgt ist. So hat er es in seinem Vigilanz-Notizbuch notiert. Zu dem Zeitpunkt war der Raub im Rosenhof noch gar nicht entdeckt worden, sonst hätte er sicher Alarm geschlagen. Ich bin erst heute Morgen bei der Kontrolle der Bücher über den möglichen Zusammenhang gestolpert. Als Zielort ist Hohler Weg 44d vermerkt.»

«Nichts wie hin», sagte Sören.

«Würde ich ja gern, aber erstens habe ich keine Männer zur Verfügung, und zweitens bin ich nicht lebensmüde. Haben Sie eine Vorstellung, was hier gerade los ist? Zivil schießt! Es wurden schon vier Polizeiwachen in der Stadt gestürmt. Minütlich gehen hier die Depeschen ein. Wir haben uns im Stadthaus verbarrikadiert und Hilfe angefordert, die Lage scheint außer Kontrolle zu geraten. Die 31er kommen aus Altona, die Husaren aus Wandsbek, und die 76er sind auch alarmiert. Überall wird geschossen. Gerade erreicht uns eine Depesche der Wache 44, dass in der Spitalerstraße über hundert mit Gewehren bewaffnete Spartakusleute stehen. Und im Hafen und in St. Pauli sieht es nicht anders aus. Am Zeughausmarkt und an den Hütten sollen sich bewaffnete Aufrührer auf den Dächern verschanzt haben. Unter diesen Umständen gehe ich jetzt bestimmt nicht raus auf Verbrecherjagd und mache eine Hausdurchsuchung in einem Gängeviertel!»

Nun war also doch eingetreten, was David befürchtet hatte. Kam die Stadt denn gar nicht mehr zur Ruhe?

Sören rief in der Redaktion des *Echos* an, um Ilka und Ture zu informieren, aber Mathilda war ihm schon zuvorgekommen. Im *Echo* schienen tumultartige Zustände zu herrschen. Ilka meinte, sie würden so lange dableiben, bis sich die Situation auf den Straßen entspannt habe. Notfalls blieben sie über Nacht.

Im Hochbauamt sah es nicht anders aus. David berichtete, er könne aus seinem Raum die Gewehrschüsse hören. Niemand aus seinem Stab wolle jetzt hinausgehen. Man habe genügend Wolldecken, und ausreichend Schlafmöglichkeiten hätten sie auch im Amt. David hatte bereits mit Liane telefoniert. Sie war auf dem Weg nach Ohlstedt. In Rotherbaum hatten sie von den Unruhen gar nichts mitbekommen.

So blieben sie diesen Abend tatsächlich zu viert im Haus, was es seit langem nicht gegeben hatte. Agnes war in hysterischer Sorge, Liane nahm es gelassen, und Robert stellte Fragen nach dem Warum, die Sören nur schwer beantworten konnte. Auch er verlor allmählich den Überblick. Die Nacht verbrachte er mehr oder weniger schlaflos, er wartete auf das erlösende Klingeln des Fernsprechers.

Um fünf Uhr früh meldete sich Ilka aus der Redaktion. Das Schlimmste schien überstanden, es wurde nicht mehr geschossen. Für neun Uhr hatte der Leiter der Hamburger Sicherheitswache die Räte und ortsansässigen Redaktionen zu einer Zeitungskonferenz ins Stadthaus gebeten.

Bevor Sören den Brennabor startete, musste er den Frost von der Windschutzscheibe kratzen. Dem Himmel nach zu urteilen, sollte es ein trockener und sonniger Tag werden. Auf dem Weg holte er David im Hochbauamt ab, wo sie den Brennabor auf dem Hof stehen ließen. Das Stadthaus war nur einen Katzensprung entfernt.

Das Gebäude war abermals gesichert wie eine Festung. In der Schlange, die sich vor dem Versammlungssaal aufgestaut hatte, erfuhren sie, dass die Spartakusleute gestern Abend um halb zehn tatsächlich versucht hatten, das Stadthaus zu stürmen. Man war jedoch vorbereitet gewesen und hatte den Angriff mit Hilfe von Hydranten und Wasserschläuchen sowie dem Einsatz von Reizgasbomben abwehren können. Immerhin hatte es keine Toten gegeben.

Als alle Platz genommen hatten, gab der Leiter der Sicherheitswache, Preuschoff, eine Zusammenfassung über die gestrigen Geschehnisse. Alles hatte mit einer friedlichen Demonstration am Gewerkschaftshaus begonnen, durch einige gewaltbereite Individuen sei die Lage dann allerdings eskaliert, als die dortige Waffenkammer gestürmt worden sei. Alarmierte Fahrzeuge der Sicherheitskräfte wurden an der Altmannstraße beschossen. Während des Rückzugs der Wachmannschaften konnten zwei Fahrzeuge mit Maschinengewehren von den Aufständischen erbeutet werden. Die Wache an der Depenau wurde unter Feuer gestürmt und von den Aufrührern besetzt. Genauso erging es der Wache 4 im Freihafen, der Wache 13 auf St. Pauli und der Wache 7, die zuvor sogar mit einem der erbeuteten Maschinengewehre beschossen worden war. Nachdem man auch die Bahnhofswache überwältigt hatte, bemächtigten sich die Aufrührer des

Bahnhofs, der während der Nacht aber von einer Division des herbeigerufenen 31er-Regiments nach heftigen Kämpfen zurückerobert werden konnte. Ebenso seien inzwischen drei von den vier gestürmten Polizeiwachen wieder unter Kontrolle der Wachmannschaften, berichtete Preuschoff weiter. Angesichts der Meldung, dass sich angeblich 4000 Matrosen aus Cuxhaven auf den Weg in die Stadt gemacht hätten, um den Aufständischen zu helfen, habe man zur Unterstützung der städtischen Sicherheitskräfte ein Infanterieregiment und die Bahrenfelder Artillerie angefordert. Die 76er, das Reserveregiment und das Landwehrregiment standen zudem in sofortiger Alarmbereitschaft.

«Meine Herren! Aus diesem Grund sehen wir uns veranlasst, ab sofort den Belagerungszustand über die Stadt zu verhängen.» Preuschoff blickte prüfend zu den anwesenden Senatoren und Ratsvertretern, die zustimmend nickten. «Und wir bitten die Herren von den Zeitungen, die Bevölkerung mit einer entsprechenden Sonderausgabe und Flugblättern sowie angeschlagenen Plakaten darauf hinzuweisen, dass Straßen und Plätze nur noch von sieben Uhr in der Früh bis sieben Uhr abends betreten werden dürfen. Außerdem herrscht ab sofort ein absolutes Versammlungsverbot in der gesamten Stadt. Schutzleute und Sicherheitswachmänner sind angewiesen, bei Nichteinhaltung von ihren Schusswaffen Gebrauch zu machen! Alle Musik- und Theatervorstellungen sind abzusagen. Gaststätten und Schankstuben haben zu schließen. Die öffentlichen Verkehrsmittel werden um sieben Uhr abends den Betrieb einstellen. Um Absprachen zwischen den Aufständischen zu verhindern, werden ab heute Mittag die Telefonleitungen der Stadt für den öffentlichen Verkehr gesperrt. Meine Herren, ich danke Ihnen. Die Konferenz ist damit beendet!»

«Schon heftig, was hier los ist», kommentierte Ilka und hielt ihren Notizblock fest umklammert. Sie hatte alles mitgeschrieben, Sören hatte es beobachtet. «Aber dass hier auch Frauen anwesend waren, muss er übersehen haben.» Sie rümpfte die Nase.

«Da wird man sich schon noch dran gewöhnen», sagte David. «Was machst du jetzt?»

«Ich gehe zurück in die Redaktion. Man erwartet mich.»

«Deine Mutter sitzt seit gestern in der Ferdinandstraße fest. Ich dachte, du holst sie ab und ihr fahrt gemeinsam nach Ohlstedt. Du kannst den Brennabor haben.»

Ilka schüttelte den Kopf. «Kommt überhaupt nicht in Frage.»

«Was ist mit Ture?»

Ilka rollte mit den Augen. «Lieber nicht. Der baut sicher einen Unfall. In Schweden fährt man auf der verkehrten Seite.»

«Nein, ich meinte, wo steckt er?»

«Noch in der Redaktion. Er hat heute Nachmittag einen Termin. Ture hat doch davon erzählt. Mit Fritz Haber und dem Ingenieur von der BASF, bei diesem Chemikalienhändler auf der Peute. Wenn das überhaupt funktioniert bei dem Chaos hier.»

Heinrich Andresen hatte sich inzwischen zu ihnen gesellt. David kannte er schon von früheren gemeinsamen

Aktionen, auch wenn das fast zehn Jahre her war. Sören stellte ihm seine Tochter vor, und Andresen machte eine galante Verneigung. Etwas übertrieben, wie Sören fand, denn Andresen war bekennender Junggeselle. Ilka war alles andere als entzückt, sie reichte ihm burschikos die Hand, empfahl sich und entschwand in Richtung *Hamburger Echo*.

«Sieht so aus, als wenn Sie recht gehabt hätten», meinte Sören etwas kleinlaut.

«Was die Spartakusbrut betrifft? Ja, aber dass es so heftig wird, hätte ich nicht gedacht. Gott sei Dank sind die neuen Vorsitzenden der Räte von einem anderen Kaliber. Unter Laufenberg hätten wir ein solches Vorgehen gegen diese Brut nicht erlebt.»

«Haben Sie inzwischen wieder Kapazitäten?», fragte Sören.

«Wie meinen?» Andresen guckte verwirrt.

«Ob Ihnen inzwischen wieder ausreichend Kräfte zur Verfügung stehen», präzisierte er.

«Sie wollen da jetzt wirklich hingehen? In ein Gängeviertel? Wer da nicht reingehört, aus dem wird Hackfleisch gemacht. Die fühlen sich doch momentan wie Bolle.»

«Nun, ich kenne die Gängeviertel der Stadt noch aus einer Zeit, da gab es dort wirkliche Probleme.» Sören schüttelte den Kopf. «Wie viele Leute haben Sie denn?»

«Die criminale Abteilung ist in die derzeitigen Prioritäten der Wachmannschaften nicht eingebunden. Was meinen Sie denn, wie viele sind notwendig? Es ist ja nur ein Verdacht», schob Andresen hinterher.

«David kennt Roth. Er könnte ihn identifizieren. Aber

falls sich der Verdacht bestätigt, wäre eine formidable Anzahl Ihrer Leute in der Rückhand sicher nicht verkehrt.»

«Sie wollen da wirklich mit?»

Sören nickte. «Ja, das habe ich vor.» Erst jetzt fiel ihm auf, dass er vor Aufregung seinen Stock zu Hause vergessen hatte.

Die beiden Commissare, die sie begleiteten, stellten sich Sören und David mit Vornamen vor. Eckehardt und Martin schienen die rechte und linke Hand von Andresen zu sein. Bevor sie aufbrachen, hatte er David und Sören zwei Revolver ausgehändigt – für den äußersten Notfall, wie er betonte. Den Wagen ließen sie am Michel stehen und gingen zu Fuß weiter.

Andresen war die Sache ganz offensichtlich nicht geheuer. Eine gespenstische Stille lag über der Stadt. Selbst vom Hafen her drangen nur vereinzelt Arbeitsgeräusche herüber. Kaum jemand war um diese Zeit auf der Straße. Die mürrischen Blicke, die ihnen begegneten, täuschten Teilnahmslosigkeit vor. War es das Alter von Sören, das ihnen als Passierschein diente? Sie gehörten hier nicht her, die Leute kannten einander. Die Proletarier, die hier lebten, bildeten eine verschworene Gemeinschaft.

Bald fehlte ihnen die Orientierung. Die Nummer 44 war leicht zu finden, aber dort begann ein Labyrinth der Höfe, wie es nur noch an wenigen Stellen in der Stadt zu finden war. Obwohl das Viertel bislang von der Niederlegung verschont geblieben war, gab es auch für dieses Gebiet bereits Neubaupläne, wie David wusste. Die Hofdurchfahrten waren so schmal, dass gerade ein Karren hindurchpasste. Immerhin waren die Wege gepflastert, und sie fanden keine Schlammwüste vor wie früher in den Gängen der Altstadt, dem Barkhof-Viertel oder den schmalen Twieten im Kirchspiel von St. Jacobi. Einige der Gassen besaßen bereits Anschluss an die Kanalisation, worauf Gullyroste und Rinnsteine hinwiesen. Die Häuser an den Gängen glichen Budenreihen, welche die Wege wie Terrassen flankierten. Hölzerne Stiegen führten zu den Türen der Sähle hinauf. Darüber ein Gewirr schiefer und krummer Giebel, die sich teils gefährlich neigten. Die Hausnummern waren mit Ölkreide an die Balken geschrieben. Trotz der Kälte roch es moderig. Im ewigen Schatten der Mauern hatte sich Moos über die Steine gelegt. Tauwasser lief an den Fensterscheiben herab, auf der Innenseite Kondenswasser. Falls jemand zu Hause war. Nur dann wurde geheizt, wenn überhaupt.

«Das Quartier wäre längst niedergelegt, wenn es Ersatz an Wohnraum gäbe», meinte David. «Diese Bruchbuden passen nicht mehr in die heutige Zeit. Aber es gibt keinen Ersatz.»

«Wissen wir eigentlich, wem das Haus gehört und ob dort jemand gemeldet ist?», fragte Sören, an Andresen gerichtet.

«Das habe ich sofort geklärt. Das Gebäude gehört einer Emilia Dürrkop aus Altona, und es ist seit zwei Jahren an einen gewissen Jonathan Jansen vermietet.»

«Das wird dann dieser Jonas oder Jona sein», sagte Sören.

«Aber beide Namen sind nicht aktenkundig», erklärte Andresen. «Jansen ist von Beruf Werkzeugmeister und hat das Haus mit der Erlaubnis zur Untervermietung gemietet. Das ist in den Gängen durchaus verbreitet. Die Eigentümer umgehen so das Risiko, sich mit der Mietprellerei heimlicher Auszieher herumärgern zu müssen, und der Hauptmieter erhält dafür die Möglichkeit, einen eigenen Zins zu erwirtschaften.»

Endlich standen sie vor dem Haus mit der Nummer 44d. Es war ein zweigeschossiger, giebelständiger Stirnbau am Ende des Ganges. Eine steinerne Treppe mit eisernem Geländer führte zur Tür hinauf. Neben dem hüfthohen Sockel gab es an der Seite ein hölzernes Tor, das die Zufahrt zu einer Art Hof absperrte. Auf der anderen Seite knickte der Gang ab und führte um das Gebäude herum. Es ging also noch weiter. Die Fensterscheiben waren übersät mit einer Schicht feiner Eisblumen. Ein deutliches Zeichen dafür, dass niemand zu Hause war. Auch stieg kein Qualm aus dem Schornstein auf.

David steckte sich eine Zigarette an, und einer der Commissare kontrollierte, ob es im weiteren Verlauf des Ganges einen zweiten Zugang gab. Derweil stiegen Andresen und Sören die Stufen empor, und Andresen öffnete die Tür innerhalb von Sekunden mit einem Dietrich.

Auf den ersten Blick wirkte das Gebäude unbewohnt. Eckehardt entzündete eine Karbidlampe, aber es funktionierte sogar das elektrische Licht, der Strom war nicht abgestellt. Von einem langen Flur zweigte eine Vielzahl von Türen ab. Es sah so aus, als wenn das Haus aus lauter Schlafstuben bestand, die jedoch schon länger nicht benutzt wurden. In jedem Raum gab es ein einfaches Bettgestell mit Matratzen, einen kleinen Schrank sowie einen Stuhl oder Hocker. In den größeren Räumen stand zudem noch ein kleiner Tisch. Langsam tasteten sie sich vor. Die Küche war eingerichtet, aber es roch nicht nach Essen. Verdreckt war aber auch nichts.

Eckehardt und David inspizierten die Räume in der oberen Etage. Auch hier nur Schlafstuben. Andresen stocherte in der Feuerstelle. «Restwärme», murmelte er. Dann deutete er auf den Boden. «Ist das feucht?»

Eckehardt wischte über die Fußspuren neben dem Abtreter und nickte. «Noch keinen halben Tag alt.»

Direkt dahinter gab es eine Tür, die zum Hof führte. Durch das Küchenfenster konnten sie nur einen Teil des kleinen Hofes überblicken. Aus dem Schornstein eines Nebengebäudes qualmte es zwar, aber sie konnten nicht erkennen, ob es vom Hof aus einen Zugang gab; es konnte auch zu einem Nachbargrundstück gehören. Das Einzige, was sie sahen, waren die Türen von zwei Aborten sowie einen kleinen Schuppen. Auch das Tor zum Hof war von hier aus nicht zu sehen.

«Dann woll'n wir mal», sagte Andresen. Und an Sören gewandt meinte er: «Sie bleiben mit Martin hier. Wenn's da draußen 'ne Überraschung für uns geben sollte, erwarte ich Sperrfeuer aus dem Küchenfenster.» Er zog seinen Revolver aus dem Mantel. «Na, also los. Zuerst das Tor zum Gang aufmachen, Eckehardt. Möglichst leise.» Die Tür war gut geschmiert, David vernahm nicht mal ein Quietschen.

Als sie auf dem Hof standen, machte Andresen eine ermutigende Handbewegung. Das betreffende Gebäude hatte zwar einen Zugang, aber keine Fenster zum Hof.

Sie blieben also unsichtbar. «Jetzt nur keinen Lärm», flüsterte er. Eckehardt zog den schweren Eisenriegel nahezu geräuschlos aus der Führung. Dann schoben sie sich mit dem Rücken zur Wand zum Nebengelass. Im Küchenfenster konnte David Sören und Martin erkennen.

Das Nebengebäude konnte eine Werkstatt beherbergen, es konnte auch ein kleines Fabrikationsgebäude sein. Es war ganz aus Backstein errichtet, hatte keine Fenster, dafür aber ein zweiflügeliges Tor mit Türausschnitt und an der Seite eine Luke mit Kranausleger nebst Winde. Davor standen zwei Handkarren. Geräuschlos schlichen sie bis zum Tor. Aus dem Inneren konnten sie Stimmen vernehmen, und durch einen Spalt der Tür schimmerte Licht.

«Und jetzt?», flüsterte David. Eckehardt stand dicht neben ihm.

«Auf mein Kommando», sagte Andresen, der den Türspalt inspizierte. Wie es aussah, war die Tür nicht verriegelt. «Du machst die Tür auf und gibst uns Feuerschutz. Ich und Eckehardt stürmen dann rein.»

David umfasste die Türklinke und wartete auf Andresens Zeichen. Trotz der Kälte war die Hand, in der er den Revolver hielt, schweißnass. Andresen zählte lautlos mit den Fingern. Beim Mittelfinger riss David die Tür auf und trat beiseite, um Andresen und Eckehardt Platz zu machen. Gleich darauf hielt er die Waffe mit ausgestrecktem Arm ins Innere.

Er hörte Andresen brüllen: «Hände hoch! Polizei!» Sehen konnte er aber so gut wie nichts. Er entdeckte nichts Bedrohliches, auf das er hätte zielen müssen. Kein

Maschinengewehr, wie er schlimmstenfalls befürchtet hatte. Nur zwei Männer, die an einem Tisch saßen. Keine Waffen, kein Widerstand. Als er eintrat, die Waffe immer noch im Anschlag, erkannte er sie.

KAPITEL 12

ooooo

Heinrich Andresen und Eckehardt hatten den überraschten Männern blitzschnell die Hände auf den Rücken gedreht und ihnen Handschellen angelegt. David kam langsam näher, den Revolver immer noch vor sich haltend. Es gab nicht einsehbare Bereiche im Gemäuer, möglicherweise verbarg sich noch jemand in dem Haus. Andresen drückte die Männer auf ihre Stühle. «Name?», schrie er.

Als sie David erkannten, brach es aus einem heraus: «Dich kenne ich doch aus dem Gewerkschaftshaus. Verräter!» Er spuckte vor Sören auf den Boden und kassierte im nächsten Augenblick von Eckehardt einen Schlag ins Gesicht.

«Ja, Fritz, bei Mord hört der Spaß auf», antwortete David.

«Das ist Fritz Roth?», fragte Andresen.

David nickte.

«Und du?» Andresen schaute den anderen Kerl an, der grimmig dreinblickte.

«Der heißt Jonas», sagte David.

«Jona», korrigierte der Mann einsilbig.

«Kannst also doch sprechen. Irgendwelche Papiere?»

Eckehardt durchsuchte ihre Taschen.

In der Zwischenzeit waren Sören und Martin herübergekommen. Andresen hatte angefangen, die Räumlichkeiten zu inspizieren. Im hinteren Teil gab es eine große Esse, daneben standen Werkbänke.

«Das ist ja interessant.» Er hob einen Gegenstand auf und kam damit zu ihnen an den Tisch.

«Vorsicht. Das ist gefährlich», rief Roth, sichtlich nervös.

«Ein Sprengzünder, ich weiß», sagte Andresen. Er ging zu Roth, packte mit der Linken dessen Kopf und griff ihm so an den Kiefer, dass sich Roths Mund unfreiwillig öffnete. Andresen hielt ihm den Zünder vors Gesicht. «Vor allem, wenn man das jemandem in den Mund steckt.»

Roth zitterte vor Angst.

«Hier hinten ist ein ganzes Waffenarsenal», rief Eckehardt, der sich weiter umsah. Es gab auch noch eine Galerie, die man jedoch von unten überschauen konnte. «Hier ist sonst keiner!»

«Wie viele seid ihr?», fragte Andresen.

«Genug», entfuhr es Roth schnippisch.

Sören breitete die Papiere auf dem Tisch aus, die Eckehardt ihnen abgenommen hatte. «Jonathan Jansen», las er vor. «Sie wohnen also hier.» Keine Reaktion. «Und Friedrich Böhmer, wohnhaft in Lübeck. Aha. Kein Wunder, dass er in Hamburg nicht zu finden war.»

«Schaut mal.» Martin kam mit einem schwarzen Schal zu ihnen. Als er bei ihnen am Tisch stand, konnte man erkennen, was es wirklich war. «Das trägt man nach der letzten Mode so, glaube ich.» Blitzschnell wickelte er das Gummituch um Roths Kopf, der panisch aufzuspringen versuchte. Man sah, wie er vergeblich um Luft kämpfte.

«Aufhören!», rief Andresen. Eckehardt ließ das Tuch los, und Roth sank zurück auf den Stuhl. Er japste nach Luft. «Und jetzt raus mit der Sprache. Die Elbtöter, das seid ihr. Warum die Morde? Warum das Ganze? Redet, bevor ich die Geduld verliere.»

«Wir könnten auch den Bottich dahinten mit Wasser füllen und ein wenig Tauchen üben», meinte Eckehardt. «So wie bei dem Schiffer, den ihr ertränkt habt.»

«Sie haben es alle verdient», sagte Roth trotzig.

«Weil sie Kriegsgewinnler sind?»

«Weil sie Waffen verkauft haben. Waffen und Sprengstoffe.»

«Das ist doch kein Grund, jemanden umzubringen», sagte Sören. «Und dann noch ‹im Namen des Volkes›.»

Roth sah ihn an. «Aber ja doch. Es ist widerwärtig. Sie haben das Zeug ja überallhin verkauft. Und nicht nur ans Kriegsamt, genauso an den Feind.»

«An den Feind?», fragte Sören. Plötzlich ging ihm ein Licht auf. Die anderen schauten sich fragend an. «Woher wisst ihr das?»

«Dahinten liegt ein Buch. Ist alles fein säuberlich drin aufgelistet. Mit Namen und allen Kontakten. Das sind Millionen gewesen, die man damit gemacht hat …»

«Sind das die Unterlagen, die du bei der Dynamit AG hast mitgehen lassen?» Sören war zum vertraulichen Du übergegangen.

«Sagen wir so: Ich bin drüber gestolpert.»

«Und warum bist du nicht zur Polizei und hast Anzeige erstattet? Wenn es sich so verhält, wie du sagst, dann haben sich diese Leute strafbar gemacht.»

«Zur Polizei? Soll ich lachen?» Roth grinste. «Das Buch wäre verschwunden … ganz unauffällig. Das sind ja keine kleinen Ganoven. Das sind einflussreiche Leute, die dahinterstecken. Von Wesselhöft, von Schinckel. So jemandem rückt doch niemand zu Leibe. Nein, die hätten alles abgestritten. Die hätten natürlich von nichts gewusst. Ehrbare Kaufleute machen doch so etwas nicht … Dass ich nicht lache. Nicht mal das Schicksal seines eigenen Sohnes hat Wesselhöft ein schlechtes Gewissen bereitet. Vielleicht ist Ascan sogar von einem Geschoss getroffen worden, das sein Vater verkauft hat. Er wollte mir ja zuerst auch nicht glauben …»

«Du hast ihm davon erzählt?»

«Natürlich. Ich habe ihm das Buch gezeigt. Da gab es die Elbtöter ja noch gar nicht.»

«Es war seine Idee?», spekulierte Sören.

Roth nickte. «Ja, es war sein Entschluss. Er schrieb mir auf, er würde ihn dafür töten. Und er bestand darauf, seinem Vater dabei in die Augen zu schauen.»

«Du hattest ihn versteckt.»

«Ja, er wollte nicht mehr leben. Nur noch so lange, bis er es vollbracht hatte. Und ich konnte ihn verstehen. Es war anstrengend. So wie er zugerichtet war. Er hatte nur noch dieses Ziel vor Augen. Ich habe ihm geholfen.»

Sören war sprachlos. Auf einmal ergab das alles Sinn. Und dennoch war es Wahnsinn. Auch den anderen schienen die Worte zu fehlen.

«Ich habe ihn zum Bahndamm gebracht», erklärte Roth weiter. «Auch das war sein Entschluss. Ich bin nicht geblieben.»

«Und dann habt ihr weitergemacht. War das auch sein Plan?», fragte Andresen. Roth schüttelte den Kopf. «Gut. Also der Reihe nach: Was hat sich Erwin Nossack zuschulden kommen lassen? Er war ein einfacher Zahlmeister.»

«Er hat die Gelder für die Warenlieferungen von Wolf und den anderen Schiffern entgegengenommen und dann auf ein Konto bei Luiz' Bankhaus eingezahlt. Luiz war eingeweiht. Er war dafür zuständig, dass die irrwitzigen Summen ausländischer Währung nicht auffielen. Französische Francs und englische Pfund, und das zu Kriegszeiten! Wie die Schiebereien konkret umgesetzt wurden, weiß ich nicht. Dabei hat ihm von Schinckel geholfen. Bei dem fiel es wohl nicht auf, weil er bei der Kartellentflechtung der Sprengstofffirmen zu Anfang des Krieges bereits mit amerikanischen Dollars und britischem Pfund in größerem Umfang hantiert hatte.»

«Er sitzt auch noch im Aufsichtsrat der Dynamit AG», schob Sören nach. Er stand vor einer großen Schiefertafel und versuchte, die Hieroglyphen zu entziffern, die teils mit farbiger Kreide gekritzelt waren.

«Und Joost Wolf hat die Lieferungen von Düneberg und Geesthacht aus weitertransportiert?»

«Nicht allein. Das ist ein ganzer Clan von Binnenschiffern gewesen. Das ging vor allem von den Häfen der rheinischen Fabrikationsanlagen aus los. Aber wir haben nicht alle Namen.»

«Wie muss ich mir das vorstellen?», fragte Andresen. «Die konnten doch nicht einfach so mit dieser Ladung die Kanäle und Flüsse hinter der Grenze befahren. Wie ist das vonstattengegangen?»

«Es gab sogenannte Übergabepunkte, an denen umgeschifft wurde, und später hat man die Kähne dann auch einfach nur umbenannt und umgeflaggt. Es ging ja immer nur um ein paar Kilometer Schifferstraße, eben bis hinter die feindlichen Linien. Vielleicht hatte auch das Rote Kreuz bei den Transportpapieren seine Finger im Spiel. Von Schinckel verfügte ja als Vorsitzender des Dachverbands der Rotkreuzvereine über entsprechende Kontakte.»

«Das reicht jetzt, glaube ich. Ihr wisst, was euch erwartet.» Andresen blickte sich um. «Martin, David. Ihr bleibt bei den beiden und bewacht sie. Und wir gehen los und schicken einen Trupp her, der euch dann eskortiert.»

«Einen Moment noch», sagte Sören mit Blick auf die große Schiefertafel. Inzwischen hatte er herausgefunden, dass dort offenbar, tabellarisch geordnet, Vorgänge notiert waren. Er erkannte Uhrzeiten und nicht zu entziffernde Abkürzungen. Zweimal meinte er das Wort Bombe lesen zu können. Am linken Rand der Tafel gab es Felder, in denen mit gelber, grüner und blauer Kreide Kreuze eingezeichnet waren. Plötzlich fiel es ihm wie Schuppen von den Augen. Wieso nur war er nicht schon früher darauf gekommen? Es lag so nahe. Das blaue Kreuz an von Schinckels Garage! Erst wenn man es aussprach, ergab es einen Sinn. «Blaukreuz», murmelte Sören, mehr zu sich selbst.

«Wie bitte?», fragte Andresen.

«Blaukreuz! Das blaue Kreuz an der Garage.» Sören schlug sich gegen die Stirn. «Verdammt, ich hätte darauf kommen müssen.»

«Was? Worauf?», fragten die anderen.

«Blaukreuz steht für Diphenylarsinchlorid, den Maskenbrecher», erklärte Sören. «Habe ich recht?», fragte er in Richtung Roth.

Der lächelte wissend. «Und Gelbkreuz steht für Senfgas oder auch Lost, und Grünkreuz steht für Diphosgen, einen Lungenkampfstoff. Ascan war ja in einer solchen Einheit. Und ich habe eine Zeitlang bei Dräger gearbeitet.»

«Die chemischen Kampfstoffe wurden auch an den Feind geliefert?»

«Ja», sagte Roth. «Direkt von Ludwigshafen-Oppau aus. Teilweise auch hier aus dem Hafen. Widerlich, nicht wahr?»

«Aber bei der Dynamit AG und den Düneberger Werken werden keine Gaskampfstoffe produziert.»

«Nein, dafür gibt es hier in der Stadt aber Kontaktleute und Händler, die über entsprechend gute Beziehungen zu den Werken der BASF verfügen.»

«Und die wären?», fragte Sören.

«Lesen Sie morgen in der Zeitung.» Wieder dieses geheimnisvolle Lächeln um Roths Mundwinkel.

Eckehardt machte einen Schritt auf ihn zu. «Er wird wieder unverschämt. Soll ich?»

Sören betrachtete immer noch die Schiefertafel. In der untersten Spalte konnte er das heutige Datum erkennen, daneben ein gelbes Kreuz. Die Buchstaben H und B sowie mit viel Phantasie … das Wort Koslowski. Sören stockte der Atem. August Koslowski, Koslowski & Consorten. Der Name des Chemikalienhändlers, bei dem sich Ture heute Nachmittag mit Fritz Haber und diesem Ingenieur von der BASF verabredet hatte.

KAPITEL 13

Er war immer noch außer Atem, als sie mit dem Wagen in den schwerbewachten Hof des Stadthauses fuhren. Außerdem taten Sören die Knie weh. Falsches Marschtempo eben. Anders gesagt: einfach zu alt. Zuerst wollte man sie nicht durchlassen, weil der am Michel geparkte Wagen mit Farbe und Dreck beschmiert worden war. Sie hatten den Vandalismus ignoriert, sie hatten Wichtigeres zu tun. Andresen beorderte sofort einen Trupp der Sicherheitswache zum Gängeviertel, und Sören stürzte sich auf den nächsten Fernsprecher. Es brauchte drei Vermittlungsversuche, bis eine Leitung zum *Echo* frei war.

«Sie sind nicht in der Redaktion?», fragte er entsetzt nach, als man ihm dort mitteilte, dass Ilka nicht mehr im Hause sei. Ihm schwante das Schlimmste. «Mit Ture Sjöberg aufgebrochen?» Er legte auf. Seine Beine verweigerten für einen Moment ihren Dienst. Sören konnte keinen klaren Gedanken fassen. Er schwankte wie benommen durch die Gänge der criminalen Abteilung.

Andresen stand hinter seinem Schreibtisch und telefonierte hektisch. «Was heißt nein? Ich sage Ihnen, wir haben die Elbtöter, wir müssen unverzüglich ... Nein, das ist mir völlig schnuppe, womit Sie beschäftigt sind. Ich brauche die Adresse! Ich brauche Leute!»

«Sie sind bereits dorthin unterwegs», rief ihm Sören zu. Andresen schaute ihn verdattert an. «Meine Tochter begleitet ihn.» Sören ließ sich auf einen Stuhl fallen. Ihn schwindelte. Sie hatten weder aus Roth noch aus Jansen herausbekommen können, was genau geplant war und wie viele Täter es noch gab. Und der Kosak war auch noch auf freiem Fuß. Sicher schien nur, dass man einen Anschlag auf Koslowski plante. Heute.

«Peutestraße?», schrie Andresen in die Sprechmuschel. «Gut. Ich informiere die Kollegen von der Wache Rothenburgsort. Einen Moment», sagte er zu Sören und ließ sich erneut verbinden. «Depesche an R12», diktierte er. «Dringend. Geplanter Anschlag auf Koslowski & Consorten. Peutestraße. Personen bewaffnet. Militär informiert. C1 auf dem Weg.»

Er hängte ein. «Ich habe einen Mannschaftswagen. Zehn Mann.» Er blickte zu Sören, der zusammengesunken auf einem Stuhl saß. «Ihre Tochter ist da auch?» Er zögerte einen Augenblick. «Wollen Sie mit?»

Sören nickte.

Das Gelände auf der Peute war unübersichtlich, aber alles wirkte friedlich. Die Gebäude von Koslowski & Consorten standen auf einem Grundstück zum Elbdeich hin verteilt. Nördlich der Peutestraße befanden sich mehrere Lagerhallen, südlich gab es eine Verladerampe mit Gleisanschluss. Dahinter standen mehrere Güterwaggons.

Vor dem Hauptgebäude neben dem Tor warteten zwei Gendarmen von der Wache Rothenburgsort. Auf der Pritsche ihres Wagens war ein Maschinengewehr aufgestellt. Zwei weitere Wachleute kamen auf Andresen zu und machten Meldung. Sören erkannte den Mann wieder, der sie schon an der Billwerder Bucht begleitet hatte. Der Fundort des Binnenschiffers lag direkt gegenüber auf der anderen Seite des Flusses.

«Das Gelände ist eingezäunt, und der Zaun ist unversehrt», berichtete der Gendarm.

«Gut. Ihr sichert hier draußen ab, bis die Verstärkung eintrifft. Wir wissen noch nicht, was hier genau geplant ist. Hinter den Elbtötern stecken Spartakusleute. Und das können sehr schnell sehr viele werden. Falls hier eine größere Meute aufkreuzen sollte, habt ihr Feuer frei. Ich gehe mit meinen Leuten jetzt rein.»

Die Dame im Empfangsgebäude wirkte angesichts der bewaffneten Männer reichlich verwirrt. Andresen stellte sich vor. «Befinden sich betriebsfremde Personen auf dem Gelände?», fragte er ohne Umschweife.

Erst schüttelte sie den Kopf, dann nickte sie. «Doch, doch. Herr Koslowski, zwei Herren aus Berlin und Leverkusen und ein Besucher aus Schweden mit seiner Begleitung.»

«Können wir sie bitte sofort sprechen!» Es klang weniger nach einer Frage als vielmehr nach einer Aufforderung.

Sie schluckte. «Herr Koslowski macht mit den Besuchern gerade eine Begehung. Sie müssten hinten im Magazin sein. Das finden Sie, wenn Sie rechts über den Hof gehen, dann Richtung Lager. Halle IV, steht auch dran. Aber Sie können auch hier warten. Nach dem Rundgang ist im Besprechungsraum ein kleiner Imbiss vorbereitet.»

«Danke, es ist dringend. Wie viele Leute befinden sich sonst noch auf dem Gelände?»

«Ja, ich und ...», sie zählte an ihren Fingern ab, «... unsere zwei Speditionskaufleute, der Hausmeister mit seinen Söhnen, die drei Fräuleins im Sekretariat, der Lagermeister und die Lageristen.» Die Finger reichten nicht aus, und sie kam durcheinander. «Ach ja, und dann noch die Mannschaft aus dem Fuhrpark und zwei Träger. Eigentlich sind das fünf, aber zwei haben sich letzte Woche krankgemeldet. Einer ist unterwegs. Wieso wollen Sie das alles wissen?»

«Können Sie Herrn Koslowski telefonisch erreichen?»

«Nein, wir haben nur den Fernsprecher im Sekretariat. Was ist denn eigentlich los?»

«Wir haben Hinweise, dass hier heute ein Anschlag geplant ist. Wie bekommt man die Belegschaft hierher?»

«Ein Anschlag? Du meine Güte.» Sie schlug erschreckt die Hände gegen ihre Brust. «Aber jetzt ist ja die Polizei hier. Hui, haben Sie mir einen Schrecken eingejagt.»

«Was wird denn hier alles gelagert?», fragte Sören interessiert. «Sind da auch explosive und gefährliche Sachen darunter?»

«Das kann ich Ihnen nicht sagen. Da müssen Sie oben in der Spedition fragen oder den Lagermeister.»

«Was machen Sie denn, wenn hier ein Feuer ausbricht?»

«Ein Feuer? Ogottogott. Dann müsste der Hausmeister Alarm geben. Und wir verständigen telefonisch die Feuerwache im Hafen.»

«Dann geben Sie Alarm», befahl Andresen.

Sie schaute ihn unsicher an, skeptisch, ob er sich wohl

einen Scherz mit ihr erlaubte. «Das darf ich doch aber nicht einfach so.»

Andresen war kurz davor, die Geduld zu verlieren. «Ich befehle es Ihnen!»

Sie zögerte abermals. Dann siegte ihre Obrigkeitshörigkeit. Verunsichert ging sie zu einem kleinen Schaltkasten an der Wand, öffnete die Tür und starrte unschlüssig auf den roten Hebel dahinter. «Das habe ich noch nie gemacht», sagte sie, als wollte sie sich selber Mut zusprechen, und legte den Hebel um. Im gleichen Moment ertönten mehrere Alarmhörner, und das krächzende Tuten der Sirenen schallte über das Gelände. Hier im Raum war es erträglich gedämpft, aber man konnte ahnen, dass draußen ein infernalisches Getöse herrschte.

Innerhalb weniger Minuten versammelten sich die gesamte Belegschaft und die Arbeiter auf dem Hof vor dem Werkstor. Man fragte, was geschehen sei, und wunderte sich über die große Anzahl von Polizisten.

«Sind das alle, oder fehlt jemand?», fragte Andresen. Koslowski und die Besuchergruppe fehlten, so viel war klar.

«Aber das kann doch gar nicht sein, das müssen die doch gehört haben», seufzte die Empfangsdame aufgeregt.

«Was 'n hier los?», fragte schließlich einer der Männer. Die anderen schauten sich um. «Jo, wir sind komplett. Bis auf den Chef.» – «Nö», meinte ein anderer. «Der Neue fehlt auch. Wie heißt der noch gleich?» – «Hans», sagte ein Dritter.

«Ein neuer Mitarbeiter?», fragte Andresen.

«Ein Lagerarbeiter, Hans Brettschneider. Er arbeitet seit vorgestern bei uns», erklärte eine der Sekretärinnen.

«Das ist unser Mann!» Andresen blickte zu Sören, dann zu den Leuten. «Wo finden wir den?»

«Der war vorhin noch hinten im Lager.»

Heinrich Andresen befehligte seine Leute zum Antritt. «Wer ist der Hausmeister? Wir brauchen jemanden, der uns den Weg weist.»

Sören hoffte inständig, dass sie nicht zu spät kamen. Er hatte Schwierigkeiten, Andresens Leuten zu folgen, die im Laufschritt hinter dem Hausmeister herliefen, die Criminalen in langen Ledermänteln mit gezogenen Revolvern, die Leute von der Sicherheitswache mit Karabinern. Man ersparte es sich, Deckung zu suchen, was Sören töricht fand. Der Alarm musste auch Brettschneider darüber informiert haben, dass etwas nicht in Ordnung war. Als sie die Halle erreichten, umstellten sie das Gebäude. Nach kurzer Zeit kamen zwei Wachleute zurück zu Andresen, der mit gezückter Waffe neben dem geschlossenen Tor an der Wand lehnte. «Wenn Sie mal bitte kommen mögen.»

Auf der Mauer, die das Gelände zum Fluss hin begrenzte, stand in großen weißen Lettern:

Wer Gas an Kriegsgegner verkauft, stirbt im Gas.
Die Elbtöter

«Was wird hier gelagert?», fragte Andresen den Hausmeister, der ein kleines Buch aus der Tasche zog.

«In Halle IV haben wir, einen Augenblick, Salpeter, Düngemittel, Säuren, Ammoniak, Schwefelwasserstoff und Chlor.»

«Klingt alles sehr gefährlich.»

«Nicht, wenn man es richtig lagert.»

«Das ist wohl momentan weniger unser Problem.» Er kratzte sich nachdenklich am Kopf. «Wie kommen wir da rein?»

«Wenn das Eisentor von innen verriegelt ist, und es sieht ganz danach aus, wird es schwierig. Das ist ein Balkenschloss, das quer hinter dem Tor liegt und in die Mauern greift. Man kann den Balken leicht von innen sperren. Da hilft dann auch kein Schlüssel.»

«Und wenn wir es mit dem Auto versuchen?», fragte Eckehardt.

«Sie meinen, mit Gewalt einmal durch? Nein, viel zu gefährlich. Schwefelwasserstoff ist hochexplosiv. Und ich weiß nicht, was die Stahlflaschen aushalten.»

«Aber wir müssen da rein!»

«Ja, warten Sie. Es gibt vielleicht noch eine Möglichkeit. Früher war hier das Lager für Granulate und Kristallines.» Er zeigte nach oben. «Es gibt noch das alte Loreband da oben, was schon längst nicht mehr in Betrieb ist. Man könnte von der Füllstation aus vielleicht rüberkriechen.»

Andresen zögerte nicht lange. «Eckehardt, so machen wir's. Fünf Mann bleiben hier draußen, und wir schnappen uns noch drei und kriechen da rüber.» Er blickte nach oben. Die Traverse zwischen den beiden Gebäuden lag in knapp zehn Meter Höhe. Andresen schätzte ihre Breite auf weniger als einen Meter. Er mochte nicht genauer darüber nachdenken, wie schmal das Förderband wirklich war. Aber es gab keinen anderen Weg.

«Zeigen Sie uns den Weg da rauf», forderte er den

Hausmeister auf. «Und dann müssen wir ungefähr wissen, was uns dadrinnen erwartet. Wie sind die Räumlichkeiten aufgeteilt?»

Sören wusste nicht, ob sein Entschluss richtig war, aber hier unten würde er durchdrehen, wenn er nicht sehen konnte, was drinnen geschah. Dann lieber eine akrobatische Herausforderung, um dabei zu sein. Schließlich war es seine Tochter, die in dem Gebäude war. Er würde Tilda nie wieder in die Augen blicken können, wenn er nicht alles versucht hätte. Andresen hatte dafür Verständnis. Wenn er hinterherkroch, war er zumindest kein Hindernis für seine Männer.

Als erste Hürde stellte sich die geringe Höhe der Klappluke heraus. Nur wenn man, flach auf dem Bauch liegend, vorwärtsrobbte, passte man durch die Öffnung. Danach versuchte Sören, nicht nach unten zu blicken und keinen Gedanken daran zu verschwenden, ob die Konstruktion überhaupt stabil genug war für mehrere Menschen. Die Kälte um ihn herum spürte er nicht. Auf dem alten Loreband hinterließen seine Hände feuchte Spuren. Das Ding hatte eine Breite von etwa vierzig Zentimetern. Die Aufschläge seines Mantels hingen neben dem Band herunter, und die ganze Konstruktion geriet gehörig ins Wanken, als er die halbe Strecke zurückgelegt hatte.

Von den Polizisten vor ihm war bereits nichts mehr zu sehen. Die Wachleute unter ihm wirkten wie Zinnsoldaten. Nicht hinunterschauen. Ein schauriger Kitzel durchfuhr seine Gliedmaßen. Wie lang die Strecke war, konnte er nicht schätzen. Fünf, vielleicht zehn, möglicherweise auch fünfzehn Meter. Noch einmal flach machen, und dann hinein.

Sören brauchte einen Moment, bis sich seine Augen an die schummerige Dunkelheit gewöhnt hatten. Von Lüftungsöffnungen unter dem Dachgebälk fiel jedoch so viel Licht ins Innere, dass man sich orientieren konnte und nirgends gegen etwas stieß. Bis auf das Ständerwerk war die Halle hier oben leer. Der Boden war staubig und mit Taubenkot übersät, überall hingen Spinnweben herab. Die anderen standen neben einer Luke, durch die man über eine schmale Stiege auf den darunterliegenden Boden hinabsteigen konnte. Andresen presste einen Zeigefinger auf seine Lippen und schlich voran.

Auch das Zwischengeschoss war leer, so weit man blicken konnte. Je weiter sie sich vortasteten, umso finsterer wurde es, bis auf einmal ein schwacher Lichtschimmer zu erkennen war, der von unten aus der Lagerhalle stammen musste, denn Fenster gab es hier keine. Tatsächlich war am Ende des Bodens eine Öffnung, die als Abstieg diente. Aber die Eisentreppe endete nach zwei Metern auf einem schmalen Plateau an der Wand, von wo aus man über eine Leiter hätte nach unten gelangen können. Die Leiter stand jedoch abgerückt an der Mauer und war für sie nicht erreichbar. Zumindest aber hatten sie vom Rand der Öffnung einen Blick auf das Geschehen unter ihnen und konnten sich einen ersten Eindruck über die Gegebenheiten machen.

Vor dem Tor lag eine freie Fläche von etwa zehn Meter Tiefe, dahinter begannen die eigentlichen Lagerflächen, die nicht vollständig zu überblicken waren, da die Regale bis unter die Decke reichten. In der Mitte des Platzes saß offenbar eine Person, die an einen Stuhl gefesselt sein musste und eine Kappe oder Haube auf dem Kopf trug. Genau war es nicht zu erkennen, da die Silhouette zur Hälfte von einem Pfeiler verdeckt wurde. Sie vernahmen in unregelmäßigen Abständen ein dumpfes, schlagendes Geräusch, dessen Herkunft nicht zu orten war. Niemand war zu sehen. Keine Spur von Ilka, Ture und den anderen. Sören vermutete, dass das Geräusch aus dem hölzernen Kabuff neben dem Tor stammen musste, dessen Tür geschlossen war. Vielleicht hatte Brettschneider die anderen dort eingesperrt, und nun versuchten sie, die Tür aufzubrechen. Er hoffte es. Sie mussten am Leben sein.

Dann zog ein metallisches Scheppern ihre Aufmerksamkeit auf sich. Kurz danach war eine Gestalt zu sehen, die mit einer großen, stählernen Kartusche hantierte. Das musste Hans Brettschneider sein, der Kosak. Eindeutig. Ein Hüne, der sicherlich über zwei Zentner auf die Waage brachte. So wie er mit der schweren Gasflasche umherlief, musste er über Bärenkräfte verfügen. Er trug eine graue Filzjacke und eine Wollmütze. Als er näher kam, war kurz zu erkennen, dass er eine Pistole in sein Koppel gesteckt hatte. Andresen hatte seinen Revolver gezückt, aber die Entfernung war ihm anscheinend zu groß. Außerdem behinderten die Regale einen sicheren Schuss. Brettschneider stellte die Stahlflasche neben dem Mann auf dem Stuhl ab und hantierte mit einem Gegenstand auf dem Boden herum. Schließlich verschwand er wieder in einem der Gänge zwischen den Lagerregalen. Was ging da unten vor sich? Und wie kamen sie da hinunter? Die Höhe von der Luke bis zum Boden betrug sicherlich über fünf Meter. Und auch die Empore war noch zu hoch, um einfach herunterzuspringen. Außerdem würde Brettschneider sie sofort entdecken, wenn sie sich dort zu schaffen machten.

Jetzt tauchte Brettschneider in einem anderen Gang auf. Aber im Gegensatz zu eben bewegte er sich nun langsam und überhaupt nicht zielgerichtet. Eher schleichend. Außerdem hatte er seine Mütze abgesetzt. Und die Jacke … Nein, das war nicht Hans Brettschneider. Sörens Herz machte einen kurzen Hüpfer. Das war Ture, Ture Sjöberg! Was machte er dort unten? Hatte er Brettschneider entwischen können? War vielleicht auch Ilka längst in Sicherheit? «Der Freund meiner Tochter», flüsterte Sören zu Andresen.

Andresen runzelte die Stirn. «Auf welcher Seite agiert er? Macht der gemeinsame Sache mit dem Kerl?»

Für einen kurzen Moment schossen Sören unschöne Gedanken durch den Kopf. Er war verunsichert. Ture hatte immer geheimnisvoll geklungen, wenn er von diesem Treffen mit Fritz Haber erzählt hatte. Er hatte sich nicht in die Karten schauen lassen. Gab es etwa einen Plan, von dem sie nichts wussten? War das Treffen in Wirklichkeit einer ganz anderen Absicht geschuldet? Wusste Ilka davon? Hatte Ture sie hintergangen? Nein, das konnte nicht sein. Das durfte nicht sein.

«Wir müssen uns bemerkbar machen.» Sören riss einen Knopf von seinem Mantel und wartete, bis Ture in erreichbarer Entfernung war.

Das Klacken auf dem Fußboden ließ Ture zusammenzucken. Bevor der Knopf unter das Regal kullerte, hatte er aber erkennen können, was es war. Kurz blickte er an sich herab, dann richtete sich sein Blick zur Decke. Er erkannte mehrere Köpfe, die sich schemenhaft gegen die Dunkelheit abzeichneten. Nach einem kurzen Augenblick hatte er die Situation erfasst.

Seine Gebete waren anscheinend erhört worden. Schon beim Alarm hatte er gehofft, dass endlich Hilfe eingetroffen war. Aber was sollte er tun? Von dort oben führte zwar eine Treppe zur Galerie, aber von da ging es nicht weiter. Um an die Leiter zu kommen, musste er über den Platz, wo der Kerl Koslowski am Stuhl gefesselt hatte, und den schien er stets im Auge zu haben.

Inzwischen war ihm auch klar, was der Mann beabsichtigte. Am Anfang hatte er ja vermutet, es gehe um Fritz Haber. Doch dem war überhaupt nicht so. Der Kerl wusste anscheinend gar nicht, wen er in seiner Gewalt hatte. Nein, ihm ging es ausschließlich um Koslowski. Warum auch immer. Der Bursche musste völlig von Sinnen sein. Er hatte Koslowski eine Gasmaske aufgesetzt und wollte ihn offenbar über einen Schlauch mit Gas vergiften. Anders ließ sich sein Tun nicht erklären. Der Beschriftung auf der Flasche nach zu urteilen, musste es sich um Chlor handeln. Das Einzige, was ihm zu fehlen schien, war eine passende Verbindung zwischen der Gasflasche und dem Schlauch. Und die suchte der Kerl jetzt. Er kam ständig zurück, um zu kontrollieren, ob er endlich etwas Passendes gefunden hatte. Für ihn selbst ergab sich jedoch einfach keine Chance, unbemerkt an die Leiter zu kommen.

Dann entdeckte Ture plötzlich den Arm, der etwas von oben herabzureichen schien. Eine Pistole, ein Revolver. Ture überlegte nicht lange, sondern lief los. Bislang wusste der Kerl nicht, dass es noch jemanden gab, den er nicht erwischt hatte. Nun aber konnte er seine Schritte hören. Die Winterstiefel hatten eiserne Beschläge. Und so war es auch.

Ture vernahm sofort das lautstarke Fluchen aus dem hinteren Gang, dann hörte er Schritte nahen. Es waren nur noch wenige Meter, Tures Blick konzentrierte sich auf den Revolver an der Decke. Er musste stoppen, um ihn fangen zu können. Dabei wurde er natürlich zur Zielscheibe für den Burschen. Kaum stand er unter der Öffnung, tauchte jemand auf der Empore auf und begann lauthals zu brüllen. Es war Ilkas Vater, der die eiserne Treppe hinabgestiegen war und nun die Aufmerksamkeit dieses Verrückten auf sich zog. Es waren nur wenige Sekunden, aber sie wirkten endlos.

Der Revolver fiel herab, und Ture bekam ihn auf Brusthöhe zu fassen. Noch bevor sein Finger den Abzug gefunden hatte, peitschte auch schon der erste Schuss durch die Halle. Der Kerl schoss abwechselnd in Richtung Empore und in seine Richtung. Auch aus der Luke war jetzt Mündungsfeuer zu sehen. Es war fast ein Wunder, dass er, deckungslos wie er war, noch nicht getroffen worden war. Die todbringende Waffe im Anschlag, stürmte der Koloss auf ihn zu. Nur noch wenige Meter trennten sie.

Ture sprang zur Seite und zielte fallend auf den Mann, dachte an eine angeschossene Elchkuh, die ihn zu attackieren versuchte, wie er es in den heimischen Wäldern bei der Jagd schon erlebt hatte. Er zog den Abzug immer wieder, bis die Trommel leer war und der Revolver nur noch ein metallisches Klicken von sich gab. Er musste ihn getroffen haben, denn der Kerl strauchelte, ließ seine Waffe fallen und stürzte schließlich. Mit einer raschen Drehung entging Ture dem massigen Körper, der auf ihn zu fallen drohte. Für einen kurzen Moment war Ruhe. Eine Blutlache breitete sich neben ihm auf dem Boden aus.

Ture rappelte sich hoch und schaute an sich herab, betastete seinen Körper, als müsse er kontrollieren, ob er verletzt war. Er spürte keinen Schmerz. Mit Staunen nahm er zur Kenntnis, dass er dem Kugelhagel tatsächlich unversehrt entkommen war. Dann stürzte er Richtung Leiter und stellte sie so, dass die anderen von der Empore herabsteigen konnten, und schließlich hastete er zum Verschlag und öffnete die Tür. Im nächsten Moment wich er zurück, denn Haber kam ihm, mit einem Stuhlbein bewaffnet, entgegen, ließ die behelfsmäßige Waffe aber sinken, nachdem er erkannt hatte, wer die Tür entriegelt hatte und vor ihm stand. Ilka kämpfte sich an Haber vorbei und fiel ihm um den Hals, fragte, ob er verletzt und was geschehen sei. Erst jetzt merkte Ture, wie erregt er war.

«Deine Vater ist auch da … und die Polis … und ich glaube … och jag sköt en man. Låt oss gå ut … Jag behöver frisk luft.»

Andresen hatte zuerst das Tor entriegelt, dann eilte er zu Koslowski und befreite ihn von der Maske. Nachdem das Tor geöffnet war, geriet alles in Bewegung. Ilka führte Ture nach draußen, und Eckehardt nahm August Koslowski die Fesseln ab. Die restlichen Polizeibeamten stürmten von draußen in die Halle und rannten wild durcheinander. Andresen gab mit einem Handzeichen Entwarnung. Dann lief er zu Hans Brettschneider, der reglos am Boden lag, und tastete nach dessen Puls. Schließlich schüttelte er den Kopf. Erst jetzt steckte er den Revolver ein.

Alles ging ganz schnell, als wenn immer noch Gefahr drohte. Nur Sören stand wie versteinert neben der Leiter. Seine Beine zitterten, und er merkte, wie sich das Stimmengewirr um ihn herum langsam zu einem Rauschen verdichtete. Er fühlte sich wie in Watte gepackt und spürte eine unglaubliche Erleichterung, die durch seinen ganzen Körper zu strömen begann. Ilka und Ture war nichts geschehen. Das war das Wichtigste.

Eine merkwürdige Wärme breitete sich aus. Dann sah er, dass Blut aus seinem linken Ärmel tropfte. Er wunderte sich über sich selbst, wie gelassen er zur Kenntnis nahm, dass er verletzt sein musste. Er wagte nicht, sich zu bewegen. Das Blut rann ihm über den Handrücken und tropfte auf den Boden. Langsam erlosch das Rot.

KAPITEL 14

ooooo

Das Erste, was er zur Kenntnis nahm, war Tildas Gesicht. Sie saß neben seinem Bett und las Zeitung. Sie musste gespürt haben, dass er wach war, denn jetzt griff sie nach seiner Hand. Dann setzte die Erinnerung ein. Er hatte was abbekommen, so viel war klar. Auf der Empore. Zuerst hatte er nur einen dumpfen Druck gespürt, als er die Leiter heruntergeklettert war. Jetzt also Krankenhaus. Seine linke Schulter war bandagiert, der Arm schmerzte bei der kleinsten Bewegung. «Ist es schlimm?», fragte er leise.

Mathilda lächelte und schüttelte den Kopf. «Nein, mein Lieber. Alles wird gut.» Sie rückte näher an ihn heran. «Aber Sorgen habe ich mir schon gemacht.» Sanft streichelte sie Sörens Stirn, dann beugte sie sich über ihn und gab ihm einen Kuss auf den Mund. «Sehr sogar. Drei Tage warst du ohne Bewusstsein.»

«Und so lange sitzt du hier?»

Tilda sah ihn an. «Fast. Das ist doch selbstverständlich. Ich bin nur ein wenig müde.» Plötzlich schossen ihr Tränen in die Augen. «Entschuldige …» Sie zog ein Taschentuch aus der Jacke und tupfte sich das Gesicht trocken. Dabei musste sie lachen.

Sören wollte sie in den Arm nehmen, aber als er Anstalten machte, sich aufzurichten, zuckte er zurück. «Und das hier?», fragte er mit schmerzverzerrtem Gesicht und deutete auf den Verband.

«Das wird wieder. Doktor Bredlow hat dich operiert. Ein glatter Durchschuss. Knapp an der Lunge vorbei. Er meint, du hast unglaubliches Glück gehabt.» Mathilda richtete sich auf. «Ich geh ihn mal holen.»

Im gleichen Moment ging die Tür auf, und ein Mann im weißen Kittel betrat den Raum und stellte sich neben das Bett. «Na, wer sagt's denn. Einmal richtig ausschlafen, und man fühlt sich wie neugeboren. Alles in Ordnung so weit? Irgendwelche Schmerzen?»

«Kaum der Rede wert. Sind Sie Doktor Bredlow?»

«Ja, Entschuldigung. Bisher hatte ja nur ich das Vergnügen. Kleiner Schnitt, kleine Naht. Das wird wieder.» Der Arzt untersuchte den Verband an Sörens Schulter und machte ein zufriedenes Gesicht. «Aber nicht übertreiben. Sie kriegen ein ziemlich starkes Schmerzmittel. Ist Ihnen schwindelig?»

Sören verneinte.

«Gut so. Dann können wir es morgen mit Aufstehen versuchen. Trauen Sie sich schon einen Besucher zu?» Er blickte entschuldigend zu Mathilda. «Nein, ich meine nicht Sie. Unten in der Halle sitzt ein Polizist und hat sich nach Ihnen erkundigt. Gestern war er auch schon da. Als er hörte, dass Sie noch nicht bei Bewusstsein sind, ist er wieder abgezogen.»

«Andresen?», fragte Sören. «Tatsächlich? Wie nett von ihm. Das hätte ich ihm gar nicht zugetraut.» Er schüttelte ungläubig den Kopf. «Ich bin richtig gerührt. Den können Sie raufschicken.»

Als der Arzt das Zimmer verlassen hatte, stand Tilda auf, beugte sich über ihn und gab ihm einen Kuss auf die Stirn. «Versprich mir, dass du so etwas nie wieder machst.»

Sören quälte sich ein Lächeln ab. «Du hast recht. Ich sollte mich zur Ruhe setzen.» Er musste an Ture denken. Der hätte vielleicht nicht so viel Glück gehabt wie er. Sören war froh, Brettschneiders Aufmerksamkeit auf sich gelenkt zu haben. Er hatte es auch für Ture getan – für Ture und Ilka.

Diesmal war ein vorsichtiges Klopfen zu vernehmen, bevor die Tür geöffnet wurde. Heinrich Andresen hatte tatsächlich einen kleinen Blumenstrauß dabei. Als er Mathilda sah, war er unschlüssig, ob er den Strauß nicht lieber ihr überreichen sollte.

Mathilda nahm ihm die Entscheidung ab. «Wie nett von Ihnen, Herr Andresen. Ich geh mal eine Vase organisieren.»

«Sie machen Sachen, Bischop …» Andresen schüttelte den Kopf. «Das hätte ins Auge gehen können.»

«Nun, es ist aber in die Schulter gegangen», sagte Sören. Er wusste selbst nicht, wo er auf einmal den Humor hernahm. Wahrscheinlich lag es daran, dass alle Last von ihm gefallen war. Ilka und Ture war nichts passiert. Das war seine größte Sorge, das war das Entscheidende gewesen. «Was ist mit Koslowski? Haben Sie ihn verhaftet?»

Andresen nickte. «Der sitzt in Untersuchungshaft. Er streitet natürlich alles ab, aber ich denke, wir haben ihn am Schlafittchen. Die Beweislast ist einfach erdrückend. Meine Leute arbeiten sich gerade durch dieses Buch durch, das Böhmer von Wesselhöft stibitzt hat. Da ist alles genauestens dokumentiert. Unfassbar, was wir bislang herausgefunden haben. Wie es aussieht, war von Wesselhöft wirklich die treibende Kraft hinter diesen Geschäften. Auf alle Fälle scheint er das Buch angelegt zu haben, es ist seine Handschrift. Dazu die Aussagen von Böhmer und Jonathan Jansen. Friedrich Böhmer hat sogar seine Bereitschaft zu Mitarbeit und Aufklärung signalisiert. Es ist eine reine Frage der Zeit, bis Anklage erhoben wird. Und ich verspreche Ihnen, da werden noch Köpfe rollen.»

«Was soll man dazu sagen.»

«Ein letzter Versuch, dem Scharfrichter zu entkommen, wenn Sie mich fragen. Zumindest bei diesem Böhmer. Das perfide ist ja, dass sie sich immer noch im Recht sehen. Böhmer und Jansen stehen zu dem, was sie gemacht haben. Von den Mitinsassen werden sie schon als Helden gefeiert. Es ist zum Verrücktwerden. Wenn die Hintergründe erst zum Gesprächsthema auf den Straßen werden ... Ich mag mir das gar nicht ausmalen, was dann los ist. Das ist wie Öl ins Feuer. Es ist ja auch so schon schlimm genug. Und es sieht nicht danach aus, als wenn dieser Zustand ein schnelles Ende finden könnte. Nach dem Tod von Liebknecht und dieser Rosa Luxemburg drehen die Spartakusleute völlig durch. Nicht nur in Berlin, auch hier in der Stadt. Vorgestern war es fast wieder so weit. Da war im Conventgarten eine Versammlung der Antibolschewistischen Liga, und die Kommunisten, wie sie sich ja jetzt nennen, sind gleich wieder handgreiflich geworden. Die Meute war schon auf dem Weg zum Stadthaus, aber wir waren vorbereitet und konnten das Schlimmste verhindern. Und so geht das Tag für Tag. Dazu die Lebensmittelknappheit. Es wird immer schlimmer. Seit gestern kommt keine Milch mehr in die Stadt. Die Elektrizitätswerke haben keine Kohle mehr. Wahrscheinlich müssen die Straßenbahnen den Verkehr einstellen. Und dann? Es sind Gerüchte im Umlauf, dass die Beamten der Stadt in den Streik treten wollen. Spätestens dann bricht hier alles zusammen.»

«Was für eine Zeit, was für ein Wahnsinn», sagte Sören. «Und was die Elbtöter betrifft, diesen Böhmer und diesen Jansen – das ist doch völlig absurd, was sie gemacht haben. Nicht Gut gegen Böse, sondern Böse gegen noch böser. Wie soll man da urteilen?»

Plötzlich versagte seine Stimme, und er merkte, wie er zitterig wurde. Für einen Augenblick vernahm er wieder dieses Rauschen in den Ohren, das letztes Mal eine Ohnmacht angekündigt hatte. Er zwang sich, ruhig weiterzuatmen, und tatsächlich legte sich das Rauschen nach einem Moment. Andresen schien von diesem kleinen Schwächeanfall nichts mitbekommen zu haben, jedenfalls reagierte er nicht darauf. Sören spürte, dass er sich wohl zu viel zugemutet hatte. Dennoch beendete er seine Überlegung: «Welches Maß sollen wir denn anlegen? Das des Rechts oder das der Gerechtigkeit?»

«Komm mir nicht auf die Idee, da mitmischen zu wollen!» Mathilda war lautlos ins Zimmer getreten, sie hatte eine Vase aufgetrieben. Sie arrangierte den Blumenstrauß so liebevoll, wie das nur eine Frau konnte. «Schlag dir das aus dem Kopf», sagte sie. Ihre Stimme hatte einen vorwurfsvollen Unterton.

Sören lächelte. «Als Verteidiger der Elbtöter? Nein, ganz bestimmt nicht.»

«Und auch nicht auf der anderen Seite. Du wirst jetzt erst mal ganz gesund. Und dann sehen wir weiter.» Sie klang nicht sehr beruhigt. «Meine Güte, was sind das für Zeiten. Erst dieser schier endlose Krieg, dann die jetzigen politischen Umwälzungen … In was für eine Welt haben wir unsere Kinder gesetzt? Was wohl noch kommen wird?»

«Erst einmal Frieden. Ist das für den Anfang nicht genug?», fragte Sören.

«Natürlich. Aber der Umwälzungsprozess in Deutschland ist so blutrünstig. Die Nachrichten aus Berlin, aus dem Ruhrgebiet, und das tagtäglich. Das Volk spürt noch keine Sicherheit. Vor allem, weil es an allem mangelt. Wenn sich die demokratischen Parteien wenigstens einig wären. Was das Land jetzt am wenigsten braucht, ist ein Bürgerkrieg. Aber es ist noch keine Lösung in Sicht. Gott sei Dank stellen die Sozialdemokraten die Mehrheit, nur ist deren Programm so unstetig. Ich weiß schon gar nicht mehr, wie ich Robert seine Fragen beantworten soll. Ich ertappe mich ständig dabei, dass meine Worte abwägen zwischen dem, was die Realität ist, und dem, wie es eigentlich sein sollte, wie ich es mir eigentlich wünsche.»

«Na, ich empfehle mich dann mal», meldete sich Heinrich Andresen zu Wort. «Wie ich sehe, bekommen Sie die beste Pflege der Welt.» Er deutete eine Verbeugung in Richtung Mathilda an und verabschiedete sich von Sören. «Werden Sie jetzt erst einmal ganz der Alte. Das hat oberste Priorität. Es hat mich gefreut, Sie so munter vorzufinden.»

«Wie geht es den Kindern eigentlich?», fragte Sören, nachdem Andresen das Zimmer verlassen hatte.

«David sagt, es sei Wahnsinn, was du dir zugemutet hast. Für Robert bist du natürlich der Held.»

«Gerade David muss das sagen», lächelte Sören müde. «Der hat doch schon ganz andere Sachen gemacht. Und er hätte genauso gehandelt. Nein, ich meinte eigentlich Ilka und Ture.»

Mathilda streichelte Sörens Hand. «Die haben ein schlechtes Gewissen. Vor allem Ture, weil er Ilka in Gefahr gebracht hat.» Sie lachte. «Wie es aussieht, will er um ihre Hand anhalten.»

«Na, das passt doch zum Ruhestand.» Sören wollte sich aufrichten, aber die Schulter schmerzte zu sehr. «Dann kann sich Opa Sören ja beizeiten um die Enkelkinder kümmern. Ich seh mich schon Kinderwagen schieben.»

«Was die Enkel betrifft, da wird deine Frau Tochter wohl noch ein Wörtchen mitreden wollen. Du kennst ja ihren Dickschädel und hast gesehen, dass sie nur ihre Arbeit im Kopf hat. Jetzt komm erst mal auf die Beine.» Sie drückte ihm einen Kuss auf die Lippen. «Und dann kümmere ich mich um dich. Ich werde mir Mühe geben, dass du keine Gelegenheit bekommst, noch mal auf Verbrecherjagd zu gehen.»

EPILOG

ooooo

November 1918. Die vielen Kriegsjahre haben nicht nur in Hamburg die Menschen zermürbt. Es mangelt an allem, besonders an Nahrungsmitteln. Von der Kriegseuphorie, die zu Beginn die Massen ergriffen hat, ist längst nichts mehr zu spüren. Schlimmer noch: Fünf Millionen Soldaten sind bislang verkrüppelt von den Fronten heimgekehrt, teils so verunstaltet, dass an abgelegenen Orten geschlossene Heime für deren dauerhafte Unterbringung geschaffen werden. Der Krieg ist verloren, das ist klar – nur ausgesprochen werden darf das noch nicht. Von Waffenstillstandsverhandlungen ist die Rede. Das Ende des Krieges wird von allen herbeigesehnt, aber die Bedingungen der Entente sind drastisch. Zum Unmut in der Bevölkerung kommt die Erkenntnis, dass alle erbrachten Opfer umsonst gewesen sind.

Kaiser und Regierung zieren sich noch, den entscheidenden Schritt zu tun, da kommt es innerhalb der Kampfverbände zum Aufstand von unten. Es sind unzufriedene Marinesoldaten in Kiel, die als Erste den Gehorsam verweigern. Aus einer Handvoll Meuterern entsteht binnen Stunden ein Heer von Aufständischen. Offiziere werden entwaffnet, Garnisonen werden gestürmt, und die zivile Arbeiterschaft solidarisiert sich mit den Soldaten. Innerhalb nur eines Tages schwappt die Bewegung nach Hamburg, wo nach kurzen Gefechten mit kaisertreuen Verbänden ein Arbeiter- und Soldatenrat die Macht über die Stadt übernimmt; wenige Tage später kommt es in vielen Städten des Reichs zu ähnlichen Vorgängen. Der zeitliche Verlauf sieht folgendermaßen aus: Die Befehlsverweigerung der Matrosen (Heizer), gegen die englische Flotte zu steuern, erfolgt am 30. Oktober 1918. Am 4. November wird in Kiel der erste Arbeiter- und Soldatenrat gebildet, in der Nacht vom 5. auf den 6. November ereignen sich die Geschehnisse in Hamburg.

Über den Rathäusern wehen nun rote Fahnen, die Republik wird ausgerufen, der Kaiser flieht in die Niederlande und dankt ab. Die russische Revolution dient nicht wenigen als Vorbild zur Veränderung der Verhältnisse. Die Hansestadt droht im Chaos revolutionärer Agitation zu versinken.

Vor dieser Kulisse, die bis zur Weimarer Verfassung (Sommer 1919) auch als Räterepublik bezeichnet wird, habe ich meine Geschichte angesiedelt. Dabei habe ich versucht, alle politischen und tagesaktuellen Geschehnisse so exakt wie möglich wiederzugeben, um ein möglichst stimmiges und nachvollziehbares Bild dieser schwierigen Zeit mit all ihren komplexen Strömungen geben zu können. Was den eingebundenen Kriminalfall betrifft, blieb mir allerdings nichts anderes übrig, als der Realität mal wieder allerlei fiktive Gestalten und Geschehnisse zur Seite zu stellen. Wie in meinen früheren Büchern.

So existiert die Familie Bischop – Sören Bischop (*1848), Mathilda «Tilda» Bischop (*1866), David (*1878),

Ilka (*1893) und Robert (*1902) – nur in meinen Büchern. Auch Agnes, das ehemalige Kindermädchen von Ilka und Robert, jetzt Köchin im Hause Bischop, hat es nie gegeben. Etwas anders verhält es sich mit Liane Kronau, der mutigen Aeronautin aus meinem Roman «Totenwall» und Lebensgefährtin von David Bischop. Eine solche Person hat es dem Namen nach tatsächlich in Hamburg gegeben – zumindest weisen Werbeplakate für ihre Vorstellungen daraufhin. Allerdings war über die Varieté-Künstlerin nichts weiter in Erfahrung zu bringen, weshalb ich mir erlaubt habe, sie ins familiäre Inventar der Familie Bischop aufzunehmen. Von der Existenz eines Landwirts mit Namen Semmerling im späteren Hamburger Stadtteil Ohlstedt sowie von Lehrkräften mit Namen Hasslof und Schirrmacher ist mir ebenso wenig bekannt wie von einem Arzt mit Namen Bredlow.

Ture Sjöberg und dessen Familie in Schweden sind fiktive Gestalten. Allerdings gibt es auch hier Berührungspunkte zur realen Geschichte. *Dagens Nyheter* war damals die auflagenstärkste Tageszeitung in Schweden und unterstand der Herausgabe durch die Familie Bonnier. Von 1898 bis 1921 war Otto von Zweigbergk der Chefredakteur des Blattes. Die Geschichte der Nobel-Stiftung ist ebenfalls real. Der Industrielle Alfred Nobel (1833–1896) legte in seinem Testament fest, dass mit seinem Vermögen eine Stiftung gegründet werden sollte, deren Zinsen «als Preis denen zugeteilt werden, die im verflossenen Jahr der Menschheit den größten Nutzen geleistet haben».

Die Ausdruckstänzerin Ora Doelk (1893–1984) stammte aus Breslau und erhielt ihre Ausbildung in der Schweiz.

1918 und 1919 führte sie ihre Europa-Tournee auch nach Hamburg, wo sie im Curio-Haus an der Rothenbaumchaussee auftrat und von Erna Lewandowski am Flügel begleitet wurde. 1926 beendete sie ihre Karriere und eröffnete in Hamburg ein Hotel. Bei Erna Lewandowski handelt es sich möglicherweise um die erste Frau des Musikers Manfred Lewandowski (1895–1970), der aus einer Hamburg-Altonaer Kantorfamilie stammte. Sein Vater Isidor war Kantor in der Synagoge der Familie Warburg in Harvestehude. Die Interpreten und Liednamen der Schallplatten, die am Weihnachtsabend im Hause Bischop auf dem Grammophon gespielt werden, sind historisch verbürgt.

Die Familie von Wesselhöft habe ich genauso wie die Familie von Moellendorf frei erfunden, wobei in diesem Roman die fiktive Elisabeth von Wesselhöft eine geborene Hasenclever sein soll, deren Familie zu damaliger Zeit tatsächlich im Herrenhaus Tremsbüttel residierte. Den Berichten nach kam es im Winter 1918 häufiger vor, dass sich lebensmüde Personen auf der Bahnstrecke nach Bad Oldesloe nachts auf die Gleise legten. Tatsächlich auch in besagter Nacht, allerdings soll es sich in diesem Fall um eine Frau gehandelt haben, über deren Identität mir nichts bekannt ist. Das Krüppelheim Heinrichsdorf bei Trittau hat es tatsächlich gegeben, die dortigen Geschehnisse habe ich mir hingegen ausgedacht, und auch einen Doktor Reuter hat es in besagter Anstalt nie gegeben. Was die Verletzungen der dort untergebrachten Soldaten betrifft, habe ich nicht übertrieben.

Ob das Heim wirklich der von Wilhelm Jenssen geleiteten Invaliden-Stiftung Martin Madsen unterstand, die ihren Sitz in Hamburg hatte, wage ich zu bezweifeln. Das Wohnhaus der Familie von Wesselhöft am Roosens Weg in Othmarschen habe ich mir aus der Hamburger Baugeschichte «ausgeliehen»; der Architekturkenner wird es vielleicht erkannt haben. Es handelt sich dabei um die 1914 von Hans und Oskar Gerson für Wilhelm Wolff erbaute Villa Roosens Weg 21, die nicht erhalten ist. An ihrer Stelle steht dort heute ein moderner Neubau. Man möge mir diese Schummelei verzeihen.

Ähnlich verhält es sich mit Bertha Horwitz und Walter Spiro. Ein Duett dieses Namens gab zu besagter Zeit tatsächlich Konzertabende im Kaffeehaus Esplanade, worauf Ankündigungen und Plakate in zeitgenössischen Tageszeitungen hinweisen. Über die Künstler und deren Musik war allerdings nichts in Erfahrung zu bringen, weshalb ich mir erlaubt habe, bei ihrer Erscheinung und Persönlichkeit frei zu verfahren.

Auch die Besatzung der Hamburger Polizei, beheimatet im Stadthaus Ecke Neuer Wall und Stadthausbrücke, ist eine Mischung aus Realität und Fiktion. Oberster Polizeiherr war Senator Carl Wilhelm Petersen (1868–1933), der ebenfalls für die Verwaltung der Landherrenschaften – also auch Ohlstedt – zuständig war. Petersen war zudem Leiter der sogenannten Fünferkommission des Senats, welche damals die Gespräche und Verhandlungen mit dem Arbeiter- und Soldatenrat führte. Seit 1916 war Regierungsdirektor Hugo Campe (1882–1954) – von 1921 bis 1933 Polizeipräsident – Leiter der Hamburger Kriminalpolizei. Die Leitung der Sicherheitswache oblag einem

Beamten mit Namen Preuschoff, über den mir keine Details bekannt sind. Bei Wilhelm Kretschmer und Sigurd Rauch verhält es sich ähnlich. Auch die Namen Bohr, Geißler und Juncker sind der Realität entliehen, ohne nähere Kenntnis zu deren Person zu besitzen. Die Figur Heinrich Andresen ist hingegen meiner Phantasie entsprungen, weshalb es auch keine Assistenten mit Namen Eckehardt und Martin gegeben haben kann. Die Verteidigung der Polizeizentrale gegenüber Demonstranten und Aufrührern mittels an Hydranten angeschlossenen Wasserschläuchen ist damals tatsächlich praktiziert worden.

Die von mir geschilderten Geschehnisse in der Nacht vom 5. auf den 6. November 1918 im Hamburger Gewerkschaftshaus und am Hauptbahnhof sowie die Situation auf den Straßen entsprechen weitestgehend der historischen Realität. Auch die Situation in der Parteizentrale der MSPD in der Großen Theaterstraße und im *Hamburger Echo* an der rückseitig gelegenen Fehlandstraße war in etwa so wie von mir geschildert.

Ferdinand Kalweit (1885–?) war als Stellvertreter von Paul Dittmann, dem Gründer der USPD, Vorsitzender der Partei geworden, als Dittmann 1917 zur Front eingezogen wurde. Vom 6. bis zum 11. November war er Vorsitzender des provisorischen Arbeiterrates in Hamburg. Der Bruder von Dittmann war der Reichstagsabgeordnete und USPD-Sekretär Wilhelm Dittmann (1874–1954), der am 5. November vor mehr als 5000 Zuhörern im Gewerkschaftshaus eine Brandrede hielt, in deren direkter Folge der Kieler Matrosenaufstand zum Vorbild für eine

Revolte und die Bildung eines Arbeiter- und Soldatenrates in der Stadt wurde. Anführer der Aufständischen war der Marinemaat Friedrich Zeller (1898–?), bis zum 10. November 1918 Vorsitzender des provisorischen Soldatenrates der Stadt Hamburg.

Berthold Grosse (1863–1927), seit 1884 Mitglied der SPD / MSPD, war Delegierter im Hamburger Gewerkschaftskartell. Als Nachfolger von Laufenberg war Grosse gemeinsam mit Karl Hense Vorsitzender des Arbeiter- und Soldatenrates. Im März 1919 wurde er der erste Präsident einer frei gewählten Bürgerschaft in Hamburg. Von 1921 bis 1925 bekleidete er das Amt eines Senators. Otto Stolten (1853–1928), seit 1874 in der SPD, bekleidete seit 1901 – als erster Sozialdemokrat überhaupt – ein Amt in der Hamburger Bürgerschaft. Von 1913 bis 1918 war er Reichstagsabgeordneter in Berlin und zugleich verantwortlicher Leiter des *Hamburger Echos.* 1919 wurde er in den Hamburger Senat gewählt, bis 1924 war er Reichstagsabgeordneter der Weimarer Republik. Heinrich Laufenberg (1872–1932) war seit 1912 Leiter der Hamburger Parteischule der SPD. Seit 1914 gehörte er zum linksradikalen Flügel der abgespaltenen USPD und setzte sich bei der ersten Wahl des Arbeiter- und Soldatenrates mit sechzehn zu vierzehn Stimmen als Vorsitzender gegen Berthold Grosse durch. Schon am 12. November sah er sich gezwungen, Senat und Bürgerschaft als kommunale Verwaltungskörperschaften wieder einzusetzen. Laufenberg war 1920 Mitbegründer der Kommunistischen Arbeiterpartei Deutschlands (KAPD).

Als einer seiner engsten Vertrauten galt Carl Herz

(1877–1951), der als Jurist mit dem Ruhstrat-Prozess zu Ansehen gekommen war. Genau wie Laufenberg wendet er sich 1914 enttäuscht von der SPD ab und sympathisiert als Pazifist mit der USPD, wo er Ende 1918 anstelle von Paul Dittmann zum Mitglied der Exekutive des Arbeiterrates gewählt wird. Nach dem Rücktritt von Laufenberg gab auch Herz am 21. Januar 1919 die Leitung der Justizkommission des Arbeiter- und Soldatenrates auf.

Der Gewerkschaftssekretär Karl Hense (1871–1946) war von 1909 bis 1933 Mitglied der Hamburger Bürgerschaft. Gemeinsam mit Berthold Grosse war er bis zum 24. März 1919 Vorsitzender des Hamburger Arbeiter- und Soldatenrates. Bis 1920 war er Mitglied der Weimarer Nationalversammlung und wurde 1919 in den Hamburger Senat gewählt, wo er 1920 zum obersten Polizeiherrn der Stadt aufstieg. Ein Posten, der heutzutage mit dem des Innensenators vergleichbar wäre. Max Leuteritz (1884–1949) war Funktionär des Bauarbeiterverbandes in Hamburg und von 1919 bis 1929 Vorsitzender der MSPD. 1919 wurde er in die Hamburger Bürgerschaft gewählt, von 1928 bis 1931 war er Bürgerschaftspräsident. Heinrich Stubbe (1864–1941) war als Parteisekretär im Vorstand der MSPD. Seit 1904 saß er in der Hamburger Bürgerschaft, war von 1915 bis 1918 als Nachrücker Reichstagsabgeordneter und wurde 1919 in den Hamburger Senat gewählt. Paul Neumann (1869–1961) arbeitete seit 1912 als Redakteur beim *Hamburger Echo* und war Sekretär des Hamburger Arbeiter- und Soldatenrates. 1921 erhielt er ein Bürgerschaftsmandat und bekleidete von 1925 bis 1933 das Amt eines Senators.

Die von mir geschilderten Randereignisse in der Stadt entstammen Berichten aus Hamburger Tageszeitungen und unterschiedlichen zeitgenössischen Aufzeichnungen und Tagebüchern. Die erwähnten Warenpreise, weihnachtliche Auslagen und Angebote, Eigentumsdelikte und Verbrechen sowie die gesamte Notsituation in der Bevölkerung, die Kleinwohnungsproblematik und die Immobilienpreise entsprechen der historischen Realität. Selbst einen Altpapierhändler namens Rohde hat es damals an der Spaldingstraße gegeben, und auch den Kontorhausraub im Rosenhof an der Kaiser-Wilhelm-Straße habe ich mir genauso wenig ausgedacht wie das Landwehr-Offizierskasino an der Mönckebergstraße. Das Direktorium der Dynamit AG war tatsächlich im Europahaus am Alsterdamm untergebracht, und die Lohngelder der Düneberger Betriebe wurden im Merckhof an der Ernst-Merck-Straße ausgezahlt. Einen Angestellten mit Namen Erwin Nossack hat es dort hingegen nie gegeben.

Die Beisetzung von Albert Ballin (1857–9.11.1918) auf dem Ohlsdorfer Friedhof könnte sich in etwa wie geschildert zugetragen haben. Bis auf das Datum und die Tatsache, dass Max von Schinckel damals die Trauerrede hielt, ist das von mir beschriebene Szenario allerdings frei erfunden. Auch über die anwesenden Trauergäste ist mir nichts Genaues bekannt, aber der gesellschaftlichen Stellung Ballins entsprechend, sollten sich dort zahlreiche Hamburger Persönlichkeiten und Politiker eingefunden haben. Der jüdische Bankier Max Moritz Warburg (1867–1946) war von 1904 bis 1919 Mitglied der Hamburgischen Bürgerschaft und ein guter Freund von Ballin. Beide galten als enge Berater von Kaiser Wilhelm II.

Warburg oblag während der Kriegsjahre die Organisation der staatlichen Lebensmittelversorgung. Er war Berater der deutschen Delegation in Versailles, stellte sich allerdings gegen die Vertragsunterzeichnung, da er die gestellten Bedingungen als unannehmbar ansah. Den Posten des Finanzministers der Reichsregierung lehnte Warburg genauso ab wie ein Amt als Hamburger Senator – aus Furcht vor antisemitischer Agitation.

Der Jurist Werner von Melle (1853–1937) war zur Zeit der Handlung Hamburger Bürgermeister und im Senat zuständig für Schule und Universität. Alfred O'Swald (1861–1929) war von 1897 bis 1921 Mitglied der Hamburger Baudeputation, von 1904 bis 1922 Mitglied der Finanzdeputation und saß im städtischen Wirtschaftsrat. Von 1898 bis 1908 hatte er für die Fraktion der Rechten ein Bürgerschaftsmandat inne. Mitglied im Wirtschaftsrat war auch der jüdische Kaufmann Carl Cohn (1857–1931), ein enger Freund von Senator Carl Wilhelm Petersen. Cohn war 1918 Mitbegründer der linksliberalen DDP und von 1913 bis 1929 Mitglied der Hamburgischen Bürgerschaft. Der Kaufmann und Bankier August Lattmann (1858–1936) war von 1912 bis 1919 als Senator zuständig für die Fürsorge, die Armenanstalt und das Armenwesen der Stadt. Während der Kriegsjahre gründete er nebenher die Hamburgische Kriegshilfe als private Wohltätigkeitsorganisation; die Soziale Frauenschule und das Sozialpädagogische Institut gehen auf seine Initiative zurück. Lattmann war mit Max Warburg befreundet. Justus Strandes

(1859–1930) war ein vermögender Reederei- und Kolonialkaufmann. Seit 1911 war Strandes Senator, 1919 wurde er als Senator wiedergewählt. Er begleitete die deutsche Delegation beratend zu Kolonialfragen in Versailles und war zudem hanseatischer Gesandter in Berlin, wo er 1925 zusätzlich zum Konsul der Hansestadt Hamburg ernannt wurde. Strandes war über viele Jahre in Aufsichtsräten zahlreicher Hamburger Reedereien vertreten.

Die verschwörerischen Zusammenkünfte der aktiven Frauenrechtlerinnen im Hause Bischop sind natürlich – wie sollte es anders sein – frei erfunden. Dennoch waren die genannten Personen zu der damaligen Zeit in Hamburg politisch hochmotiviert. Die radikale Frauenrechtlerin Frieda Radel (1869–1958), seit 1909 Chefredakteurin der *Hamburger Hausfrau* (Hamburger Frauenzeitung), war von 1919 bis 1927 für die DDP Mitglied der Hamburgischen Bürgerschaft. Gertrud Bäumer (1873–1954) war stellvertretende Vorsitzende der DDP und hielt 1918/19 in Hamburg mehrfach öffentliche Vorträge zum Thema Frauenrecht und Wahlrecht, gemeinsam mit ihrer Lebensgefährtin Helene Lange (1848–1930). Bäumer war außerdem im Vorstand des Bundes Deutscher Frauenvereine und eng mit Marie Baum (1874–1964) befreundet, die mit Unterstützung von August Lattmann am Aufbau der Sozialen Frauenschule und des Sozialpädagogischen Instituts beteiligt war, deren Leitung ihr dann übertragen wurde.

Es gibt keinen Hinweis darauf, dass sich Fritz Haber (1868–1934) im Jahre 1919 in Hamburg aufgehalten haben könnte. Haber leitete das Kaiser-Wilhelm-Institut für physikalische Chemie und Elektrochemie in Berlin. Er gilt als Vater des Gaskrieges, nachdem unter seiner Leitung die Gaskampftruppen formiert worden waren und Gas erstmals als Massenvernichtungswaffe zum Einsatz kam. Die erste von Haber geschaffene Spezialtruppe war das Pionier-Regiment 35, das intern auch als Gasregiment Peterson bezeichnet wurde. Im weiteren Kriegsverlauf entwickelte Haber immer perfidere Gaskombinationen unter dem Vorwand taktischer Vorteile, die im Endeffekt nur dazu dienten, die gegnerischen Truppen möglichst hinterhältig zu töten. So wurde beispielsweise Diphenylarsenchlorid (Blaukreuz) als sogenannter Maskenbrecher eingesetzt. Es rief einen Würgereiz hervor und sollte den Gegner dazu bringen, seine Gasmaske abzusetzen, damit ihn das direkt danach verschossene Diphosgen (Grünkreuz), das Kontaktgift Senfgas (Gelbkreuz), Chlorgas oder Piperazin töteten.

Habers Frau, die Chemikerin Clara Immerwahr (1870–1915), bezeichnete die Taten ihres Mannes als «Perversion der Wissenschaft» und erschoss sich nach dem ersten großen Giftgaseinsatz an der Westfront mit der Dienstwaffe Habers im Garten ihrer Villa in Berlin. Nach dem Krieg erforschte Fritz Haber die Möglichkeit zur Gewinnung von Gold aus Meerwasser, angeblich um die deutschen Reparationszahlungen zu finanzieren. Auf Vorschlag des Chemikers und Nobelpreisträgers Svante Arrhenius (1859–1927) wurde Haber 1919 rückwirkend für das Jahr 1918 der Nobelpreis für seine katalytische Synthese von Ammoniak aus dessen Elementen Stickstoff und Wasserstoff verliehen. Ammoniak dient zusammen mit Salpetersäure zur Herstellung von Düngemitteln und Sprengstoff, und Salpeter war während des Krieges durch die englische Seeblockade im Reich nicht verfügbar …

Der Bankier Max von Schinckel (1849–1938) war in mehrfacher Hinsicht eine umstrittene Persönlichkeit. Von 1880 bis 1886 war Schinckel für die Fraktion der Rechten in der Bürgerschaft. Er war persönlich haftender Gesellschafter der Norddeutschen Bank und der Disconto-Gesellschaft und ein Fürsprecher der Kriegsfinanzierung. Unter seiner Regie wurde die Kapitalentflechtung der in einem Kartell verbundenen deutschen und englischen Sprengstoff- und Pulverfabriken abgewickelt. Schinckel war nicht nur im Aufsichtsrat der HAPAG und der Dynamit AG, sondern saß von 1898 bis 1933 in insgesamt 34 Aufsichtsräten renommierter Unternehmen, darunter die Norddeutsche Affinerie, die Guano-Werke, die Deutsche Waffen- und Munitionsfabrik, diverse Bergwerks- und Bergbauunternehmen, mehrere Reedereien und Schiffswerften, Hütten und Bankhäuser sowie ab 1925 im Aufsichtsrat der I.G. Farben. Mit einem Vorkriegsvermögen von fast fünf Millionen Mark war er zudem eine der reichsten Personen in Hamburg. 1917 wurde der bekennende Fürsprecher des uneingeschränkten U-Boot-Krieges und vehemente Universitätsgegner für seine Verdienste um die Kriegswirtschaft vom Kaiser in den Adelsstand erhoben. Von Schinckel war Vorsitzender des Landesvereins des Roten Kreuzes.

Vor diesem Hintergrund möge man es mir verzeihen, wenn ich ihn in diesem Roman zu einem möglichen Strippenzieher dunkler Geschäfte werden lasse, aber keine Persönlichkeit in der Stadt ist damals mehr dazu geeignet. Es gibt übrigens keinen konkreten Hinweis darauf, dass Waffen oder Kampfstoffe während des Krieges an den Feind verkauft wurden. Allerdings gibt es vereinzelte Berichte darüber, dass Kampfmittelräumkommandos nach dem Zweiten Weltkrieg häufiger Blindgänger aus deutscher Produktion, hergestellt von der Dynamit AG, Geesthacht, entschärfen mussten, die von alliierten Bombern über Deutschland abgeworfen wurden. Offiziell handelt es sich dabei um Material, das vor Kriegseintritt über Drittstaaten erworben wurde.

Alles andere wäre eine böse Unterstellung. Und wäre genauso fiktiv, wie es Emilia Dürrkop, Joost Wolf und August Koslowski sind. Auch ein Edgar Luiz war niemals Leiter der Zentral-Bank-Aktiengesellschaft. Die Dynamit AG sowie die Düneberger Betriebe unterhielten hingegen sehr wohl Konten bei besagtem Bankhaus. Wie dem auch sei: Die Elbtöter hat es nie gegeben. Jonathan Jansen alias Jona, Hans Brettschneider, genannt Kosak, sowie Friedrich Böhmer alias Fritz Roth sind Produkte meiner Phantasie. Aber …

… es bleibt unruhig. In Hamburg und im Reich … Der Beginn der Weimarer Republik ist blutiger als gedacht. Den Rest entnehmen Sie bitte den Geschichtsbüchern, oder Sie warten auf meinen nächsten Roman …

Boris Meyn bei rororo

Die Bilderjäger

Kontamination

Ein Fall für Sonntag, Herbst und Jensen

Der falsche Tod

Tod im Labyrinth

Das Haus der Stille

Sören Bischop

Der Tote im Fleet

Der eiserne Wal

Die rote Stadt

Der blaue Tod

Die Schattenflotte

Totenwall

Elbtöter

Sören (ca 70 J.) ∞ Tilda

Sohn David (Kiel) ∞ Liane

" Robert (15)

Tochter Ilka (Schweden)

(Ma)thilda (Parteisekretariat)

Bauer Semmerling + Trine

Freund Martin (→ Schweden †)

Agnes (Hausangestellte)

Ilka (Tochter)

Sjöberg Ture

Ferdinant Kalwat Vorstand USPD

von Wesselhöft

MIX
Papier aus verantwortungsvollen Quellen
FSC www.fsc.org
FSC® C083411

Das für dieses Buch verwendete Papier ist FSC®-zertifiziert.